Impressum
© 2009 Anja Kemnitz
Herstellung und Verlag: Books on Demand GmbH
Norderstedt
ISBN-13: 9783837088045

Bibliografische Information der Deutschen Nationalbibliothek
Die Deutsche Nationalbibliothek verzeichnet diese Publikation in der Deutschen
Nationalbibliografie; detaillierte bibliografische Daten sind im Internet über
http://dnb.d-nb.de abrufbar.

Die Nacht war angereichert mit Gefühlen.

Gierig sog Ganya die kalte Luft ein. Gegen das Geländer der Brücke gelehnt, prüfte die junge Frau aufmerksam ihre Umgebung; sich der Kälte und Finsternis nur am Rande ihres Bewusstseins gewahr. Ohne aufzusehen konnte sie die Blicke auf ihrem Rücken spüren und den Menschen zuordnen, die an ihr vorbeieilten. Sie wusste nicht mehr, warum sie sich so beeilten. Früher hatte sie dieses hektische Streben verstanden - sie verstanden.

Früher war sie eine der Ihren gewesen.

Ihr Blick schweifte gleichgültig über das schwarze Wasser. Lauernd.

Gleich einem Spinnenetz legte sich eine fremde Aura um ihr Bewusstsein und beendete das Warten. Aber sie rührte sich nicht. Nachdenklich blieb ihr Blick auf die gekräuselte Wasserfläche gerichtet, konzentriert auf eine ferne Kindheitserinnerung.

Vor vielen Jahren hatte sie gern hier herumgelungert, noch verwirrten von der Existenz als Vampir. Hatte voller Unsicherheit und Verwunderung ihrer Zukunft entgegen geblickt. Die Gefühle dieser Zeit entglitt ihrem sonst so geschärften Geist, obwohl sie versuchte, sie zu fassen. Fahl schmeckte sie, als hätte dieses Bild im Strom der Zeit alle Farbe verloren. Und zurück blieb nur das beschämte Wispern einer Ahnung.

Ganya schlug den Kragen ihres Mantels hoch und registrierte mit einem Anflug von Verärgerung die schleichende Unterkühlung ihres Körpers. Sie sollte besser auf ihn achten, oder sie würde unter ihrer Nachlässigkeit zu leiden haben,

Einst hatten die trägen Lichtreflexionen des Wassers sie fasziniert, in fantastische Welten davongetragen. Manchmal glaubte sie sich wieder als Kind zu sehen, erfüllt von diesem unschuldigen Sehnen nach dem Unfass- und Unerreichbaren. Manchmal…

„Folgen Sie mir."

Ganya zuckte nicht zusammen, als der junge Mann unvermittelt neben ihr stand, als sei er dem Nichts entstiegen. Die vorbeieilenden Passanten waren zu einer Seltenheit geworden. Keiner schenkte ihnen Beachtung.

Sie brauchte nicht dem starren Blick des anderen Vampirs begegnen, um zu wissen, welches Wesen sich hinter den Zügen verbarg. Die Vorboten seiner Existenz waren längst gegen ihr Bewusstsein gebrandet.

Ohne Bedauern wandte Ganya sich vom Wasser ab. Was auch immer damals gewesen sein mochte, wenn sie es betrachtete, heute war sie leer und das dunkle Farbenspiel der Wellen bedeutungslos.

Sie fuhren mit der Untergrundbahn und Ganya ließ zu, dass er sie musterte, sie beobachte. Er wollte sie einschätzen.
Ihr Blick glitt über die Fahrgäste, deren Wahrnehmung die Vampire hartnäckig leugnete. Wann immer sie in ihre Richtung sehen wollten, irrte ihre Aufmerksamkeit an den Gestalten vorbei ins Leere. Undeutlich nahmen sie ihre Anwesenheit wahr; aber ihr Eindruck blieb verschwommen und selbst die auffälligsten Merkmale wie Geschlecht oder Hautfarbe blieben nicht in ihrem Gedächtnis haften; hatten dort nie existiert. Sie waren Schemen ihrer Wahrnehmung, konturlose Wesen.
Geduldig schwieg sie. Er würde auf keine Frage antworten und sie selbst empfand nur noch selten brennende Neugierde. Ihre Lady hatte sie gebeten zu kommen. Sie sollte sich einer Angelegenheit annehmen, die die hiesigen Vampire beunruhigte. Ganya wüsste keinen Grund, die Bitte auszuschlagen. Für sie blieb gleichgültig, wo sie ihre Nächte verbrachte und teilweise wahllos ihre Opfer in den Tod führte. Man hatte sie gerufen, also würde man sie auch dulden.

Mit einer gewissen Distanz beobachtete Ganya amüsiert die vom Misstrauen getriebenen Bemühungen ihres Führers sie zu verwirren, indem er öfters die Untergrundbahnen wechselte. Eine lächerliche Maßnahme angesichts ihrer selbst als Mensch bereits außergewöhnlichen Auffassungsgabe. Das Dasein als Vampir hatte ihr neue Möglichkeiten der Wahrnehmung eröffnet und ihren ohnehin ausgezeichneten Intellekt geschärft. Weswegen man sie um Hilfe bat.

Dennoch harrte sie ihrer Situation ruhig, würde er dieses Spiel doch auf keinen Fall bis zum Morgen spielen. Der Tag entzog sich noch in Ferne, die Nacht war erst jung geboren. Ob nun einige Stunden früher oder später - belanglos.
Sie ließen sich von der Menge treiben, die sich selbst noch um diese Stunde träge durch den Bahnhof wälzte. Dann spürte sie die anderen. Sie näherten sich von mehreren Seiten und stiegen mit in die nächste Untergrundbahn. Sie musste sich nicht umsehen, um sie zu erkennen. Ihr Führer stieg aus, aber einer der anderen Vampire hielt sie zurück, als sie folgen wollte. Die Untergrundbahn fuhr mit einem Ruck an. Ganya wurde bewusst, dass alle anderen Fahrgäste ausgestiegen waren. Sie war mit den Vampiren allein.

„Sie wissen, warum Sie hier sind?"

„Man bat mich, mir etwas Ungewöhnliches anzusehen. Man hegt die Hoffnung, ich könnte Aufschluss über gewisse Ereignisse bringen." Er lächelte kurz, eine Geste, die er offensichtlich wieder übernommen hatte. In der flackernden Beleuchtung schienen seine ungewöhnlichen Zähne zu leuchten. Der starre Blick blieb auf sie gerichtet. Er war verärgert.

„Wir wollen nicht, dass Sie hier herumstöbern. Das ist unsere Stadt." Sie schwieg dazu. „Haben Sie verstanden?"

„Ihr Meister bat meine Lady um einen Gefallen. Ich bin deswegen gekommen. Ich kann auch jederzeit wieder gehen." Sie fuhren die nächste Station an. Einer der Vampire manipulierte den Fahrer nicht anzuhalten. Ganya fegte seinen Einflussbereich kurzerhand beiseite. Die Vampire brauchten einen Moment, um zu begreifen, was vor sich ging. Mit einem Kreischen kam die Untergrundbahn zum Stehen und widerwillig glitt die Tür auf. Ganya trat hinaus. Die vereinzelten Passanten auf dem Bahnsteig flohen hastig, als ihr Unterbewusstsein die Gefahr registrierte.
Verwirrt folgten ihr die anderen Vampire. Ganya wartete, bis die Untergrundbahn wieder abgefahren war.

„Wenn Sie meine Hilfe nicht mehr brauchen, werde ich jetzt gehen. Ich werde Ihre Stadt unverzüglich verlassen und meiner Lady sagen, dass meine Dienste nicht von Nöten waren."
Sie begegnete vollkommen ruhig dem starren Blick. Seine Augen hatten sich vor Wut verengt.
„Wenn es das ist, was Sie wünschen, begreife ich nicht, warum Sie mich erst haben rufen lassen."

Drohend trat er einen Schritt näher. Ganya zuckte nicht einmal mit der Wimper. Noch eine abwegige Geste, die er von den Menschen übernommen hatte. Ob er noch nicht lange Vampir war? Er hätte eigentlich wissen müssen, dass er sie mit dieser plumpen Drohgebärde nicht beeindrucken konnte.

„Mein Meister glaubt irrtümlich, Sie könnten von Nutzen sein. Er ist alt, er ist schwach." Verachtung färbte seine Stimme dunkler. „Nehmen Sie sich in Acht. Er wird nicht ewig auf Sie aufpassen können."

Er war jung - wie all die anderen um sie herum. Jung und noch voller Illusionen. Hatte auch sie sich einmal so stark gefühlt? Am Anfang? Den Älteren überlegen? Sie atmete tief ein und nun erkannte sie den markanten Geruch des Leichtsinns.

„Bringen Sie mich zu Ihrem Meister. Je schneller ich mit ihm gesprochen habe, desto schneller werden Sie mich los." Er zögerte einen Moment. Vielleicht hatte er das Gefühl, noch etwas sagen zu müssen. „SOFORT!" Die Macht hinter dem Befehl ließ sie zusammenschrecken. Unwillkürlich wimmerte einer der Vampire auf und ohne ihr in die Augen zu sehen, trat er vor um sie zu führen. Sie konnte einen hasserfüllten Blick auf ihrem Rücken spüren, als sie ihm folgte. Wer noch so intensiv hassen konnte, war noch nicht lange Vampir.

Das Grundstück entsprach dem Wesen des Alters, das jeden Meistervampir umgab. Sie konnte die charakteristische Ausstrahlung spüren, als sie sich näherten. Drohendes Unheil, das sich über ihren Köpfen zusammenballte. Ganya ignorierte das Gefühl der Gefahr. Eine der ersten Regungen, die sie sich als Vampir angewöhnt hatte. Die Macht eines Meisters über seine Schützlinge lag zum großen Teil in der instinktiven Furcht seiner Schützlinge vor dieser unheilvollen Ausstrahlung, die viele der jungen Vampire noch nicht bewusst wahrnehmen konnten. Der Ärger ihrer Begleiter wandelte sich langsam in unsichere Furcht, ihr Übermut schrumpfte zu einem Wispern und verstummte.

Das Haus war von einem penibel gepflegten Park umgeben. Das Domizil selbst ragte bedrohlich in die Finsternis auf. Mit einem Quietschen schwang das Gitter auf, und ließ sie passieren. Ganya registrierte das leise Summen der Überwachungskameras ebenso wie die Aufmerksamkeit des Sicherheitspersonals. Es war ihr gleichgültig. Sie gestattete sich nur einen kurzen Anflug von Furcht, als sie vom Gebäude verschlungen wurden. Ärgerlich kämpfte sie ihr Zaudern nieder.

Die meisten ihrer Begleiter blieben in der großen Eingangshalle zurück. Nur drei eskortierten sie die prunkvolle Treppe hinauf in den weitläufigen Saal. Gelangweilte Vampire bevölkerten den Vorraum, standen oder saßen in kleinen Gruppen zusammen. Gierige Aufmerksamkeit verfolgte sie, als man sie an der Prozession vorbeiführte. Schadenfreude oder übermäßiger Überdruss sprangen ihr aus den offen liegenden Geistern entgegen.

Sie glaubten, in ihr einen Neuling zu sehen. Sie schloss daraus, dass es in letzter Zeit viele Neulinge gegeben hatte. Neulinge auch in ihrem Alter. Sie verbarg ihre Überraschung. Bevor ihre Lady sie zu einem Vampir gemacht hatte, hatten die Meister abgelehnt, Jugendliche zu Vampiren zu berufen. Stürmisch und aufbrausend waren sie ... zu unkontrolliert. Die Gefahr, die noch nicht vollkommen entwickelten Geister durch den Eingriff irreparabel zu schädigen, war zu hoch, um den Aufwand einer Überleitung zu rechtfertigen.

Vorsichtig sondierte sie die Anwesenden, nach mächtigen Vampiren. Die Meisten schienen kaum älter als fünfzig. Vielleicht hielten sich Forkens ältere Zöglinge in ihren eigenen Anwesen auf. Es war eine ungewöhnlich große Zahl junger Schützlinge. Aber es lag nicht an ihr darüber zu urteilen.

Die Drei stießen das hohe Tor auf. Mit einem Anflug von Belustigung nahm sie die verschwenderische zur Schau Stellung von Macht und Reichtum zur Kenntnis. Während sie in den hohen Saal folgte, ließ sie gelassen die Blicke der älteren Vampire über sich ergehen. Forken schien sie alle hier versammelt zu haben. Um ihr etwas zu beweisen?

Allein näherte sie sich dem Thron, verharrte in angemessener Entfernung und verneigte sich kurz.

„Willkommen, Ganya. Ich war mir sicher, Lady Segra würde dich schicken." Die schnarrende Stimme schreckte sie nicht. Ihr Geist ordnete der Aura unvermittelt ein Gesicht und einen Namen zu. Die gebeugte Gestalt erhob sich von dem Thron und kam langsam näher. Ganya rührte sich nicht.

„Es freut mich, dass du dich erholt hast. Und ich stelle fest, dass deine Macht weiter gewachsen ist." Ihre sensiblen Sinne nahmen plötzlich seine Unsicherheit wahr, seine leise Furcht vor ihr. Nach außen wirkte der alte Vampir immer noch genauso uneinnehmbar und unnahbar wie zuvor. Aber er konnte seine Regung, seine Furcht nicht verbergen.

„Ein wahres Wunder, wenn man deine Jugend bedenkt. Lady Segra hatte Recht damit, dich zu einem Vampir zu berufen, damals. Du hast dich ihr als stets loyal erwiesen."

„Ihr wart einer ihrer radikalsten Kritiker, Meister Forken. Ihr scheint Eure Bedenken, gegen junge Vampire abgelegt zu haben."

„Du hast innerhalb von nicht einmal einhundert Jahren viel bei uns verändert, Ganya. Ich denke in einhundert, vielleicht zweihundert Jahren, wird man auch dich zum Meister berufen. Seit wir uns dazu gezwungen sahen, Meister Ashan zu beseitigen, fehlt einer der großen Meister. Du besitzt Begabung. Und du bist eine treue Untergebene."

Ganya begegnete den alten Augen und spürte darin noch etwas: Unsicherheit. Eine stumme Frage. Aber auch sie wusste nicht, was sie damals dazu getrieben hatte, ihre Lady gegen einen anderen Meister zu verteidigen. Vielleicht eine tief vergrabene menschliche Regung. Die Bewunderung, mit der sie die Lady einst betrachtet hatte. Wie sie allerdings den Angriff des Meisters hatte überleben können, entzog sich ihrem Verständnis. Sie wusste nur, dass ihre Sinne seitdem noch empfindsamer geworden waren.

Er hob die Hand, strich trügerisch sanft über ihre Wange. Ganya spürte die Unsicherheit und Anspannung der anderen Vampire im Saal. Sie schienen mit ihrem Tod zu rechnen. Hatte nicht er sie erst rufen lassen? Sie blieb wachsam, trotz der erstickenden Übermacht Forkens. Der Meistervampir war der Älteste im ehrwürdigen Rat und ein einziger Gedanke seinerseits mochte reichen, sie zu zerbrechen.

„Du hast damals einen übermäßigen Scharfsinn bewiesen, Ganya. Du bist hier, weil ich vor einem Rätsel stehe und das Gefühl habe, dass es größer ist, als ich ahne. Ich hoffe um meinetwillen, dass du es lösen wirst." Er bräuchte ihr nicht zu drohen. Es war sowohl unnötig, als auch nicht gänzlich überzeugend. Seine eigenen Zöglinge konnte er ohne Bedenken beseitigen, Ganya nicht.

Er schlurfte zurück zu seinem Thron und unterstrich mit seiner Aura die Drohung. Er befürchtete, sie könne sich mit seinen Zöglingen verbinden, um ihn zu stürzen, um selbst Meister zu werden. Und dennoch hatte er sie holen lassen. Es bräuchte keine übermäßige Kombinationsgabe zu erkennen, dass er an eine Bedrohung glaubte. Eine Bedrohung, die er nicht benennen konnte und dafür fürchtete.

Sie stand noch einen Moment starr, ihr Blick ruhte nachdenklich auf der zusammengesunkenen Gestalt. Kein erfahrener Vampir würde den Fehler begehen zu glauben, diese Gestalt sei schwach. Wovor konnte er Angst haben? Sie spürte, wie das Ungetüm des Interesses sich in ihrem Inneren regte. Steif verbeugte sie sich noch einmal. Sie wusste, an wen sie sich zu wenden hatte, um sich anzusehen, was den Alten so beunruhigt hatte.

Ohne auf die anderen Vampire zu achten, verließ sie mit langen, sicheren Schritten den Saal. Ihre drei Beobachter schlossen sich ihr an. Die Tür fiel hinter ihnen krachend ins Schloss. Es blieb noch genügend Zeit.

„Bringt mich hin." Diesmal gehorchten sie ohne ein Zögern.

Sie wusste nicht, warum er beschlossen hatte, sie zu begleiten. Sein hasserfüllter Blick verfolgte sie, während sie durch das verlassene Haus streifte. Das Wichtigste war das Wohnzimmer. Sie spürte es sofort. Der Bewohner war schon lange nicht mehr hier gewesen, aber sie konnte sein Alter erahnen. Er musste bereits seit einhundert Jahren Vampir sein. Länger als die meisten, die sie heute gesehen hatte. Warum schuf Forken so viele Zöglinge? Wem wollte er seine Stärke beweisen? Sie konnte seine Macht in der Luft schmecken.

Bücher. Die sanfte Beleuchtung offenbarte ihren aufmerksamen Augen eine wahre Sammlung von Wissen. Sie strich mit den Fingerspitzen über die Bücherrücken, verharrte manchmal, wenn sie etwas erkannte. Biologie, Psychologie, Physik, Chemie, Biochemie, Philosophie, Medizin und Sammlungen von unheimlichen Geschichten. Sie nahm eines der Bücher aus dem Regal und durchblätterte es flüchtig. Gruselgeschichten über Vampire, Berichte, in denen Menschen schworen, einen Vampir gesehen zu haben - Ganya bezweifelte, dass sie bei einer wahren Begegnung lang genug überlebt hätten, um ihr Schicksal überhaupt zu begreifen, geschweige denn darüber zu berichten. Sie zögerte bei einer Zeichnung. Sie spürte, dass auch der Besitzer des Buches das Bild betrachtet haben musste. Die Darstellung zeigte eine Frau und einen Vampir. Sie sahen sich an, aber sie berührten einander nicht. Ihre Haltung spiegelte ihre Zerrissenheit zwischen Sehnen und Möglichkeit wider. Der Morgen dämmerte im Hintergrund. Sie glaubte plötzlich, die Blicke spüren zu können, als stände sie zwischen beiden. Eine Erinnerung regte sich kurz in ihrem Inneren und erlosch. Einst hätte sie es verstanden.

Heftig klappte sie das Buch zu und legte es wieder zur Seite. Ihr Blick wanderte weiter über den Schreibtisch, übersät mit Notizen. Er arbeitet an etwas. Die Notizen waren mit so vielen Kürzeln durchsetzt, dass nur noch der Verfasser erkennen konnte, worum es sich handeln mochte.

Musik. Sie fand bemerkenswert, dass er Musik gehört hatte. Wahrscheinlich, während er las oder sich Notizen machte. Ein seltsames Gefühl hing in dem Raum. Sie atmete tief durch, konnte es aber nicht entziffern. Melancholie? Ein Vampir der einhundert Jahre alt war, wäre schon längst über so intensive Gefühle hinaus. Nur die Neugierde blieb. Aber sie konnte keine Neugierde in dem Raum spüren. Wozu hatte er all die Bücher, wenn er sie nicht las? Wozu las er sie, wenn keine Neugierde ihn trieb? Er hatte auf ein Ziel hingearbeitet. Sie konnte es spüren. Es lag in der Luft. Es war, als würde sie einen Bekannten durch ein Fenster beobachten. Er konnte sie nicht sehen, aber sie konnte verschwommen seine Gestalt ausmachen und ein Gefühl flüsterte ihr zu, dass sie mehr fühlen, begreifen könnte, ohne sehen zu müssen. Sie wusste nicht, warum, aber sie mochte das alte, verlassene Haus. Es gab ihr einen Anflug von Sicherheit.

„Seit wann ist er verschwunden?"

„Er ist seit einigen Nächten einfach nicht mehr aufgetaucht."

„Das scheint Euren Meister tief verunsichert zu haben." Sie drehte sich in dem Moment um, als sie die Feststellung machte, dennoch konnte sie seinen Gesichtsausdruck aus dem Augenwinkel studieren.

„Es sind einige seltsame Dinge vorgefallen. Das gefällt ihm nicht."

„Was für Dinge?" Sie fuhr damit fort, sich im Raum umzusehen. Irgendwo war etwas Wichtiges. Sie konnte es spüren. Es musste einen Grund für seine nächtliche Beschäftigung geben. Was hatte er gesucht?

„Einer der Zöglinge wurde am Abend gefunden. Seine Haut zeigte deutliche Verbrennungen. Er war halb tot und blind vor Schmerz. Seine Augen sind fast vollständig verbrannt. Er war offensichtlich am Tag draußen und bei Bewusstsein. Er hätte diesen Ausflug nicht überleben dürfen."

„Lebt er noch?"

Der Vampir schüttelte den Kopf. „Er schlief in der Nacht ein. Am nächsten Abend fanden wir ihn auf dem Grundstück. Er war schon wieder draußen und diesmal hat es ihn das Leben gekostet. Seine Leiche haben wir aufbewahrt. Der Meister dachte sich schon, dass Sie sie sehen wollen."

Ganya dachte einige Sekunden lang nach. Noch zwei Stunden bis Sonnenaufgang. Sie hatte sich bereits einen sicheren Platz zum Schlafen gesucht. Nicht, dass sie Meister Forken misstraut hätte, aber es war sicherer, sich selbst einen Platz zu suchen. Sie hielt es nun schon seit sechzig Jahren so. Nicht einmal die Lady wusste, wo ihr Schützling sich am Tage aufhielt.

„Ich werde mir die Leiche morgen ansehen. Bis dahin bleibe ich erst einmal hier. Ich brauche euch nicht mehr." Es sprach für die Grausamkeit seines Meisters, dass er wagte, ihr zu widersprechen.

„Wir sollten Sie noch zu Ihrem Schlafplatz geleiten."

„Das wird nicht nötig sein. Ich habe bereits einen Ort." Er schien unsicher. Damit hatte keiner von ihnen gerechnet. „Mein Meister würde es zu schätzen wissen, wenn er wüsste, wo er Sie erreichen kann."

„Er weiß, *wie* er mich erreichen kann."

Verunsichert warf er der anderen Vampiren einen fragenden Blick zu, aber diese rührten sich nicht, waren wie erstarrt. „Aber es ist meine Pflicht ..."

„Ich brauche euch nicht mehr." Die klirrende Kälte ihrer Stimme und ihre unheilvolle Macht, drohten ihn zu erdrücken. Erschrocken krümmte er sich zusammen. „Verzeiht." Keuchend versuchte er, zurückzuweichen.

Teilnahmslos distanziert beobachtete sie seine Qual und auch wenn sie nichts von unnötiger Grausamkeit hielt, empfand sie kein Bedauern. Er störte ihren Wunsch nach Ruhe, und war damit lästig geworden.

Sie flohen. Es war ihr Recht. Sie konnte fühlen, wie sie sich zurückzogen. Erschöpft schloss sie die Augen. Sie sollte sich eine Beute suchen, sonst würden ihre Sinne abstumpfen. Noch einmal versuchte sie, die Witterung des Raumes in sich aufzunehmen, zu erfassen, was sie verwirrte. Wieder trat sie an das Regal heran. Ihre Hand wanderte über die Bücher, um plötzlich zu stocken. Unschlüssig zog sie eines der Bücher aus den Buchreihen und legte ein altes Heft frei. Die Seiten waren bereits vergilbt und abgegriffen. Sie schlug es auf und starrte eine Weile auf die geschwungene Schrift, ohne zu lesen, was da stand. Sie fühlte, dass dieses Heft älter war als der Vampir. Diese Schrift hatte einst einem Menschen gehört.

Sie blätterte weiter. Sie wusste nicht genau, wie sie es wahrnahm, aber sie wusste, dass nach einigen Seiten der Mensch jäh verschwunden war. An seine Stelle war ein junger, verwirrter Vampir getreten, dem gar nicht gefiel, die Kontrolle verloren zu haben. Auch sie erinnerte sich an das abscheuliche Gefühl und diese Erinnerung erschien ihr realer, als all die anderen Erinnerungen an ihr menschliches Fühlen.

Eine Seite war unberührt. Sie konnte spüren, dass diese Seite wichtig war; er konnte sie nicht frei gelassen haben. Die Neugierde trieb sie zum Schreibtisch. Rastlos durchwühlte sie die Schubladen, auf der Suche nach einem Hinweis.

Sie erinnerte sich an den Trick mit einer Chemikalie, die Schrift einer Geheimtinte wieder sichtbar zu machen. Mit einem Pinsel trug sie diese vorsichtig auf dem Blatt auf. Sie begriff nicht, warum der Vampir das Stück in Geheimtinte geschrieben, aber nie wieder gelesen hatte. Sie spürte, dass er es hatte lesen wollen. Sie wusste einfach, dass er jeden Tag die Chemikalie hervorgeholt und dann doch gezögert hatte. Warum?

Ganya arbeitete schnell und konzentriert. Ihr Lehrer hatte ihr einst Effizienz genauso unverrückbar eingebläut, wie auch den Umgang mit Chemikalien und Geheimtinte. Die Tätigkeit rief ein flüchtiges Bild von ihm wach, wie er ihr all die Geheimnisse ihrer Welt gelehrt hatte. Zumindest hatte sie es seinerzeit geglaubt. Früher hatte sie ihn vermisst, aber von dem Gefühl war nichts weiter geblieben, als ein scharfes Bild, das mit einer Empfindung hätte verbunden sein müssen. Vielleicht hatte sie vergessen, was Bedauern bedeutete.

Die geschwungene Schrift war dieselbe, obwohl sie diesmal die Verunsicherung spüren konnte.

Krieg oder Frieden,
Wie ein ewiges Auf und Ab der menschlichen Seele,
Die tosende Brandung des Zorns und des Hasses,
Die strahlende Abgesandte des Lichtes,
Vergehen fast in Sehnsucht und Schmerz.
Liebe als Ausdruck tiefen Glückes oder Unzufriedenheit,
Sollte sich die Seele eines ihrer unwürdigen Körpers erheben?
Strebt sie nach dem Tod hinaus, hinaus aus dem ewig währenden Gefängnis?
Strebt nach dem Sterben jeglichen Zweifels, jeglichen Gefühls?
Abgesandte der Gleichgültigkeit,
Inbegriff der größten Furcht,
Abgesandte des ewigen Friedens, des ewigen Vergehens,
Die, du uns erhebst, über uns selbst?
Dieses Selbst aus den Ketten befreist und in alle Winde verstreust?
Und uns nicht einmal die Worte lässt:
„Das Leben war schön!“

Abgesandte, ich fürchte deine Reinheit, dein Licht,
Möchte mich im Schatten verstecken,
Möchte unbeachtet, ungesehen sein.
Denn Abgesandte des Lichts, ich fürchte dein Geschenk:
Ich fürchte die sanfte Hand des Todes.
Ich liebe meinen Geist, liebe meinen Körper und wage es zu sagen:
Ich möchte leben.

14

Sie las es nur ein einziges Mal. Ihr Bewusstsein hatte jedes Wort aufgenommen. Es gab kein Missverstehen mehr.

Sie folgte einer irrationalen Regung, als sie das Blatt aus dem Heft riss, verstohlen, als schämte sie sich dessen, es zusammenfaltete und in ihre Tasche steckte. Dann huschte sie wieder zum Regal und stellte das Heft zurück. Sie schob die Bücher davor und trat dann zurück. Keiner würde sehen, dass sie sich dort zu schaffen gemacht hatte.

Sie schlich aus dem Haus als Dieb und fühlte sich sonderbar schuldig, als wäre das Entfernen des wertlosen Fetzen Papiers ein Sakrileg. Ganya fühlte die anderen Vampire in der Nacht. Ältere Vampire. Sie sollten sie beobachten, sollten ihrem Meister berichten, wo sie schlief. Ganya fuhr mit der Untergrundbahn, ließ sich einfach treiben. Es gab kaum noch Menschen, unter denen sie sich verstecken könnte. Es war spät.

Ihr Geist verwirrte die anderen, gaukelte ihnen ihre Anwesenheit vor, um plötzlich zu verschwinden. Sie konnte ihre Verwirrung und Wut spüren. Und dann war sie an ihrem Ziel angelangt.

Der Ort war feucht und stank nach Abfall. Es kümmerte sie nicht weiter. Ruhelos schweifte ihr Geist umher, aber sie konnte keinen Menschen in unmittelbarer Nähe ausmachen. Die Feuchtigkeit drang durch ihre Schuhe und ließ ihren Körper schaudern. Dieser Körper beinhaltete ihr Bewusstsein, sie sollte ihn etwas pfleglicher behandeln.

Sie hatte den Geheimgang einst aus Zufall entdeckt und stieg nun tiefer hinab in die Kanäle. Den Eingang verschloss sie sorgfältig hinter sich. Die anderen Vampire hatten sie verloren. Forken mochte toben, aber sie sorgte sich nicht darüber.

Es war nicht sonderlich gemütlich oder einladend, aber ihr war das gleichgültig. Sie spürte den Tag nahen. Sie suchte sich eine weit entfernte, schlecht einsehbare Stelle aus, bevor sie mit dem Schatten verschmolz. Dann war ihr Bewusstsein einfach nicht mehr da und ihr Körper sackte kraftlos in sich zusammen.

Sie öffnete die Augen. Es gab keinen Augenblick der Desorientierung, des Erwachens. Ihr Bewusstsein kannte keinen Übergang – war einfach.

Ihr Körper schmerzte, aber sie nahm es nur zur Kenntnis, konnte es nicht wirklich spüren. Streng wies sie sich wegen der Unachtsamkeit bezüglich des winzigen Zeitunterschieds zu ihrer Heimatstadt zurecht. Kurz flackerte Sehnsucht nach ihrem üblichen Schlafplatz auf. Überrascht erstarrte sie und versuchte, das Gefühl festzuhalten, aber es entfleuchte ihrem Bewusstsein wieder. Verstimmt rappelte sie sich auf.

Es waren noch viele Menschen unterwegs, die sie zum größten Teil ignorierten, als sie zwischen ihnen durch die Straßen wandelte. Sie suchte nichts Bestimmtes. Niemand beachtete sie weiter. Vor ihr öffnete sich eine schmale Gasse, die sich hinter ihr wieder schloss. Sie spürte, dass Forken versuchte, sie ausfindig zu machen, aber sie ließ sich davon nicht aus der Ruhe bringen.

Es gab einige, die es nicht mehr ertrugen, mit den Menschen zu essen. Ganya verstand diese Regung nicht, aber sie erinnerte sich schwach, dass auch sie in den ersten Jahren ein immer stärker werdendes Unbehagen verspürt hatte, von Menschen umgeben zu sein. Es erinnerte sie zu stark an ihre vorherige Existenz und Schwäche.

Sie suchte sich ein unauffälliges Restaurant aus und achtete darauf, sich nicht in den Blickwinkel eines Spiegels zu setzen. Sie mochte Spiegel nicht. Nur sehr junge Vampire verspürten den Drang, sich selbst zu sehen, wie als Bestätigung, dass sie noch existierten. Je älter sie wurden, desto mehr fürchteten sie die glatten, schillernden Flächen. Sie könnten Wahrheiten offenbaren, die besser unbeachtet blieben.

Sie achtete nicht darauf, was sie aß. Der Geschmack spielte keine Rolle mehr, auch wenn sie mit Genugtuung feststellte, wie ihr Körper sich entspannte. Ihr Interesse galt allein der Zuführung aller notwendigen Nährstoffe. Sie durfte nicht unaufmerksam werden. Einige Vampire zeigten so wenig Interesse an ihre Hülle, dass sie unbemerkt verhungerten.

Zufrieden lehnte sie sich zurück und beobachtete das Treiben draußen. Sie spürte die lauernde Präsenz der Vampire. Sie suchten alle nach ihr. Es verwunderte sie, wie viele in dieser Stadt augenscheinlich leben konnten. Sie konnte Forkens Ungeduld fühlen, als würde er neben ihr stehen. Aber sie wusste genau, dass selbst er nicht wusste, wo sie sich befand. Nur ungewöhnliche Ereignisse würden diese drängende und ungezügelte Ungeduld erklären.

Dennoch beschloss sie zunächst, ihrem Bewusstsein ebenfalls eine Stärkung zukommen zu lassen. Sie wusste nicht, warum das Blut von Menschen das Beste war. Sie hatte einige Theorien aufgestellt, als sie noch Skrupel hatte, zu töten. Es war bedeutungslos geworden. Obwohl sie Männer bevorzugte. Weshalb, wusste sie nicht.

16

Sie stand auf der anderen Straßenseite und beobachte einen mageren, unruhigen Jungen, dessen schlaksige Gestalt den Anschein vermittelte, sich kaum gegen die Menschen um ihn herum, behaupten zu können. Sie wusste nicht genau, warum er. Manchmal wusste sie es einfach nur.

Er schien sie zu spüren, denn er wurde unter ihrem Blick nervös, konnte die Gefahr selbst aber nicht ausmachen. Die Vampire konnten sie augenblicklich wenigstens ungefähr lokalisieren. Natürlich, ihr Geist frohlockte bei dem Gedanken an eine Stärkung.

Sie überquerte die Straße und immer noch wusste der Junge nicht, woher die Gefahr kam. Bis sie sich gegenüberstanden. Er sah sie an und erkannte sie. Nicht als das, was sie war, sondern als seinen Tod. Gehetzt sah er sich noch einmal um, aber Ganya legte ihm sanft, fast liebevoll, die Hand auf die Schulter. Ihr Geist fing den seinen mit Leichtigkeit ein. Er flatterte nervös wie eine Motte, ungeachtet der Gefahr unwiderstehlich vom Licht angezogen. Sie empfand kein Bedauern, dass er sein Leben lassen musste.

Forken war wütend. Sehr wütend. Sie konnte es an seiner bedrohlichen Aura um sich herum erkennen, als sie das Anwesen betrat. Unmittelbar darauf war sie umgeben von seinen Zöglingen und wurde ihrer Verärgerung, sie erst so spät wahrgenommen zu haben, gewahr.

Der Saal war in dieser Nacht fast leer und Forken ruhte auch nicht auf seinem Thron, als sie eintrat. Er stand vor einem der großen Wandgobelins und starrte gedankenverloren auf das Bild.

„Ganya, du hast meinen Ruf gehört. Warum bist du ihm nicht gefolgt?"

„Weil Ihr nicht mein Meister seid, Forken. Und weil ich weder Euch, noch der Lady länger etwas schuldig bin. Das wisst Ihr. Ich bin hier, weil das meine Entscheidung ist und Euer Wunsch." Sie verneigte sich leicht.

„Es war nicht nötig, mich warten zu lassen, um deine Unabhängigkeit zu demonstrieren, Ganya. Deinen Stursinn ist bekannt. Ich wünsche, dass du hier schläfst. Hier ist es am sichersten. Es fallen seltsame Dinge vor. Es gab einen weiteren Zögling, der sich beim Tageslicht hinauswagte. Er lebt noch."

Forkens Macht wallte bedrohlich um sie auf. „Deswegen will ich wissen, wo du bist. Zu jeder Zeit." Er löste den Blick von dem Gobelin, starrte sie an um seine Worte zu unterstreichen.

Sie ging nicht auf seine Forderung ein. „Ich würde gern mit ihm sprechen."

Einen Moment lang glaubte sie, er würde ihr Aufbegehren bestrafen. Dann aber zog sich sein Bewusstsein zurück. „Ich werde dich begleiten. Die Ereignisse sind erschreckend. Wir müssen einen Weg finden, ihnen Einhalt zu gebieten."

Sie wusste nicht, warum sie sich des Schriftstücks in ihrer Tasche so bewusst war, als sie Forken folgte. Ihre Bewacher waren vor ihrem Meister zurückgewichen. Sie konnte ihre Angst riechen, nah einer Panik. Forken konnte sie jederzeit mit seiner erbarmungslosen Kraft kontrollieren, erkannte sie. Hatte die Lady sie auch einmal so vollkommen kontrolliert? Wahrscheinlich. Sie schauderte leicht.

Sie konnte noch vor den Zellen den scharfen Schmerz spüren. Als wäre der Vampir wieder mit seinem Körper verbunden. Er konnte sich nicht aus Distanz betrachten und der Schmerz hallte unkontrolliert durch sein Bewusstsein, beherrschte es. Gegen ihren Willen zuckte sie bei der Wahrnehmung zusammen. Forken rührte sich nicht. Entweder ließ ihn der Schmerz kalt, oder er hatte den stummen Schrei nicht gehört. Sie zögerte einen Augenblick, bevor sie die Tür öffnete.

Eine erbärmliche Erscheinung, an die Wand gekettet und vom Schmerz des Verstandes beraubt. Blinde Augen wandten sich ihr zu, als sie den Raum betrat. Mit einer überraschenden Wut stürzte er sich auf sie. Ganya betrachtete ihn mit einem Anflug von Mitleid. Ihm war nichts mehr geblieben. Sein Geist war nicht mehr der eines Vampirs und dennoch war er auch kein Mensch. Er stieß seltsame Laute aus, als hätte sich sein Mund verzogen und ihm das Sprechen unmöglich gemacht. Sein Geist war voller verwirrender, unzusammenhängender Bilder. Er konnte noch nicht sonderlich alt sein, haftete ihm doch noch der Geruch eines jungen Vampirs an.

„Er ist erst seit einem knappen Jahr ein Vampir. Deswegen sind seine Erinnerungen an die Menschen noch so frisch." Sie spürte Forkens Ekel davor. Seine Verachtung für das, was auch er einst gewesen sein musste. Etwas Hilfloses, Degeneriertes. Er hatte verdrängt, dass auch er einmal so jung gewesen war.

Erschöpft hielt der Vampir in seinem Toben inne und sackte wimmernd in sich zusammen. Ganya wagte sich näher heran. Er konnte unmöglich so schnell reagieren wie sie. Sie vertraute darauf, dass ihre Reflexe sie vor Verletzungen bewahren würden, sollte er sie angreifen. Sie ging in die Hocke und strich mit ihren Fingerkuppen behutsam über die verbrannten Züge. Ihre Finger prickelten, als wäre etwas von dem Sonnenlicht in der Haut zurückgeblieben. Dennoch hielt sie der Berührung stand und zwang sich, nicht zurückzuzucken. Mit ihrem Geist betäubte sie den Schmerz einen Augenblick. Das Unbehagen steigerte sich zu einem instinktiven Aufschrei in ihrem Inneren. Ihre Haut fühlte sich verbrannt an. Sie glaubte, den erstickenden Gestank sogar riechen zu können.

Das Wimmern wurde leiser, der blinde Blick sah zu ihr auf. Die Augen waren fast vollständig verbrannt. Ihr Geist fing seinen ein, lockend, bittend. Er schreckte zurück und kam dann näher, konnte ihr nicht widerstehen. Sie hatte die Technik von der Lady gelernt und fühlte einen Anflug von Scham, sie zu verwenden. Einem Menschen gegenüber verspürte sie kein schlechtes Gewissen, aber das war ein Vampir. Er war wie sie, oder hätte es werden können. Einst hatte er viel dafür aufgegeben.

Sie konnte spüren, wie er langsam erwacht war. Die Erkenntnis verbreitete sich wie eine Schockwelle in ihrem Bewusstsein. Nur mit Mühe gaukelte sie ihm einen schmerzlosen Körper vor, während ihre Konzentration zu brechen drohte. Da war wieder das Gefühl des Sehnens in ihr, schärfer noch als der Schmerz ihrer Haut. Wie gern hätte sie es noch einmal erlebt, dieses sanfte Übergleiten in den Wachzustand. Nicht nur die Augen aufzuschlagen und zu wissen, wie fern und verloren ein Traum für sie geworden war.

Sie erlebte seine Verwirrung. Er erhob sich und sah sich um. Alles schien wie immer. Er fröstelte in der Düsternis, die ihn umgab, in der ihm alles fahl erschien. Er konnte keinen anderen Vampir ausmachen. Doch da war eine Andeutung. Kaum mehr als ein verschwommener Schemen. Er stolperte eine Weile ziellos in dem großen Haus umher, verängstigt über die Leere. Sie hätten alle hier sein müssen. Sie waren immer hier. *Die Zöglinge schliefen alle im selben Haus?*

Und dann stand er vor der Eingangstür und legte seine Hand auf die Klinke. Noch einmal sah er sich ratlos um, dann stieß er die Tür auf. Die Erinnerung an den explodierenden Schmerz raubte ihr die Konzentration und sie stieß den fremden Geist von sich. Mit einer Bewegung, der kaum jemand in dem kleinen Raum folgen konnte, sprang sie zurück. Der Vampir begann wieder zu toben, versuchte sich wie rasend auf sie zu stürzen, um von seinen Ketten erbarmungslos zurückgerissen zu werden. Er kämpfte gegen den Griff an, besessen von dem Gedanken, sie könne ihn von dem Schmerz befreien, wenn er sie nur erreichte.

Sein Geist bettelte jämmerlich um Erlösung. Der Schmerz bohrte sich in ihr Bewusstsein und zwang sie, sich vollkommen zu verschließen. Röchelnd sank er zu Boden, ohne in seinem Kampf mit der Kette nachzulassen. Ganya beobachtete seinen Kampf teilnahmslos. Ihre Augen blieben bar jeglichen emotionalen Ausdrucks, während der sorgfältig verborgene Schmerz in ihrem Inneren brannte. Bald würde er nur noch eine verblassende Erinnerung sein.

Forken beobachtete das Schauspiel noch einen Augenblick angewidert und stieß dann mit seinem Geist ohne Warnung zu. Das Wimmern wurde plötzlich schrill und brach dann mit einem Mal ab. Sie wusste, dass er tot war. In einem der Zöglinge entflammte kurz Wut über die Gleichgültigkeit Forkens, bevor die Angst die Regung überlagerte.

Forkens Kopf fuhr herum, als hätte er etwas gewittert. Ganya beobachtete ihn stumm. Sein Blick huschte prüfend über die anwesenden Zöglinge, schien sich einen halben Herzschlag lang in jedes Auge zu brennen. Aber er konnte weder das Gefühl exakt zuordnen, noch wusste er, von welchem seiner Zöglinge es ausging. Das erfüllte ihn mit unberechenbarer Wut. Seine Stimme jedoch blieb ausdruckslos.

„Was hast du gefunden?"

„Es war, als wäre er wieder ein Mensch. Sein Bewusstsein war nicht länger das eines Vampirs. Und dennoch hat die Sonne ihn umgebracht. Es ist vollkommen sicher. Er war verwirrt und öffnete die Tür. Danach explodierte der Schmerz in ihm."

Forken musterte sie scharf, aber er konnte keine Gefühlsregung ausmachen. Sie schien gleichgültig. Dennoch glaubte er ihr nicht. Ganya war anders gewesen, als die Lady sie zu einem Vampir erhoben hatte. Sie wusste mehr, als sie ihm sagte. Aber es gefiel ihr genauso wenig wie ihm.

„Du solltest dir noch die Leiche ansehen und dann will ich wissen, was deine Vermutungen sind. Es gefällt mir nicht, wenn um mich herum Vampire unerklärlich sterben."

Nachdenklich sah sie hinunter zu der Leiche. „Es könnte eine Krankheit unter den Vampiren sein. Ich habe noch nie von einem solchen Fall gehört, aber es wäre möglich. Oder es gab einen Fehler in der Überleitung."

„Ich habe die Überleitung persönlich geleitet. Es gibt keinen Fehler in meinen Zöglingen. Sie sind perfekt." Er würde nicht zulassen, dass sie eine solche Vermutung noch einmal äußerte.

„Oder es gibt jemanden, der einen Weg gefunden hat, die Vampire verletzlich zu machen." Dann schüttelte sie den Kopf. „Das ergibt keinen Sinn. Warum nur ein Einzelner? Warum nicht gleich alle?" Sie sah ihn offen an. „Ich denke, es wäre in jedem Fall besser, wenn jeder Zögling sich einen neuen Platz zum Schlafen sucht." Forken gefiel das nicht. Sie waren leichter zu kontrollieren, wenn sie alle an einem Ort zusammen kamen. Dennoch nickte er.

„Ich werde mich auch bei den Zöglingen umsehen."

Widerwillen flammte in ihm auf. Er wollte nicht, dass sie dorthin ging. Sie konnte es deutlich in seinem Bewusstsein lesen. „Nicht mehr diese Nacht. Sieh dir die Leiche an und komm dann zurück. Du bist zum Morgenmahl geladen. Und dazu, heute hier zu schlafen. Es ist nicht sicher, wenn du in einer unbekannten Stadt deinen Platz suchst. Es könnte jemand zufällig über dein Versteck stolpern und es wäre bedauerlich, deinen Verlust bekannt geben zu müssen."

Es war keine Einladung, sondern ein Befehl. Und die Einladung war nur ein Vorwand, um sie vom Haus der Zöglinge fernzuhalten. Ihr Misstrauen erwachte schlagartig.

„Ich weiß Eure Sorge zu schätzen, aber diese Stadt ist mir nicht vollkommen unbekannt. Keine Stadt ist mir vollkommen unbekannt."

Er wollte sie zwingen, den ungewohnten Widerspruch beseitigen. Ihr Bewusstsein war noch erschöpft von der starken Illusion für den Vampir. Dennoch hielt sie seinem Wüten stand, als er sich gegen sie richtete. Keiner von beiden rührte sich, als ihre Willen gegeneinander brandeten, keiner bereit nachzugeben.

„Du wirst zurückkehren. Meinetwegen such dir deinen eigenen Platz, aber ich will dich morgen Abend sofort sehen. Ich hasse, wenn man mich warten lässt. Und noch mehr hasse ich, wenn jemand meinen Ruf ignoriert. Ich warne dich Ganya, werde nicht zu übermütig. Du konntest Ashan standhalten, aber mir bist du nicht gewachsen."

Sein geistiges Potenzial war seit der letzten Begegnung gewachsen und obwohl auch ihr Talent zugenommen hatte, wusste sie, dass sie unterlegen war. Die kurze Anstrengung ihm standzuhalten hatte sie an den Rand ihrer Kräfte getrieben. Zur Zustimmung neigte sie leicht den Kopf.

„Ich werde Euch nicht noch einmal warten lassen, Meister Forken." Aber während sie ihn ansah, erinnerte sie sich an sein Unbehagen, sie das Haus der Zöglinge sehen zu lassen. Und sie dachte an die verschwommene Wahrnehmung des anderen Vampirs. Es gab einen, der auch am Tag aktiv war. Und er hatte den Tod des Zöglings nicht verhindert. Forken hatte so viele Zöglinge gezogen, dass ihm deren Tod gleichgültig sein konnte. Aber die Ereignisse verwirrten und verängstigten ihn. Er hatte sie gerufen, damit sie ihm die Ereignisse erklärte. Er konnte nicht der verschwommene Schemen gewesen sein.

Die drei Vampire folgten ihr wie ein Schatten. Sie wagten nicht sich zu nähern, wagten aber auch nicht, sie nur einen Augenblick aus den Augen zu lassen. Ein lächerliches Bemühen. Sollte sie es wünschen, konnte sie sich ihnen problemlos entziehen.

Es war Zufall, als sie an ihrem Geburtshaus vorbeikamen. Sie hatte nicht gewusst, dass das alte Haus noch stand. Es schien nun sichtlich zu verfallen, niemand wohnte mehr in dem Gemäuer. Sie verglich das Bild mit den Erinnerungen ihrer Kindheit und gestattete sich, einige Sekunden lang diesen vertraute Ort zu mustern. Die Vampire hinter ihr, spähten gleichgültig hinüber, konnten aber den Grund für ihr Verharren nicht ausmachen.

Sie hatte lange nicht mehr an ihre Geschwister gedacht. Oder an ihre Eltern und ihre Cousins, Onkel und Tanten. Ob es noch Sprösslinge ihrer Familie gab? Irgendwo auf der Welt? Auch das wusste sie nicht. Die ersten zehn Jahre hatte sie manchmal ganze Nächte unter dem Fenster ihrer Schwester gestanden und hatte sich danach gesehnt, ihr zu sagen, was sie jetzt war. Dass sie noch lebte, in welcher Form auch immer. Sie hatte ihre Mutter trösten wollen. Es war ihr verboten. Kein Mensch durfte etwas von ihrer Existenz erfahren, waren sie ihnen am Tage doch vollkommen ausgeliefert. Die Lady hatte ihr bald ihre Ausflüge verboten und sie hatte sich an das Verbot gehalten, manchmal. Die Lady musste zumindest ahnen, dass sie nicht immer gehorsam gewesen war.

Sie hatte erlebt, wie ihre Geschwister heranwuchsen. Während sie selbst kaum mehr alterte. Das Leben war ohne sie weitergegangen. Ihre Mutter war alt geworden und gestorben, ihre Schwester hatte geheiratet, ihr Bruder war ausgewandert, ihr Vater war aus dem Krieg nicht wiedergekommen ... Und irgendwann war keiner mehr von denen, die sie gekannt hatte, da. Sie hatte schon lange nicht mehr an ihre Familie und ihre Kindheit gedacht. Selbst hier, an diesem Ort, verblassten ihre Erinnerungen immer mehr. Wurden – waren bedeutungslos.

Sie wandte sich um und ging weiter. Sie spürte nicht einmal einen Anflug von Reue.

Die Vampire versuchten immer noch, sie zu verwirren. Sie fuhren mit den Untergrundbahnen, wanderten durch die feuchten Tunnel der Kanalisation. Töricht. Glaubten sie wirklich, sie täuschen zu können? Forken musste wissen, wie absurd der Versuch war. Er konnte nur verhindern wollen, dass sie sich zu viele Dinge ansehen, zu viel erfahren könnte. Er vertraute nicht darauf, dass seine Zöglinge etwas vor ihr verbergen konnten.

Sie verspürte einen Anflug von Neugierde. Überwog seine Furcht vor ihr die Furcht vor den seltsamen Geschehnissen? Was musste er vor ihr oder vor ihrer Lady verbergen?

Die Hinterhöfe, in die sie sie schließlich führten, waren ihr gänzlich unbekannt. Er war nicht hier gestorben, dessen war sie sich sicher. Dieser Ort beherbergte noch nicht lange Vampire. Er roch nach Verfall, aber nicht nach dem gesonderten Bewusstsein eines Vampirs. Ob Forken ahnte, dass sie Schlafplätze von Vampiren ‚riechen‘ konnte? Sie könnte sich seinen Erschrecken vorstellen und gestattete sich einen Anflug von Amüsement.

Der Raum war umgestaltet worden. Die Leiche lag auf einem Seziertisch, Lampen und Geräte um sie angeordnet. Ganya betrachtete ihn interessiert. Die Haut war verbrannt, ebenso die Augen. Als sie ihre Finger auf seine Stirn legte, fühlte sie wieder das unangenehme Stechen, als würde sie sich verbrennen. Zögernd zog sie die Hand wieder zurück. Er war zu lange tot, als dass sie Erinnerungen und Eindrücke in seinem Gehirn sondieren könnte. Ihre drei Aufpasser hatten sich in den Schatten zurückgezogen, beobachteten sie. Verunsichert, neugierig. Wollten sie werden wie sie? Ihrem Meister so mutig entgegen treten? Irgendwann würde auch das an Bedeutung für sie verlieren.

Sie zog sich die Handschuhe über, griff zu dem Skalpell. Wie so viele Dinge, hatte ein Vampir ihr diese Kunst des Todes gelehrt. Zuerst hatte sie ihn beobachtet und dann assistiert. Inzwischen wusste sie weit mehr über den Körper, weit mehr über die Funktionsweise des Organismus, konnte genauere Aussagen treffen. Aber sie hatte noch nie die Gelegenheit gehabt, einen Vampir allein zu sezieren. Menschen, zur Übung. Aber noch nie einen Vampir. Nicht allein.

Sie ließ sich Zeit. Ihre Finger wanderten über die Haut, die verbrannten Augen, Arme, Beine ... Alles erschien ihr seltsam verkehrt. Als sie das Messer ansetzte, fing sie einen Anflug von Ekel auf. Irritiert hielt sie einen Moment inne, witterte. Es war keiner ihrer Begleiter, aber sie konnte kein anderes Wesen im Raum ausmachen. Vorsichtig legte sie das Skalpell zur Seite, sah sich aufmerksam um. Ziellos wanderte sie durch den fast leeren Raum. Ihre Aufpasser waren verwirrt. Sie blendete ihre Empfindungen aus ihrer Wahrnehmung aus. Höchstens ein Hauch. Im Nachhinein überraschte sie selbst, ihn aufgefangen zu haben.

„Wer war hier?" Die Emotionslosigkeit ihrer Stimme ließ alle drei zusammenzucken. Nur einer wagte zu antworten.

„Wir haben ihn hierher gebracht. Sonst war niemand hier."

Sie durchbohrte ihn einen Moment lang mit ihrem Blick, überlegte, ob er lügen würde. Er hatte Angst vor ihr. Sie ließ wieder von ihm ab. Sie wussten es nicht. Einige Sekunden lang versuchte sie, einen Anhaltspunkt zu finden, versuchte zu begreifen. Das war nicht das ungestüme und plumpe Fühlen eines jungen Vampirs. Kalt, distanziert. War Forken hier gewesen?

Sie trat wieder an den Tisch und begann entschlossen mit ihrer Untersuchung. Vielleicht würde sie hier Antworten finden. Die Spur war bereits verblasst und zu ungefähr, um ihr von Hilfe zu sein. Dennoch geisterte sie irgendwo am Rande ihres Bewusstseins. Ein leises Nagen. Weil sie es wissen müsste.

„Nichts passt zusammen." Sie sprach ruhig, auch unter Forkens starren Blick. Die Untersuchung hatte sie länger als erwartet beansprucht. „Ich habe bereits Leichen einiger Vampire gesehen ..." Er wusste, dass sie auf die Ereignisse mit Meister Ashan anspielte. „Aber das war anders als alles, was ich je zuvor gesehen habe. Es ergibt keinen Sinn."

„Ist es eine Krankheit?"

Ganya spielte mit dem Gedanken, versuchte ihn in das Bild einzuordnen, das sie erhalten hatte. „Es wäre möglich", räumte sie ein. „Aber sehr unwahrscheinlich."

Die anderen Vampire am Tisch warfen sich unruhige Blicke zu. Ganya war sich bewusst, die Jüngste am Tisch zu sein. Die anderen betrachteten sie mit zurückhaltender Verachtung.

„Warum schließen Sie diese Möglichkeit aus?", forderte einer zu wissen. Ein unheilvolles Glitzern in seinen Augen offenbarte ungeniert seine Abneigung. Keiner der Vampire mochte sie. Ihnen wäre lieber, sie wäre nicht in diese Stadt zurückgekehrt. Sie hatten sie noch zu gut in Erinnerung.

Ganya betrachtete ihn einen Moment lang sinnend über den Rand ihres Glases hinweg. „Es würde nicht zu anderen Dingen passen."

„Welchen anderen Dingen?"

„Etwas liegt über diesen Vampiren wie ein Schatten. Ein Gefühl, das ich nicht zu fassen vermag. Es ist nicht nur eine Krankheit. Jemand plant etwas und dieser jemand scheint entschlossen, die Vampire zu vernichten."

Sie hatte ihre Worte bedächtig gewählt. Sofort breitete sich Stille aus. Sie konnte spüren, wie sie aus ihrer Lethargie und Ignoranz erwachten, Unsicherheit durch ihre Geister huschte. Sie verbarg die Andeutung eines Lächelns hinter dem Glas, nippte an dem Getränk. Sie wusste nicht einmal, was sie trank, zwang ihre Geschmacksnerven, ihr die unwichtige Information zu übermitteln. Wein. Sie stellte das Glas wieder ab. Vampire konnten ebenfalls betrunken werden, auch wenn sich der Zustand eher beschwipst annäherte, als allem anderen. Dennoch konnte die Wirkung auf einen unerfahrenen Zöglingskreis verheerende Wirkung haben, wie sie selbst nur zu gut aus leidvoller Erfahrung wusste. Er trübte die Wahrnehmung. Sie sollte heute einen klaren Kopf bewahren.

Sie genoss eine Sekunde lang die Stille, bevor sie diese nutzte, um sich zu erklären. „Es gibt mehrere Theorien über Krankheiten, die auch uns befallen könnten. Unser Körper ist der verletzlichste Punkt eines Vampirs. Es wäre undenkbar, sollten wir an Pocken oder der Pest erkranken wie Menschen." Sie schwieg wieder einen Moment, betrachtete verstohlen alle Anwesenden am Tisch.

„Und vermutlich würde eine solche Epidemie die Vampire schwächen, wenn nicht sogar bedrohlich dezimieren. Aber mein Spürsinn sagt mir, dass wir einem denkenden Geist gegenüberstehen. Und das beunruhigt mich weit mehr."

Forken neben ihr runzelte die Stirn. Er hatte gewusst, dass sie etwas verschwieg.

„Es wäre ein schwerer Schlag, sollten die Menschen sich unserer Anwesenheit bewusst werden. Zum Glück weigern sie sich wahrzunehmen, was nicht in ihr Weltbild passt. Unachtsamkeiten von Zöglingen sind lästig, aber nicht wirklich gefährlich."

Sie hielt einen Moment inne und dachte an ihre eigene Unachtsamkeit. Ihre unentdeckten Experimente in den Kanälen unter der Stadt waren wahrlich ein Beweis der Ignoranz der Menschen. Damals hatte der unerträgliche Gestank der chemischen Experimente aus einem ihrer Hilfslabore unter der Stadt die Polizei auf den Plan gerufen, die dem unangenehmen Mief aus dem Gullydeckel vor ihrem Revier nachgegangen waren. Sie hatten nur ein verlassenes Labor vorgefunden, während sie selbst im Schatten der Tunnel dort unten geruht hatte und nicht einmal bemerkt hätte, hätte man sie entdeckt und dem Sonnenlicht ausgesetzt. Das Ereignis amüsierte sie heute immer noch, auch wenn sie sich dieses Zugeständnis nicht mehr gestattete.

„Jemand hat das geändert. Aber ich begreife noch nicht wie oder warum."

Langsam neigte einer der Vampire den Kopf. Die schnarrende Stimme aus der uralten Kehle erschreckte sie nicht, berührte aber unangenehm eine Erinnerung, die aus ihrem Unterbewusstsein entwichen war. Sie hatte keine Zeit, der Empfindung nachzuspüren.

„Ein Mensch hätte getötet. Aber das sind nur einzelne Vorkommnisse. Was kann einen Vampir dazu bewegen, in die Sonne zu sehen? Was kann ihn so verändern, dass er nicht sofort verbrennt und was bezweckt jemand mit dieser Änderung?"

Sie nickte leicht. „Auch das ist mir ein Rätsel." Während sie ihn betrachtete, erkannte sie, dass er sogar die Sehnsucht nach Licht über all die Jahre vergessen hatte. Vor zwanzig Jahren war sie bereit gewesen, die Sonne nur ein letztes Mal wieder zu sehen. Ein Schwermut, der jeden Vampir irgendwann auf seinem Weg befiel. Hatten die Zöglinge das gewollt? War es ihre eigne Sehnsucht gewesen, die sie in den Tod getrieben hatte?

Sie lehnte sich zurück, während die anderen Vampire sich flüsternd austauschten. Aber woher kam dann die Verwirrung? Und wer war bei der Leiche gewesen? Wer hatte von ihr gewusst und sie finden können. Und wozu? Sie spürte Frokens Unzufriedenheit über ihre Verschlossenheit.

„Es ist immer noch nur ein Gefühl, welches diese bemerkenswerte Möglichkeit favorisiert." Langsam wandte sie sich ihrem Nachbarn zu. Zustimmend neigte sie den Kopf. „Ich habe noch keine Erklärungen, nur Vermutungen."

„Es gibt nicht viele Vampire in diesem Kreis, die sich auf unklare Gefühle verlassen würden." Er wusste genau, dass nur sie sich auf Gefühle verließ. Allen anderen war dieses Mittel fremd geworden, oder sie hatten es nie beherrschen können.

Sie entspannten sich merklich, fanden ihre ruhige Überheblichkeit zurück, verfielen wieder in ihre Ignoranz.

„Es existiert eine Gefahr, welcher Art auch immer. Und das gefällt mir nicht. Meine Gefühle haben mir bis jetzt gute Dienste geleistet. Aber Ihr habt vollkommen Recht, es sind nur Empfindungen." Gleichmütig griff sie zu einem anderen Glas und trank einen Schluck. *Wasser,* analysierte ihr Verstand. Forken musterte sie scharf. Bald würde er sich nicht mehr mit Ausflüchten zufrieden geben. Sie konnte seine Unruhe fühlen. Befürchtete er, sie wüsste mehr, als für ihn gut war? Oder glaubte auch er an diese Gefahr? Der Meistervampir war ihr ein Rätsel.

Sie ging früher, als ihr Gastgeber gestatten wollte, aber er vermied eine weitere Auseinandersetzung vor seinem Gefolge. Sie empfahl sich mit einer steifen Verbeugung und verließ dann den trüben Saal. Einen Moment lang stand sie in dem hohen, verlassenen

Korridor, betrachtete die aufstrebende Architektur, die Symbole der Macht und des Reichtums. Sie bedeuteten manchen Vampiren so viel wie den Menschen. Nahm jeder von ihnen etwas mit aus seinem ursprünglichen Leben? Hatte sie ihre Intuition gewählt, als sie übergeleitet wurde? Ihre Lady meinte manchmal, sie sei anders und wirklich nahm sie eine gewisse Differenz wahr. Als wäre ihr das Wesen der Vampire immer noch fremd. Andererseits blieb das geistige Individuum auch nach dem uralten Ritual bestehen. Eine Erinnerung streifte sie. Ganya versuchte sie zu fassen, aber sie entglitt ihrem tastenden Bewusstsein.

Jemand beobachtete sie, wie sie in den Gängen stand und die Säulen der Macht betrachtete. Sie bemerkte ihn erst sehr spät, war er doch wahrlich geschickt darin, sich zu verbergen. Unauffällig schob sie beide Hände in ihre Manteltaschen und tastete nach dem Papier. Scheinbar sorglos schlenderte sie aus dem Anwesen, ließ sich anschließend von einer fast leeren Untergrundbahn davontragen. Heute wurde sie nicht verfolgt. Forken schien den Wunsch nach Kontrolle aufgegeben zu haben. Hatte der Fremde in Forkens Namen gehandelt, als er sie beobachtete, oder trieb ihn ein persönliches Anliegen? Sie hatte dem Bewusstsein kein Gesicht zuordnen können.

Langsam faltete sie das Blatt auseinander, betrachtete es genau im grellen Licht der Untergrundbahnbeleuchtung. Unter dem Geschriebenen sah sie kaum merkliche, durch das Alter verblasste Linien. Als hätte sie jemand gezogen und dann wieder ausgelöscht. Verwirrt fügte sie ein weiteres Stück zu dem Puzzle hinzu. Hatte er sich an seine Überleitung erinnern können und gewagt, die Symbole aufzuzeichnen? Jemand hatte etwas daneben geschrieben, klein und eng. Sie konnte es nicht mehr lesen. Wer auch immer einst die Eintragung gemacht hatte, war sich bewusst gewesen, um was es sich handelte. Und er schien keine Angst davor gekannt zu haben. Warum sollte ein Vampir sich der Gefahr aussetzen, die Symbole zu zeichnen, solange er noch nicht den Titel eines Meistervampirs innehielt? Wer würde schon wagen, ohne die Erlaubnis des Rates, Zöglinge zu schaffen?

Sie hatte ihr Ziel erreicht und stieg aus. Es sei denn, es diente nicht der Überleitung. Sie drehte das Blatt, verwirrt von dem eigenen Gedanken. Gab es noch weitere Wesen? Wesen, die den Vampiren so ähnelten, wie sie den Menschen ähnelten? Gab es eine weitere Überleitung? Warum Zöglinge? Und wie hatte der Vampir verschwinden können?

Ganya spürte den Morgen nahen. Sie betrachtete die erloschenen Straßenlaternen, versuchte zu begreifen, warum sie früher die Nacht geliebt hatte. Was wäre passiert, wäre sie der Lady nie begegnet. Hätte das Kind den Meistervampir nicht so tief beeindruckt, dass sie beschloss, einen weiteren Zögling zu schaffen. Hatte sie ein Leben verloren oder erhalten? Sie spürte kein Bedauern mehr. Ihre Empfindungen waren einfach nur leer, obwohl sich eine Gänsehaut über ihren Körper ausbreitete. Nur die Angst kroch langsam in ihr empor, genauso elementar wie die Angst damals, als sie Meister Ashan das erste Mal gegenüberstand und begriff ... Sie schloss die Augen. Vielleicht bildete sie es sich nur ein und es war tatsächlich eine Krankheit. Sie dachte an den Ekel.

Zügig suchte sie ihr Versteck auf. Was würden die anderen Vampire tun, sollte Forken ebenfalls Opfer dieser Ereignisse werden? Der Schemen hatte zu einem Vampir gehört. Kein Mensch versuchte sie auszurotten. Sie begriff nur nicht, wie der Vampir es geschafft hatte, am Tag zu erwachen. Und sie begriff nicht, was er sich von dem Tod der Zöglinge erhoffte.

Diesmal lehnte sie sich gegen eine Wand, bevor ihr Bewusstsein abschaltete.

Sie erwachte mit dem letzten Gedanken. Auch diesmal gab es keine Irritation oder Desorientierung, kein Dahindämmern. Sie knüpfte an den Gedanken an, als läge er nur ein Lidschlag entfernt. Irgendwo in dieser Stadt verbarg sich ein Wesen, weder Mensch noch Vampir. Am Tage aktiv, doch ausgestattet mit der Wahrnehmung eines Vampirs und das Wissen um sie. Ganya schauderte, aber ihr war nicht ganz klar, ob ihr Körper nur auf die Feuchtigkeit und Kälte reagierte. Ein Vampir würde den Tod nicht einmal spüren. Es sei denn, er erwachte...

Sie verließ ihr Versteck und schlenderte über die Promenade. Am frühen Abend streiften noch viele Menschen umher. Sie beachtete sie nicht. Forken wünschte sie zu sehen und Ganya beugte sich diesmal seinem Willen. Sie mochte die Anwesenheit der anderen Vampire nicht, hatte sie nie wirklich gemocht. Anfangs zu verwirrt über ihren Zustand, später erschrocken, was aus ihr wurde. Und nun spürte sie das kalte Desinteresse an der Andersartigkeit der jungen Vampire, empfand höchstens einen Anflug von Ekel neben der Gleichgültigkeit.

Als sie das Portal aufstieß, erwartete Forken sie bereits. Alle anderen Vampire hatten sich aus dem Raum zurückgezogen. Ganya brauchte sich nicht umzusehen, um zu wissen, dass sie mit dem Meistervampir allein war.

Er sah nicht auf, aber sie wusste, dass er um ihre Anwesenheit wusste. Hinter ihr fiel das Portal von Geisterhand getrieben zurück ins Schloss. Beeindruckend was Forken mit Kraft seines Willens tun konnte. Sie schwieg und wartete.

„Du bist bekannt für deinen Starrsinn. Soweit ich weiß, hast du bereits als Mensch Lady Segra beeindruckt und sie beschloss daraufhin, dich zu ihrem Zögling zu berufen. Wie sich herausstellte, hast du Kraft und ein Gespür für Dinge, die den meisten Vampiren verborgen bleiben, in dir vereint. Du magst in deiner Begabung einzigartig sein, Ganya, aber du bist zu jung, um dich gegen mich zu stellen. Gegen irgendeinen der Meister zu stellen." Sie fühlte die Drohung.

„Ashan war ebenfalls ein Meister, Meister Forken." Sie blieb vollkommen ruhig, ohne die Selbstüberschätzung, die sie früher zeitweilig befallen hatte. „Nicht zu vergleichen mit Euch oder Lady Segra, dem stimme ich zu. Aber auch die Meister erwiesen sich als, wie soll ich es nennen? Anfällig?" Sie musterte ihn genau, versuchte abzuschätzen, wie weit sie gehen durfte. „Ihr habt mich um Hilfe gebeten, da Ihr Euch von meinen Eigenarten anscheinend einen gewissen Nutzen verspracht."

Kalte Augen durchbohrten sie, zwangen sie dazu, ihren Geist offen zu legen. Sie kämpfte gegen die kalte Hand in ihrem Bewusstsein, aber nicht lange. Er sollte glauben, sie besiegt zu haben. Auch die Lady hatte einst geglaubt, die Kontrolle über ihren Schützling zu besitzen. Hatte Forken sich noch nie gefragt, warum Lady Segra bis zum Ende kein übermäßiges Misstrauen gegenüber Ashan gehegt hatte, obwohl Ganya ihn verdächtigte? Sie schottete einen Teil ab und ließ zu, dass Forken in nutzlosen Kindheitserinnerungen kramte. Innerlich kochend vor Wut. Es stand ihm nicht zu.

„Du weißt mehr, als du zugibst. Es ist mir unerklärlich, wie du es vor einem Meister verbergen kannst, aber du spielst ein falsches Spiel mit mir, Ganya. Du erkennst weit mehr, als du enthüllen willst. Ich frage mich nur, warum du dir eine solche Mühe gibst, es zu verbergen." Sie schwieg und zögernd zog er sich wieder aus ihrem Bewusstsein zurück. „So verletzlich, junge Ganya?"

Der kaum als solcher zu identifizierende Spott traf sie unerwartet. „Wie bitte?"

„Glaubst du wirklich, ich weiß nicht, wie verletzlich Vampire in deinem Alter sind, kenne nicht ihre Zweifel und ihre törichte Sehnsucht? Ich habe viele Zöglinge in deinem Alter, Ganya." Wieder dieser durchdringende Blick. „Glaube nicht, dass Lady Segra dich wird schützen können, wenn du weiter dieses Spiel mit mir treibst."

Forken fühlte sich bedroht von ihr, aber nicht als Vampir. Sie spürte ihr Misstrauen erwachen. Auch Meister Ashan hatte sie einst mit solchen Blicken fixiert, unsicher, ob ein so junger und unbedeutender Vampir wirklich eine Gefahr darstellen konnte. Forken war Ashans Schicksal nicht entgangen. Er würde sich hüten, den gleichen Fehler zu begehen und dennoch hatte er Angst, brauchte ihr Gespür.

Er konnte in ihren ausdruckslosen Augen nichts als Gleichgültigkeit ausmachen. Das Fühlen zu tief in ihrem Inneren vergraben.

„Es geht nicht allein um Eure Zöglinge, Meister Forken. Es geht um weit mehr."

„Du schienst gestern rührend darum bemüht, meine Gäste nicht zu verängstigen." Die trockene Ironie blieb ungeschliffen, bei dem Versuch, etwas zu imitieren, was ihm fremd geworden war. Sie neigte leicht den Kopf und ignorierte den Seitenhieb. „Es scheint mir so, als würde die Gefahr von keinem Menschen ausgehen."

Sofort war jeglicher Ärger und Spott aus dem Meistervampir gewichen. Sie bewunderte die unvermittelte Reinheit der Stille im Saal, die leise Angst, die nur am Rand ihrer Wahrnehmung vibrierte.

„Was veranlasst dich zu diesem Glauben?"

Sie ignorierte die Frage. „Es ist nur ein Gefühl, aber diese Ereignisse werden weder ein Ende nehmen, noch werden sie sich allein auf Eure Zöglinge oder diese Stadt beschränken."

Er musterte sie ernst. „Nur ein Gefühl?" Sie neigte den Kopf. „Du weißt, ein solches Wesen könnte uns vernichten. Was will es? Uns eine Warnung hinterlassen? Gibt es da draußen etwas, was wir Zeit unseres Daseins ignoriert haben, als wären wir Menschen, die blind sind gegenüber der Existenz der Vampire?"

„All das weiß ich nicht, Meister Forken. Aber es ist mehr als eine Erschütterung des Rates, gefährlicher als Ashans Aufbegehren."

Sie hoffte, er begriff, dass ihr primäres Interesse nicht seinem Versuch, etwas zu verbergen galt, sondern eine weit elementarere Bedeutung zukam. Forken konnte nicht wissen, welchem Feind sie gegenüberstanden. Sein kleinliches Streben konnte ihr gleichgültig sein. Hätte Meister Ashan damals nicht ihre Lady angegriffen, wäre sie nie auf die Idee gekommen, sich gegen ihn zu stellen. Was interessierten sie Forkens Pläne, abgesehen von einer gewissen, persönlichen Neugierde, die nicht ausreichte, aktiv zu werden?

„Ich würde gern die Unterkünfte der Zöglinge sehen. Es muss dort gewesen sein." Immer noch zauderte Forken, dann nickte er.

„Ich wünsche, dass du mir jeden Fortschritt sofort meldest und nichts auf eigene Faust unternimmst. Es ist gefährlich für einen Vampir geworden." Unausgesprochen wussten beide, dass Ganya die Warnung ignorieren würde. Das Portal schwang wieder auf und auch diesmal registrierte Ganya die erstickende Gewalt von Forkens Geist um sich herum.

„Nicht viele Vampire meistern die Telekinese", meinte sie fast beiläufig. „Es bedarf keiner weiteren Demonstration, um Eure Macht zu begreifen, Forken."

Ihre drei Begleiter führten sie auch weiterhin als lautlose Schatten, verzichteten allerdings endlich auf Umwege. Das Haus stimmte mit dem Bild aus der Erinnerung des verbrannten Vampirs überein, aber ihr Gefühl wisperte ihr zu, dass es leer war. Leer und schon seit Jahren verlassen. Dies war nicht das Haus der Zöglinge.

Forken konnte nicht ahnen, dass sie die unmerkliche Aura in der Luft schmecken konnte. Einige Vampire waren hier gewesen, hatten sogar hier geschlafen und verwischten ihre Wahrnehmung, aber es war definitiv nicht der Ort aus den fremden Erinnerungen. Verbitterung stieg in ihr auf. Hatte Forken Angst vor der Entdeckung eines Fehlers in seiner Überleitung? War es sein verletzter Stolz, der ihm verbot, ihr die Möglichkeit zu geben herauszufinden, was wirklich geschah?

Frustriert wanderte sie durch die Räume und fand lächerlich, wie viel Mühe Forken sich mit seiner Scharade gegeben hatte. Vielleicht wäre sie der Illusion erlegen, wäre da nicht dieser Hauch in der Luft, kaum mehr als eine Ahnung. Versonnen strich sie über die Holzverkleidung. Ihre Begleiter waren nervös. Ungewöhnlich nervös, fand sie.

Ein metallischer Nachgeschmack in der Kehle ließ ihre Hand zurückschrecken. Eine Spur zu eilig entfernte sie sich von der Wand. Sie wollte gar nicht wissen, was dieses Gemäuer verbarg. Andererseits ... Interessiert trat sie ein weiteres Mal näher, lauschte.

Sie glaubte, die Anwesenheit eines anderen Vampirs auszumachen. Sorgfältig sah sie sich um, konnte aber nichts entdecken. Als sie sich darauf konzentrierte, erhaschte sie den Eindruck von jemand, der sie beobachtete, musterte, jede Bewegung verfolgte. Verblüfft erstarrte sie einen Augenblick, überlegte. Eine weitere Kontrolle, weil Forken seinen Zöglingen nicht zutraute, das Wesentliche zu erkennen? Kaum merklich schüttelte sie den Kopf, wohl wissend, dass Forken das Risiko ihr Misstrauen zu wecken nicht eingehen würde. Dennoch folgte ihr jemand. Stand dieses Haus ebenfalls mit den Ereignissen in Verbindung? Ironie des Schicksals, sollte ihr Forken unwissend Informationen zukommen lassen, indem er sie krampfhaft zu verbergen suchte. War dieser Vampir ihr auch schon die Nacht zuvor gefolgt? Es wäre möglich. Sie sollte vorsichtiger sein.

Plötzlichen Verdruss vortäuschend, trat sie an den Schreibtisch. Er kam ihr lächerlich *sauber* vor. Hier hatte schon seit Jahrzehnten niemand mehr gesessen, um seinen Gedanken hinterher zu hängen. Sie setzte sich hinter den Schreibtisch und ließ ihren Blick scheinbar ziellos durch den Raum schweifen. Sie konnte mehrere Möglichkeiten ausmachen, wo sich ein Vampir verstecken könnte. Lässig lehnte sie sich zurück.

„Habt ihr auch hier gewohnt?" Sie durchbohrte einen der jungen Vampire mit ihrem Blick, zwang ihn seine Aufmerksamkeit vollkommen auf sie zu lenken. Vorsichtig nickte er. Sie wusste, dass er log, ließ es sich aber nicht anmerken. „Wie war es?"

Die Frage verwirrte ihn. „Wie bitte?"

„Plötzlich ein Vampir zu sein. Das Gefühl ..." Versonnen schwieg sie einen Augenblick und ihr Gegenüber bekam den Eindruck, ihre Aufmerksamkeit würde nachlassen. Er entspannte sich merklich. Vorsichtig brach Ganya unbemerkt in sein Gehirn ein, durchforstete es sanft nach der Erinnerung, die sie brauchte. Es überraschte sie nicht, die Überleitung nicht zu finden, nicht einmal als Andeutung. Die Wenigsten behielten auch nur eine Ahnung der Überleitung zurück.

„Das Gefühl der Macht und der Verlorenheit. Alles hinter sich gelassen zu haben, was bis dahin vertraut war. Nie wieder Teil davon sein zu können ..." Sie spürte einen kurzen, überraschend heftigen Schmerz, als hätte sie eine Erinnerung gestreift, die ihn immer noch bewegte.

„Es war verwirrend", murmelte er leise und sie konnte mehr hinter seinen Worten fühlen, als er ahnte.

Da war noch etwas anderes in der Luft. Vorsichtig zog sie sich aus seinen Erinnerungen zurück, achtete darauf, keine Spuren zurückzulassen und hob dann witternd den Kopf. Ihre Augen huschten abermals über die Umgebung, durchbohrten jeden ihrer drei Begleiter mit dem durchdringenden Blick eines alten Vampirs, der sie schaudern ließ. Woher kam diese fahle Sehnsucht im Raum? Einige Momente noch verharrte sie wartend, dann tat sie es ab. Junge Vampire hingen noch lange an ihrem alten Leben. Zumeist waren sie erst frei sich zu lösen, wenn all jene gestorben waren, die ihnen einst etwas bedeutet hatten.

„Könnt ihr euch vorstellen, warum euer Meister mich rufen ließ?"

„Wir brauchen Sie hier nicht." Sie lächelte leicht über die Heftigkeit seiner Reaktion. Auf diesen Hass konnte sie sich verlassen.

„Weil ich unter den Vampiren einzigartig bin." Sie erhob sich und ignorierte ihn einfach. Ihr unsichtbarer Spion schien verschwunden.

„Ihr könnt gehen." Sie zögerten. Langsam drehte sie sich um, musterte sie abermals. Zwei zuckten zusammen, wichen zurück, wandten sich schließlich um und flohen. Gelassen betrachtete sie den Dritten. „Du scheinst mich nicht allein lassen zu wollen."

„Es würde nicht Meister Forkens Wünschen entsprechen."

„Dann bleibe und lerne." Überrascht blinzelte er, fasste sich aber schnell wieder.

„Ich kann es alles spüren. Was sie fühlen, was sie denken. Ich rieche es in der Luft. Deswegen bin ich hier. Hass ist etwas, was du im Laufe der Zeit verlernen wirst. Du wirst all dein Fühlen verlernen. Bald wirst du erhaben sein über das, was dich einst als Mensch ausgemacht hat." Die Vorstellung gefiel ihm. „Und wahrscheinlich wirst du auch deine Gier hinter dir lassen müssen - irgendwann." Damit konnte er nichts anfangen.

Sie trat wieder an die Wand, lauschte noch einmal auf das lauernde Bewusstsein des anderen Vampirs, aber sie waren allein. Dann tastete sie die Wand ab und war nicht im Geringsten überrascht von der Geheimtür, die sie schließlich fand. Die Hand gegen die Tür gestützt, konzentrierte sie sich auf den Mechanismus, der zunächst beharrlich schwieg. Dann drückte sie die Wand zurück und fast lautlos glitt die Verkleidung beiseite. Erschrocken trat ihr Begleiter einen Schritt zurück.

„Du darfst deine Angst nie zeigen." Er zuckte abermals zusammen. Ganya machte sich nicht die Mühe, sich umzudrehen. Ohne zu zögern trat sie in die Dunkelheit der kleinen, kaum mehr als fünf Quadratmeter großen Kammer. Außer einer Werkbank beinhaltete der Raum nichts. Sie vermerkte interessiert die metallverkleidete Tür. Ungewöhnlich, aber sie konnte eine sonderbare Anwandlung des Besitzers gewesen sein.

Er folgte ihr wie ein Schatten, konzentriert und neugierig. Er besaß wahrlich das Potenzial, große Macht zu vereinen. Er war rücksichtslos, wollte führen und brachte eine gewisse Begabung mit.

Die säuberlich aufgereihten Bechergläser und Erlenmeyerkolben sowie einige Mikroskope offenbarten den Zweck des Zimmers. Sie trat näher, betrachtete verblasste Notizen. Warum waren sie noch hier? War der Besitzer unvermittelt gestorben? Hatte dieser Raum irgendwann einfach aufgehört, für die Welt zu existieren?

Sie versuchte, etwas aufzufangen, eine Empfindung, einen Eindruck. Aber der Raum dämpfte alles, als würde er ihre Sinne in Watte packen. Sie konnte nur ihren Begleiter ausmachen und auch ihn nur unscharf, verschwommen. Er schien nichts davon zu bemerken. Sie verzichtete darauf, ihre Hand über die Tischplatte gleiten zu lassen. Vielmehr sann sie über einen Anflug von Unbehagen in diesem Raum nach.

„Kennst du diesen Raum?"

„Ich habe ihn noch nie gesehen." Ganya glaubte ihm, obwohl sie es nicht überprüfen konnte. Er war erst das dritte Mal in seinem ‚Leben' hier gewesen.

„Wie haben Sie diesen Raum gefunden?"

Sie deutete auf das Metall. „Wenn man aufmerksam genug ist, entgeht einem nur selten etwas." Er wich ihrem starren Blick aus.

„Wir sollten gehen." Sie erklärte ihm nicht warum. Er folgte ihr, ohne zu fragen. „Gibt es noch etwas, was Forken mir zeigen will?" Ob er den leisen Spott in ihrer Stimme bemerken konnte?

Wieder wich er ihrem Blick aus. „Es gibt nichts mehr zu sehen."

„Keine weiteren Ereignisse?" Sein aufflackerndes Erschrecken verriet ihr genug. „Nichts", log er.

Ganya drang nicht weiter in ihn. Sie musste mit Lady Segra sprechen. Forken hatte zu viel zu verbergen. Worüber hatte er die Kontrolle verloren? „Dann sollten wir jetzt zurückkehren." Er erwiderte nichts.

Ganya mied die Untergrundbahn. Die Nacht war noch so jung, dass einige Paare über die Promenade wandelten, Menschen durch die Stadt schlenderten und Imbissbuden ihre Ware feilboten. Ganya bestellte, verzichtete aber darauf zu zahlen. Der Verkäufer bemerkte es nicht einmal. Er hatte sie bereits vergessen, als sie weiterschlenderte. Ihr Begleiter unterdrückte nur mit Mühe seine Fragen. Die Vorstellung, auf einmal alles haben zu können, ohne dafür bezahlen zu müssen, faszinierte ihn.

Sie hatte dafür bezahlt. Was nützte ihr noch all der Glanz? Hatte er ihr schon als Mensch nicht viel bedeutet, war er ihr inzwischen gänzlich nutzlos. Außer um in immer ferneren und undeutlicheren Erinnerungen zu schwelgen. Forken hatte Recht: Vampire ihres

Alters neigten dazu, ihre Existenz einfach aus Überdruss aufzugeben. Sie konnten die Leere in ihrem Inneren nicht mehr ertragen, trieben führerlos und sinnentfremdet dahin.

„Was siehst du?" Sie hatte das Essen, ohne auf den Geschmack zu achten, hinuntergeschlungen und kontrollierte, ob ihr Körper noch etwas brauchte.

„Menschen, die ohne etwas von der wahren Welt zu verstehen in ihr dahinvegetieren, erbärmlich in ihrer Gestalt und ihrem Dasein." Sie brauchte ihre Gabe nicht bemühen, um die Verachtung in seinen Worten zu erkennen.

„Du warst auch einst ein Mensch." Sie war selbst von dem sanften Tadel in ihrer Stimme überrascht. Er hörte ihn nicht.

„Nicht mehr. Nun gibt es nichts mehr, was mich mit ihnen verbindet. Ich bin erhaben, dem Tod entronnen."

Sie blieb vor einem der beleuchteten Geschäfte stehen. Er stellte sich neben sie, wartete. Sein Blick schweifte durch das Geschäft und blieb an einem Spiegel hängen. Sie beobachtete ihn aus den Augenwinkeln. Sie hatte von dem Spiegel gewusst, aber ihr Blick glitt davon ab. Instinktiv vermied sie sogar die Entstehung einer Spiegelung. „Nur Menschen und junge Vampire kennen noch das Verlangen, sich im Spiegel zu betrachten."

Er zwang sich, seine Augen loszureißen, aber unwiderstehlich angezogen wanderte sein Blick immer wieder zurück. „Du bist immer noch menschlicher, als dir lieb ist. Das wird vergehen." Sie wandte sich zum Weitergehen.

Ganya ließ sich Zeit, den Brief aufzusetzen und Lady Segra ausführlich über die Ereignisse zu unterrichten. Natürlich verschlüsselte sie die Nachricht und mit einer ebenso großen Selbstverständlichkeit, ließ sie einige der wichtigen Informationen in ihrem Schreiben fehlen. So, wie sie auch Forken nicht die ganze Wahrheit überlassen hatte. Einige Geheimnisse sollten auch gegenüber der Lady gewahrt bleiben. Wahrscheinlich erahnte diese die Tiefe der Möglichkeiten ihres Talents und welch enormen Fortschritt sie seit ihrer Konfrontation mit Ashan erzielt hatte. Aber es war nur eine schwer zu belegende Vermutung. Ihr wurde bewusst, dass sie nie über Ashan gesprochen hatten.

Ihr Begleiter wurde ungeduldig, wagte allerdings nicht, sie aus den Augen zu lassen. Unruhig ließ er seinen Blick über die wenigen Passanten schweifen, die gleichgültig an ihnen vorbeischlenderten, während er sie aus dem Augenwinkel heraus beobachtete. Möglichst unauffällig versuchte er, einen Blick auf das Schriftstück zu erhaschen, aber die verwirrenden Symbole sagten ihm nichts. Ganya sah nicht von ihrer Arbeit auf.

„Du könntest dir den Text einprägen und Meister Forken die Möglichkeit geben, sie aus deinem Gedächtnis zu lesen. Er kann die Nachricht entziffern, die für einen Meistervampir bestimmt ist. Aber ich bezweifle, dass du das wirklich willst."

„Ich bin meinem Meister treu ergeben!"

Sie schnaubte abfällig. „Sicher bist du das. Jeder junge Vampir ist seinem Meister treu ergeben und wünscht ihm hinter seinem Rücken den Tod." Geduldig tauchte sie die Feder abermals in das Tintenfass und schrieb gelassen weiter. Er musterte sie durchdringend.

„Sie bieten mir Ihre Hilfe an?" Endlich sah sie auf und betrachtete ihn eingehend.

„Nein. Ich überbringe eine Warnung. Ein solches Talent sollte nicht verschwendet werden. Forken wird dieses Aufbegehren nicht dulden. Er kann es nicht dulden. Er hat zu viele Zöglinge geschaffen, um sie noch mit Liebe beherrschen zu können."

Sie spürte sein Misstrauen erwachen. „Was wollen Sie mir damit sagen?" Ein neuer Respekt mischte sich in die Unsicherheit seiner Stimme. Nachdenklich starrte sie in die jugendlichen Züge. Man würde ihn vermutlich auf Mitte zwanzig schätzen, vielleicht sogar noch jünger. Nur die Augen und die Haltung verrieten sein wahres Alter, offenbarten dieses Wissen, das ein Mensch niemals erlangen konnte.

„Wende dich niemals gegen deinen Meister, gegen keinen der Meister. Es gibt nur wenige Dinge, die sich ein Vampir bewahrt. Bei manchen ist es ihr Streben nach Macht. Bei manchen, eine glühende Hingabe an Ideale, die schon längst untergegangen sind, verloren im Strom der Zeit. Aber nur sehr wenige kennen noch das Gefühl der Gier, wenn es sie nicht vollständig ausfüllt. Oder dieses lodernde Aufbegehren. Einem Vampir bleibt nichts davon. Nur die kalte Gleichgültigkeit, die uns davor schützt, den Verstand, angesichts unseres Zustandes, zu verlieren."

„Wir sind diesen elenden Geschöpfen überlegen!"

„Das mag sein." Sie sprach beherrscht und leise, ohne eine Regung in der Stimme. „Nur, was will man mit der Macht, wenn sie keine Befriedigung mehr bringt?"

Er verstand nicht, lehnte den Gedanken ab. Ganya sah auf, als etwas in ihrer Nähe aufflackerte. Verständnis? Aufmerksam lauschte sie und blendete den jungen Vampir vollkommen aus ihrer Wahrnehmung aus, reagierte nicht einmal auf seine wütende

Antwort. Auch später würde sie sich nie einer Antwort bewusst sein. Zu konzentriert richtete sich ihre gesamte Aufmerksamkeit nach außen. Nichts. Sie spürte die Kälte der Nacht, den heulenden Wind, der drohte, ihr das Blatt Papier zu entreißen und in dem sich ihre Haut zusammenzog. Sie nahm den Geruch der Passanten wahr, eine Mischung aus aufdringlichen Parfüm und Nachlässigkeit, Schweiß und die unterdrückte Angst, die von dem Kellner ausging, der die Aura der Vampire in seiner Nähe weder genau lokalisieren, noch ihr entkommen konnte.

Vielleicht lag es an ihrer Geburtsstadt. An dem Kind, das einst an diesem Platz vorbeigelaufen war, auch wenn sie ihn kaum mit dem Bild aus ihrer Vergangenheit in Einklang bringen konnte. Sie erinnerte sich an den großen freien Platz, auf dem der kleine Brunnen vollkommen verloren gewirkt hatte. Heute gab es weder den freien Raum noch den Brunnen. Vielleicht erinnerte sich etwas in dieser Stadt an das ungestüme Mädchen, das von Unruhe getrieben durch die Gegend gestreift war. Etwas, das wie ein verklingender Nachhall nicht nur an ihrer Seele sondern auch an diesem Ort haften geblieben war. Geister der Vergangenheit, die sie nun mit dem undeutlichen Gefühl des Verstehens auf eine falsche Fährte zu locken suchten.

Für den Bruchteil einer Sekunde schloss sie die Augen und gestattete sich auf nichts zu achten, als die Bilder ihrer Vergangenheit. Sie versuchte das Gefühl der Freiheit heraufzubeschwören, das sie einst mit einer trunkenen, fiebernden Freude erfüllt hatte. Wenn sie sich fortgestohlen hatte, um über den Platz zu laufen. Um sich hinzugeben ihrer Verachtung für den beschränkten Menschen und ihren Jubel über das scheinbare Entkommen, seien es auch nur gestohlene Momente. Kinderstimmen, Getrappel und das sorglose Leben derer, die vielleicht etwas erahnten, aber noch nie die Augen aufgeschlagen hatten, um zu sehen.

Sie musste sich geirrt haben, eine Illusion heraufbeschworen vom Nachhall der Vergangenheit. Es war fort. Sie schlug die Augen wieder auf, starrte auf das Blatt Papier, an dem der Wind zerrte und ihr kam es so vor, als wolle sogar dieser Gegenstand vor der Bedrohung der Vampire flüchten.

„Wüsste ich nicht, dass Ihre unumschränkte Loyalität durch weit mehr als nur Worte bewiesen worden ist, so würde ich vermuten, Sie rebellierten immer noch gegen die Meister und verlangten sie zu stürzen." Ganya wurde bewusst, dass ihr Begleiter mit ihr sprach.

Würde es dir wirklich etwas ausmachen, wenn dem so wäre?, schoss ihr durch den Kopf, aber sie vermied, den Gedanken laut zu äußern.

„Willst du mich belehren?" Sie war müde. Dennoch reichten die Kälte in ihrer Stimme und ihr sich regender Geist, um ihn verstummen zu lassen. Erloschener Widerstand, abgesehen von dem wütenden Funkeln in seinen Augen. Noch eine Regung, die ihr keineswegs passte.

„Ich habe damals nicht verstanden, warum man mir erlaubte, bei den Untersuchungen dabei zu sein. Ich habe Lady Segra aus Pflicht begleitet und weil sie mir mehr vertraute, als ihren anderen Schützlingen. Die damalige Situation verlangte unbeirrbares Vertrauen, Diskretion und Kontrolle. Man zog mich zu den Untersuchungen heran, weil ich so jung war."

Verwirrt zog er die Augenbrauen zusammen. „Ja, meine Jugend ermöglichte meine Anwesenheit. Sie glaubten jeden meiner Gedanken lesen zu können und meine Loyalität stand stets außer Zweifel. Die Vampire haben sich nicht verändert."

Ein Hauch von Spott schlich sich in ihre fast bewegungslose Stimme, die nichts mehr mit der jungen Frau gemein hatte, die einst unerklärlich verschwand. „Auch ich kann jeden deiner Gedanken erspüren, auch wenn sich diese Gabe bei mir ungewöhnlich früh entwickelte. Dein Meister kann nicht nur erkennen, was du noch fühlen und denken magst, er erahnt deine Regungen meist noch, bevor du dir ihrer bewusst wirst. Mir war klar, wie albern ein Versuch des Verrates ist. Warum sollte Forken zögern, in deinen Verstand einzudringen, dein Bewusstsein nach etwas zu durchkämmen, das du verborgen halten möchtest?"

Sie sah ihn nicht einmal an, während sie sprach, erwähnte die Macht des Meisters über ihn so beiläufig, als würde nicht ihr beider Leben bedingungslos in den Händen derer liegen, die sie zu denen gemacht hatten, die sie nun waren.

Er zitterte. „Sie wagen zu behaupten …" Weiter kam er nicht.

„Versuch nicht, mich anzulügen. Der Versuch ist ermüdend. Dein ganzes Wesen schreit es mir entgegen. Schweig, wenn du die Antwort nicht geben kannst. Es mag vielen Glauben machen, es sei ein Eingeständnis, aber es ist kein Beweis."

Er zögerte lange. „Und wenn ich es nun offen und vollkommen freimütig zugebe, dass ich nach einem Weg suche, den Meister zu stürzen?"

„Dann habe ich diese Worte nie gehört und gebe voraussichtlich noch einmal den Rat, sich nie gegen einen Meister zu stellen. Du wärst selbst mir unterlegen und ich besitze nur einen Bruchteil ihrer Kräfte."

Er nickte dem Brief zu. „Wird Lady Segra uns mit einem Besuch beehren, wenn dieser Brief sie erreicht?"

„Vielleicht."

„Woher kommt Ihre bedingungslose Loyalität?" Er war wirklich neugierig und sie musste zugeben, dass das mangelnde Interesse, gegen ihre Lady aufzubegehren, erstaunlich war.

„Meine Loyalität entsprang der grenzenlosen Bewunderung eines Kindes."

„Sie müssten sie dafür gekannt haben." Sie antwortete darauf nicht, denn es war nicht nötig. Er glaubte ihr nicht, aber er würde einen Weg zu den Geschichten ihrer Überleitung finden.

Nun, sollte er es versuchen. Sie hatte ihrerseits kein schlechtes Gewissen, unbemerkt in sein Gehirn einzubrechen, um Erinnerungen mit dem Bild zu vergleichen, welches der sterbende Vampir ihr überlassen hatte. Es sollte nicht sonderlich schwer sein, das Versteck der Zöglinge zu finden. Nicht bei jemanden, der so leicht abzulenken war. Sie bedauerte nur, dass er nicht mehr lange leben würde. Forken würde das weitere Aufwiegeln seiner Zöglinge nicht zulassen. Das war nicht ihr Problem.

Sie beendete ihren Brief mit der gleichen Gelassenheit, mit der sie begonnen hatte. Ohne Eile steckte sie ihn in das Kuvert und versiegelte ihn. Dann stand sie auf. Keiner beachtete, wie die beiden Gestalten sich entfernten.

Es bereitete ihr keine Mühe ihn abzuhängen. Sie konnte seinen Ärger spüren, als er ihr Verschwinden bemerkte, begemischt verletzter Stolz. Sie spielte kurz mit dem Gedanken, das Haus der Zöglinge aufzusuchen, sah dann aber davon ab. Aufgeschreckt durch den Ärger seines Zöglings mochte Forken aufmerksamer sein als zuvor. Zu früh in der Nacht, um bereits zu ihrem Versteck zurückzukehren, gab es noch einen Ort, der sie anzog.

Ganya konnte sich nicht erklären, was sie in dem Haus suchte. Der Vampir war verschwunden, kurz nachdem diese seltsamen Ereignisse begonnen hatten. Sie glaubte nicht, dass sein Tod unbemerkt geblieben wäre. Leichen verbargen sich nicht, es sei denn, das Sonnelicht hätte alle Spuren verwischt. Sie verwarf diese Möglichkeit. Forken hätte es gewusst. Dieser Ort war noch nicht so lange verlassen, wie er vorgab, zu sein.

Sie verharrte mitten im Dunkel des Zimmers, als ihr klar wurde, was sie soeben gedacht hatte. Vorsichtig trat sie wieder an das

Bücherregal. Es war jemand hier gewesen und hatte ein unmerkliches Prickeln in der Luft zurückgelassen. Wollte Forken die Begegnung verhindern? Warum hatte er ihre Aufmerksamkeit dann erst auf dieses Haus und seinen seltsamen Bewohner gelenkt? Das ergäbe keinen Sinn. Forken würde sein Auftauchen nicht verschweigen, es sei denn, die beiden mussten sich erst absprechen, um sicherzustellen, dass Ganya nicht mehr erfuhr, als sie erfahren sollte. Ihre Intuition stimmte dieser Vermutung zu.

Früher wäre sie vielleicht in Forkens Thronsaal gestürzt und hätte Rechenschaft gefordert. Ihr Gerechtigkeitsempfinden war kaum verblasst, wohl aber ihre Nachlässigkeit und Naivität. Forken hatte ihr seine Kraft nicht ohne Grund vorgeführt. Sie konnte die Drohung immer noch im Rachen schmecken. Sein Zögern ihr etwas zu erzählen, ihr irgendeine Information zukommen zu lassen. Und dennoch sein verzweifeltes Bemühen zu begreifen, was um ihn herum vorging, um eine Gefahr zu erfassen, die über seinen Verstand hinausragte. Sie würde nicht wagen Forken zu unterschätzen, war ihr dieser Fehler doch nur zu vertraut. Forken zu überschätzen, hätte allerdings die gleichen unangenehmen Konsequenzen. Er konnte sich nicht im Mittelpunkt verstecken. Und er war regelrecht unbeholfen in seinen Bemühungen zu begreifen, wie viel und was Ganya wusste.

Unruhig verharrte sie im Zimmer und lauschte, aber sie war allein. Zögernd trat sie an den Schallplattenspieler und betrachtete die Platte. Jemand hatte sie in ihrer Abwesenheit aufgelegt. Sie prägte sich das Bild genau ein, bevor sie den Schallplattenspieler einschaltete und vorsichtig die Nadel auf die rotierende Platte setzte. Leise Musik durchdrang die Dunkelheit des Raumes. Licht. Ihr wurde bewusst, dass etwas fehlte. Sie starrte auf die Kerze auf dem Schreibtisch. Auch sie hatte zuvor nicht da gestanden. Er würde wahrscheinlich merken, ob die Kerze gebrannt hatte oder nicht. Andererseits … Vorsichtig konzentrierte sie ihren Geist darauf und ein kleines, flackerndes Licht erfüllte den Raum. Sie verharrte im Halbdunkel und versuchte zu begreifen, was das alles bedeutete. Musik, Kerzenschein, Bücher und eine leise Sehnsucht. Ausgesprochen exzentrisch für einen so alten Vampir.

Ganya könnte nicht benennen warum, aber sie entspannte sich. Dieser Raum, die Atmosphäre, das alles weckte eine Erinnerung in ihr, wie an einen längst vergessenen Traum, an ihre Kindheit. Wie konnte ein Vampir noch so empfindsam sein? Nicht einmal die tölpelhaften, jungen Zöglinge Forkens konnten den feinen Unterschied spüren, der nicht einmal allen Menschen offenbart wurde. Sie verlernten zu fühlen oder ihre Daseinsform würde sie langsam aber sicher in den Wahnsinn treiben. Ob er wohl wahnsinnig war? Hielt er sich deswegen im Verborgenen und konnte sich Forken seiner Rückkehr nicht bewusst werden? War er überhaupt fort gewesen? Forken hätte seinen Zögling jederzeit aufspüren können. Aber er hatte ihn nicht aufgespürt. Einhundert Jahre reichten nicht, die Ketten der Meister abzuschütteln und sich vor ihnen gänzlich zu verbergen.

Es sei denn, der Vampir war tot. Unmöglich. Jemand war hier gewesen, hatte der Musik gelauscht und die Kerze entzündet. Forken würde einer solchen Regung niemals nachgeben. Er kannte diese Regung nicht einmal.

Der Vampir war nicht nur nachts aktiv. Eine Möglichkeit, die sie nicht ganz ausschließen konnte. Dann wäre er die schemenhafte Gestalt im Gedächtnis des Zöglings gewesen. Möglich. Aber wie hatte er geschafft am Tag zu erwachen? Und wie hatte er sich selbst vor dem Tod bewahrt? Er konnte unmöglich in der Nacht unbemerkt in das Haus der Zöglinge gelangt sein. Ihm stand nur ein Augenblick länger als den anderen zur Verfügung, bevor ihn das Bewusstsein verließ – wenn es ihn verließ. Ganya hatte keine Vorstellung, wie lange ein Vampir in der Dämmerung überleben könnte. Und ob die Zeit reichen mochte, unbemerkt in das Haus einzudringen. Nachdenklich setzte sie sich hinter den Schreibtisch und sah sich um. Hätte er ihn einfach sterben lassen?

Sie dachte an das unangenehme Prickeln in ihren Fingern, als sie das verbrannte Gesicht berührte. Selbst die Erinnerung barg ein gewisses Unbehagen. Hätte der Vampir den Jüngeren skrupellos ins Verderben geschickt, seine Verwirrung und Hilflosigkeit ignoriert? Und warum war er überhaupt aufgewacht? Kein Vampir konnte den Tag erleben. Genauso wenig, wie sie begriffen, was mit ihnen geschah, während sie bewusstlos ruhten. Nur ein Mensch würde erwachen. Sie erinnerte sich vage an den Dämmerzustand zwischen Traum und Wachen. Der innere Friede, der sie erfüllt hatte, die Ruhe vor jedem Geschehen. Einst hatte sie sie vermisst.

Gab es eine Möglichkeit, dass ein Vampir erneut menschlich werden könnte?. Oder war Forkens Überleitung tatsächlich fehlerhaft? Ein Mangel, der einige seiner Zöglinge in einer Art Zwischenzustand gefangen hielt und den tödlichen Defekt hervorrief? War es überhaupt denkbar, einen Vampir wieder zu einem Menschen zu machen?

Ihr Blick wanderte über die Bücherregale, verharrte kurz bei den Lehrbüchern über Biologie und den unzähligen Erzählungen über unheimliche Begegnungen. Sie galten als unerklärlich und deswegen als unrealistisch. Wenn es einen Weg gab, hatte er ihn gefunden? Ihr eigener Gedanke verwirrte sie. Ein Vampir, der fühlen konnte, Forkens Worte über ihre Verletzlichkeit, die bekümmerte Sehnsucht … Aber warum dann die Zöglinge? Müsste sie nicht Spuren finden? Und warum war er zurückgekehrt?

Sie erhob sich und löschte mit einer Handbewegung die Kerze. Ihre Gedanken waren akribisch geordnet, und dennoch hatte sie das Gefühl, als würden sie unkontrolliert durch ihren Kopf wirbeln, bestrebt sie zu narren.

Die Musik verstummte mit einem Knacken und Ganya richtete alles, mit Ausnahme der abgebrannten Kerze, wieder her. Gegen ihren Willen empfand sie Angst, als sie aus der Tür hinaustrat. Sie hatte sich frei dieser Ängste gewähnt, aber diese Furcht war elementarer, als die eines Zöglings gegenüber seinem Meister. Ihre eigentliche Begabung war ihr Wahnsinn. Kein Vampir würde den Wunsch wieder menschlich zu sein äußern. Kein Vampir würde einen solchen Verrat auch nur in Erwägung ziehen. Die kalte Nachtluft brachte sie wieder zur Besinnung. Wahrscheinlich war sie der einzige labile Vampir, der eine solche Tat vollbringen könnte. Sie schauderte, als ihr Körper auf die Kälte reagierte.

Würde sie über einen jungen Vampir entscheiden, indem sie ihn dem Tod preisgab? Würde sie sein Schmerz noch interessieren oder berühren?

Langsam schlich sie über den Platz, die Straßenbeleuchtung schon längst erloschen und kein Mensch mehr auf den verlassenen Straßen.

Der Schmerz eines anderen sollte ihn nicht bekümmern. Genauso wenig, wie sie darüber nachdenken sollte. Ihre kalte Logik erlöste sie von müßigen Spekulationen. Dieser Vampir hätte selbst menschlich sein müssen, um am Tag aktiv sein zu können. Andererseits konnte er nicht wieder auftauchen, ohne mit Forken zu sprechen, ohne den Vampiren seinen Zustand zu offenbaren. Und da er Forkens Zögling war ...

Sie stolperte schon wieder über diesen Punkt. Forken musste wissen, wo sich sein Zögling aufhielt. Nur der Tod oder ein weit mächtigerer Vampir konnte die Bindung zwischen Meister und Zögling zerreißen.

Die Gestalt aus den Erinnerungen umgab die Aura eines Vampirs, keines Menschen. Und wenn Forken sie nicht beschatten ließ, handelte ihr unsichtbarer Verfolger im Auftrag eines anderen.

Sie würde sich keinen Verfolger einbilden. Jemand hatte sie beobachtet, gewartet. Um zu ermessen, wie viel sie wusste?

Kurz wünschte sie sich, sie könnte Lady Segra noch vertrauen und ihr ihre uneingeschränkte Bewunderung zollen, wie vor einem knappen Jahrhundert noch. Ihr könnte jederzeit etwas zustoßen und mit ihr würde auch ihre Ahnung ausgelöscht.

Sie verharrte auf dem Platz, lauschte in die Dunkelheit. Bewegte Schatten sollten ihr keine Angst mehr einjagen, aber die Nacht erschien ihr lebendiger als je zuvor. Prüfend sog sie die Luft ein, versuchte all ihre Sinne zu spannen. Jemand folgte ihr. Unruhig eilte sie weiter, zog den Schutz der Illusion und Unsichtbarkeit so fest wie möglich um sich. Dennoch hatte sie das Gefühl beobachtet, verfolgt zu werden.

Die restliche Nacht bis zum Morgengrauen verbrachte sie in einer nervösen Flucht vor einem Schatten, der immer höchstens gerade am Rand ihres Bewusstseins flatterte und dann entwischte.

Bevor sie sich für den Tagesschlaf in ihr Versteck zurückzog, fragte sie sich zum ersten Mal, ob es nicht doch besser wäre, Forkens Angebot anzunehmen. Auch wenn die anderen Vampire sie weder schützen konnten noch wollten.

Dort wärst du noch leichter zu finden. Sie schlug die Augen auf und registrierte am Rande ihren schmerzenden Kopf. Ob der Kopfschmerz bereits bei Tage einsetzte? Vorsichtig setzte sie sich auf, und spürte nach ihrer unmittelbaren Umgebung. Es schien niemand hier gewesen zu sein, abgesehen von einigen harmlosen Mäusen, die sich nie zu nah an ihren Körper heranwagten. Vielleicht hatte sie sich ihre Verfolger nur eingebildet. Vielleicht war es ihre eigne Schwäche, die sie dazu verleitete, sich hinter einer solchen Entschuldigung zu verstecken. Forken wusste genau, wie verletzlich sie war und der Gedanke jagte ihr Angst ein.

Sie stand auf und suchte ihre nähere Umgebung ab. Nichts. Trotzdem beschloss sie ihren Platz zu ändern. Ganya kannte die Kanalisation der Stadt von früher, und in den verwinkelten Kanälen würde sich nichts Grundlegendes geändert haben. Es gab so viele Verstecke in den Kanälen, dass nicht einmal Forken die Möglichkeit haben sollte, sie aufzuspüren. Selbst wenn er sein ganzes Dasein mit dieser Suche verschwenden wollte.

Forken wollte sie sehen. Sie zögerte, noch immer überzeugt etwas übersehen zu haben. Dann zuckte sie mit den Schultern. Nach der überstürzten Flucht der letzten Nacht war sie bereit sich selbst als paranoid anzusehen. Dennoch war sie äußerst wachsam, als sie sich zu Forkens Villa begab. Jemand war ihr nicht wohl gesonnen.

Die Empfangshalle lag nahezu brach. Ganya registrierte beim Eintreten in Forkens Empfangssaal nur zwei Vampire. Forken ruhte wieder auf seinem Thron und runzelte die Stirn, als sie eintrat. Sie konnte eine Andeutung von Unsicherheit in seinem Geist ausmachen. Er hatte sie nicht bemerkt?

Der zweite Vampir stand im Schatten, betrachtete die Wandteppiche und hatte ihre Anwesenheit entweder schon früher gespürt und erachtete es nicht für notwendig sie zu beachten, oder er war sich ihrer Anwesenheit nicht bewusst. Gegen ihren Willen fasziniert beobachtete sie den Fremden aus den Augenwinkeln, wagte aber nicht, ihre Aufmerksamkeit von Forken zu lenken.

Sie verbeugte sich andeutungsweise.

„Kennst du meinen Gast, Ganya?" Ihr Blick blieb unverwandt auf den Meistervampir gerichtet. „Sollte ich ihn kennen?"

Es galt als zutiefst unhöflich und gefährlich, den Gast vor dem Meister zu beachten oder gar nach ihm zu spüren, aber Forken schien nicht gänzlich überzeugt von ihrer ausgesuchten Höflichkeit. „Nicht, dass ich wüsste."

Er lauerte auf eine Reaktion, aber Ganya war entschlossen zu schweigen. Forken entspannte sich unmerklich.

„Dann werde ich ihn dir vorstellen. Das ist Markus Farnandi. Du hast nach ihm gesucht." Es gelang ihr nicht ganz, ihre Überraschung zu verbergen, aber Forken bemerkte sie nicht. Farnandis Augen blitzten kurz auf, als er ihre Reaktion registrierte, aber er schwieg.

„Wo war er?" Forken musterte sie scharf, fast drohend.

„Das weiß ich nicht mehr. Ich erinnere mich an nichts." Er hatte eine leise und sanfte Stimme. Gegen ihren Willen löste sich ihr Blick von Forken und sie betrachtete ihn zum ersten Mal offen. Auch sein Gesicht strahlte etwas Sanftes aus. Die klar geschnittenen Züge waren fast zierlich und deuteten auf eine adlige Abstammung. Ganya erinnerte das Gesicht mehr an die Menschen ihre Kindheit, als an die, die sie heutzutage in der Untergrundbahn sah. Sie wusste, wie lächerlich dieser Gedanke war, aber vielleicht lag es in seiner Haltung und seinem Gebaren.

Nicht nur das Gesicht, sondern auch die Hände waren ungewöhnlich feingliedrig, seine Gestalt insgesamt eher schmächtig. In seinen Augen glaubte sie, eine Andeutung von Humor zu finden, auch wenn das Gesicht so starr wie das eines jeden Vampirs blieb. Sie spürte die Macht hinter der sanftmütigen Fassade, und die kalte Gleichgültigkeit eines jeden Vampirs. In seinem Wesen schienen sich immer noch der Mensch und der Vampir zu streiten. Er musste ungewöhnlich jung gewesen sein, als er ein Zögling wurde. Unwillkürlich gebannt, nahm sie all die Widersprüche auf, bevor sie sich wieder besann und Forken ansah. Er musterte sie scharf, wartete auf ein Erkennen. Das nicht kam.

Ganya spürte, wie er versuchte unauffällig in ihren Kopf einzudringen und gaukelte ihm eine Illusion vor. Lady Segra ließe sich nicht so einfach täuschen, aber Forken war eine subtile Manipulation durch einen Zögling nicht gewohnt und bemerkte sie nicht.

Wovor hatte er so große Angst? Sie verbarg das Wissen, dass sie Farnandi tatsächlich bereits begegnet war sorgfältig in ihrem Inneren.

„Ich wurde davon unterrichtet, dass du deiner Lady Bericht erstattet hast, Ganya?" Er stellte keine Frage, dennoch nickte sie. „Warum glaubst du, sie unterrichten zu müssen?"

„Wie ich bereits erwähnt habe, Meister Forken, geht es um weit mehr als Eure Zöglinge."

„Einem Gefühl nach."

„Von dem meine Lady wissen sollte."

Er musterte sie durchdringend. „Mir wurde des Weiteren berichtet, du würdest gegen mich intrigieren."

„Mit unbedeutenden, jungen, unkontrollierten Zöglingen, deren Macht mich so tief beeindruckt hat, dass ich einfach der Versuchung nicht widerstehen konnte?" Er vermochte noch die Ironie zu erfassen, auch wenn sie ihm selbst fremd geworden war. „Wenn ich gegen Euch intrigieren würde, Meister Forken, dann nicht so plump. Ganz davon abgesehen, liegt es nicht in meinem Interesse, irgendetwas an der Konstellation im Rat zu ändern. Würde ich einen weiteren Meister stürzen, glaube ich kaum, dass meine Lady mich noch schützen könnte und wollte."

Er nickte. „Ich habe es nie ernsthaft geglaubt. Der Bote ist, wie du dir sicher denken kannst, tot." Er wartete auf eine Reaktion, die nie erfolgte. Zufrieden mit sich und der Situation erlaubte er ihr großzügig, sich zurückzuziehen. Sie warf Farnandi noch einen durchdringenden Blick zu und verbeugte sich tief, bevor sie sich aus dem Zimmer zurückzog. Sie blieb nicht vor der Tür stehen, nachdem diese ins Schloss gefallen war. Man konnte keine Meistervampire unbemerkt belauschen. Großen Schrittes eilte sie aus dem Anwesen. Das Haus der Zöglinge. Jetzt war der perfekte Zeitpunkt, sich dort umzusehen. Forken würde einige Stunden zu abgelenkt sein, um sie zu beachten.

Forken konnte Farnandi gegen dessen Wunsch genauso wenig aufspüren wie sie selbst. Als Zögling Ashans musste er nach dessen Verrat bei Forken Schutz gesucht haben. Aber es existierte keine Bindung zwischen den beiden, die einer normalen Bindung zwischen Meister und Zögling glich.

Forken schien einzig das plötzliche Verschwinden Farnandis beunruhigt zu haben. Seine einzige Sorge danach galt Ganyas Erinnerungen an Ashans Zögling, dessen Herkunft vor ihr verborgen werden sollte. Wozu dieser Aufwand? Es stand einem Meister zu, einen Zögling, dessen Meister in Schande gefallen war, in Gnade aufzunehmen. Außerdem log Farnandi. Er erinnerte sich sehr wohl. Aber was auch immer diese Erinnerungen beinhalteten, Forken schien versessen darauf, es geheim zu halten. Sowohl Forken als auch Farnandi wussten mehr, als sie zugaben. Sie gewann allerdings den Eindruck, dass Farnandi, sogar gegenüber Forken, Geheimnisse hütete. Sein Wesen war so kompliziert, wie sein Heim vermuten ließ. Er war der außergewöhnlichste Vampir, dem sie seit langen vorgestellt worden war.

Sie erinnerte sich, dass es ihr bereits bei ihrem ersten Treffen aufgefallen war. Diese unscheinbare Gestalt. Die der Jugend trotzend mehr wusste, als ihr zustand. Mit einer selbstsicheren Arroganz, die sie abgeschreckt hatte. Sie entsann sich, ihn mit Ashan zusammen gesehen zu haben und erinnerte sich an das Vertrauen des Meisters in seinen Zögling. An ihr Gefühl er könne, ähnlich wie sie selbst, seine Gedanken vor seinem Meister verbergen. Die Zeit hatte den Eindruck nur verstärkt. Der kalte Blick offenbarte mehr als die Leere in einem Vampir. Mehr als die Gleichgültigkeit, die mit den Jahren wuchs. So wie seine Arbeit, seine unermüdliche Suche eine dumpfe Verzweiflung mit sich führte, die kaum zu dem ruhigen, unerschütterlichen Wesen passen wollte, welches zu sein, er vorgab.

Er wusste, dass sie seine Lüge registriert hatte. Aber er hatte Forken gegenüber geschwiegen und sie war sich sicher, dass er es auch weiterhin unerwähnt lassen würde. Forken brauchte nichts über ihr stummes Einverständnis, geboren aus einer existenziellen Gemeinsamkeit, erfahren.

Ihr fiel der Tagebucheintrag in ihrer Manteltasche ein. Sie zog ihn hervor und studierte noch einmal den Hintergrund. Es gab viele Dinge, die sie noch nicht begriff. Dann schob sie den Gedanken von sich, verbarg das Blatt Papier wieder in ihrer Tasche und sah sich aufmerksam um. Wirklich schienen alle Zöglinge von hier geflohen zu sein. Wer würde auch freiwillig an diesen Ort zurückkehren?

Ihre Wahrnehmung übermittelte ihr ein konfuses, überlagertes Bild der Vampire, die sich in letzter Zeit hier aufgehalten hatte. Sie hatte geahnt, dass Forken viele Zöglinge gezogen hatte. Dennoch überraschte sie die tatsächliche Anzahl.

Vorsichtig drang sie in das Haus ein, verglich es mit den Erinnerungen. Ganya hatte kaum Probleme, sich in dem Haus zu orientieren. Ihm haftete die verwaschene Trostlosigkeit erstickender Gleichgültigkeit des Übergangs an.

Unter den Vampiren gab es gerade in den ersten Jahren kaum herausragende Persönlichkeiten, die mehr als den stechenden Geruch des Zustands zwischen Leben und Tod mit sich führten und deren Wahrzunehmung sie verharren lassen würde, um darüber nachzudenken. Die Lady sammelte solche Kuriositäten, Forken jedoch hatte keinerlei Sinn dafür.

Ohne Ziel wanderte sie durch das Haus, zögerte in einigen Zimmern, spürte alten Streit und Zwist genauso auf, wie die tiefe Verunsicherung und Furcht, die einst hier gehaust hatten. Ein Beigeschmack von Wahnsinn, kalt und kontrolliert. Sie hatte das dumpfe Gefühl, etwas zu übersehen, etwas Offensichtliches, das die Zimmer durchdrang. Sie müsste es wissen.

Zweifelnd legte sie den Kopf schief. Sie kannte den Geruch des Hauses. War es der unmerkliche Gestank aller neuen Zöglinge, der auch sie einst begleitet hatte? Kaum merklich schüttelte sie den Kopf. Es musste mehr sein, viel mehr. Forken verbarg nichts grundlos mit solcher Mühe.

Manchmal, wenn sie den Eindruck hatte, dem Rätsel einen Schritt näher gekommen zu sein, hielt sie in ihrer Wanderung inne, erlauschte, was nur sie hören konnte. Etwas Vertrautes … Ihr Unterbewusstsein gaukelte ihr ein Bild aus ihrer Kindheit vor, wie sie lachend mit ihren Geschwistern die Treppe hinunter rannte … Es musste die Stadt und ihre eigene Melancholie sein, die sie immer wieder in diese Zeit zurückführten.

Einen anderen Eindruck konnte sie sehr wohl zuordnen, mochte sein Ursprung auch tot sein. Sie dachte an die heiße Wut und die rudimentäre Macht, die hätte wachsen können. In zweihundert, dreihundert Jahren wäre er vielleicht zur Bedrohung seines Meisters herangewachsen. So hatte er einfach nur ein Exempel statuiert, als Warnung für all die anderen Zöglinge, die mit dem Gedanken einer Revolution spielen mochten.

Ganya hatte ihn nicht unbedingt gemocht. Er hatte lediglich als Mittel gedient, das Haus der Zöglinge zu finden und Forken von ihrem eigentlichen Vorhaben abzulenken. Sie hatte auf seinen Tod spekuliert, als sie die Informationen aus seinem Kopf klaubte, aber sie hatte ihn ihm nicht gewünscht. Mit seinem Tod waren alle Spuren ihres Eindringens für Forken vernichtet. Dennoch verharrte sie, als sie seinen Geist spürte, eine schnell verblassende Erinnerung in den Mauern, die als stumme Zeugen dessen geblieben waren, was die Vampire verlassen hatten. Sie fühlte auch die verblassende Spur eines anderen unglücklichen Zöglings, der ihr seine Erinnerungen überlassen hatte. Und nun waren beide tot. Noch eine, vielleicht zwei Nächte und die Spur würde verschwunden sein. Überlagert von anderen oder einfach nur verwischt von der Zeit.

Sie stand lange in dem großen Aufenthaltsraum und lauschte, bevor sie sich dem Schlafplatz zuwandte, wegen dem sie gekommen war.

Die Eindrücke waren noch relativ klar, bewahrt durch den Respekt der anderen Zöglinge vor dem gewaltsamen Tod ihres Kameraden. Sein Tod hatte ihn zu einer traurigen Berühmtheit erhoben, die er sonst nie erreicht hätte. Ganya spürte, wie gering das Talent des Vampirs gewesen war, wie zaudernd er die neue Situation angenommen hatte. Er wäre wahrscheinlich nie sonderlich alt geworden, bevor seine Nachlässigkeit ihn das Leben gekostet hätte. Forken konnte kein Interesse daran gehabt haben, diesen Zögling zu beseitigen. Ganz davon abgesehen, hätte er einen Zögling, dessen er überdrüssig geworden war, ohne mit der Wimper zu zucken getötet. Wer sollte schon Rechenschaft verlangen?

Der Vampir, den sie in den Erinnerungen nur als verschwommenen Schatten wahrgenommen hatte, hatte keine Spuren hinterlassen. Sorgfältig suchte sie die Umgebung ab, lauschte, aber alles war überdeckt von der Verwirrung des jungen Zöglings. Manchmal hatte sie den Eindruck, sie etwas wahrnehmen - verstehen. Dann verharrte sie und lauschte, lauschte so lange, bis sie es als Sinnestäuschung abtat. Insgesamt war das Haus ernüchternd leer und das verwirrte sie. Es gab nichts, was Forken hätte verbergen müssen.

Ganya wollte nicht die ganze Nacht in dem alten Gemäuer verbringen, aber bevor sie wieder auf die Straße hinaustrat, zögerte sie noch einmal. Jeder Zögling teilte sich eine der kleinen Schlafkammern mit zwei oder drei anderen Zöglingen. Die wenigen Fenster waren sorgsam abgedichtet und verschlossen. Sie waren seit Jahren nicht mehr am Tage geöffnet worden. Dunkle, schwere Vorhänge hielten im Notfall selbst das Mondlicht ab. Die meisten Vampire bevorzugten eine unterirdische Schlafstätte, die mehr Sicherheit versprach. Forken nahm darauf keine Rücksicht.

Ihre Intuition führte sie in einen der kleinen Räume. Ihrem Blick offenbarte sich nichts, was diesen Raum von den anderen unterschieden hätte. Aber die Sicherheit, etwas bemerken, kennen zu müssen, nahm zu. Mit den Fingerspitzen fuhr sie die Wand entlang, suchte nach einer Unebenheit oder einer Wahrnehmung, die ihr verraten würde, was sich in oder hinter den Wänden verbarg. Sie umrundete das Zimmer ohne etwas zu finden. Nachdenklich starrte sie in den kahlen Raum, der keinerlei Verstecke bot. Etwas war in diesem Raum. Unfähig auszumachen, was sie zurückhielt und ihr so vertraut schien, verweilte sie lange bewegungslos und überlegte.

Dann wandte sie sich mit einem lautlosen Seufzer ab. Der Augenblick war in ihrem Inneren gespeichert und vielleicht irgendwann bereit, des Rätsels Lösung zu offenbaren. Sie musste noch jemandem einen Besuch abstatten.

Farnandi erwartete sie offensichtlich. Das Bild entsprach ihrer Vorstellung. Die leise Musik im Hintergrund, Kerzenschein, der Schattengestalten einlud zum Tanz. Er nahm ihr den Mantel ab und bot ihr etwas zu Trinken an, als wären sie alte Bekannte, die sich trafen, um Belanglosigkeiten auszutauschen.

Sie folgte ihm in seine Wohnstube, nahm das Glas entgegen und analysierte nach ihrer Gewohnheit den Inhalt. Sie hatte schon seit sehr langer Zeit keinen grünen Tee mehr getrunken und jetzt fühlte sie, wie die Wärme durch ihren Körper rann.

„Ganya, der außergewöhnlichste Schützling der Lady." Sie wusste, dass er von Lady Segra sprach. Jeder wusste, wer die Lady war.

Sie neigte den Kopf. „Ihr habt Euch nicht in Eurem Wesen verändert, Farnandi." Die ruhigen feinen Züge blieben so gut wie bewegungslos, auch wenn sie glaubte, sein inneres Lachen zu hören.

„Ihr habt mich lange warten lassen." Sie trat zum Schreibtisch und warf einen Blick auf die Notizen. Er schien ihr Interesse zu ignorieren, aber Ganya wusste genau, dass seinen Augen nichts entging. Genauso wenig wie ihr etwas entgehen würde. Aber er belauerte sie nicht wie einen Feind und sie fühlte keinen Anflug einer Gefahr.

„Die Nacht offenbart interessante Dinge."

„Von denen Meister Forken sich sicher wünschen würde, dass sie Eurem Auge und Verstand verborgen blieben." Überrascht sah sie auf und begegnete seinem ernsten Blick. „Habt Ihr wirklich gedacht, ich würde versuchen, Euch über das Offensichtliche zu täuschen, Ganya? Ich kenne Euch viel zu gut, um nicht zu wissen, dass Ihr

Verrat spürt. Forken ist ignorant gegenüber Eurer Gabe und Euren Kräften, wenn er glaubt, seine plumpen Drohungen würden Euch davon abhalten, danach zu suchen." Der Anflug eines Lächelns erschien auf seinem Gesicht und die Geste erschien so natürlich, als hätte er sie beibehalten.

„Ich nehme an, seine Bemühungen führten eher dazu, Euer Interesse zu erwecken."

Sie neigte den Kopf. „Das stimmt. Forkens krampfhaftes Bemühen, mich von einigen Orten und Personen ..." Sie betrachtete ihn mit einem durchdringenden Blick „... fernzuhalten, erweckt eine Neugierde, zu erfahren, was er zu verbergen hat."

„So ist es wohl Ironie des Schicksals, dass der zweite Meister aufgrund seiner Ignoranz stürzen wird."

„Ich habe nicht vor, gegen Meister Forken vorzugehen." Die Schärfe und Kälte in ihrer Stimme überraschte sie selbst. Sie spürte, wie sich die Atmosphäre des gemütlichen Zimmers abkühlte und es tat ihr leid.

„Es war nicht meine Absicht, das anzudeuten, meine Liebe." Ihr erster Impuls war die Bezeichnung, zurückzuweisen, aber sie überlegte es sich. Bewundernd lauschte sie dem Nachhall der so sanften Stimme und verwirrt schwieg sie.

„Was meintet Ihr dann?" Dieser fast feierliche Ernst in seinen Augen jagte ihr einen Schauer über den Rücken. „Vielleicht weiß ich das selbst nicht so genau."

Lüge!

Ganya schwieg wieder und lauschte der leisen Musik. Frieden erfasste sie, während sie verharrte. Eine Ruhe, die sich ihr immer mehr entzogen hatte.

„Ihr habt etwas, was nicht Euch gehört." Immer noch lag nicht einmal eine Andeutung von Feindseligkeit in seiner Stimme.

„Ein interessantes und faszinierendes Dokument." Er trat etwas näher heran, aber sie wich nicht zurück. In seiner Bewegung und seinem Geist konnte sie keinen Ärger oder Unmut lesen.

„Durchaus. Auch wenn ich bezweifle, dass das letzte Werk eines Künstlers die Aufmerksamkeit verdient, die Ihr ihm zugesteht." Er streckte die Hand nach der Flamme aus und auch wenn er sie nicht berührte, starrte sie fasziniert auf das Bild. Ohne benennen zu können, was sie bannte.

„Ich nehme an, es ist das sich nie wiederholende Muster der Flamme, das es uns unmöglich macht, den Blick wieder abzuwenden. Manchmal erscheinen mir die Vampire nicht ganz so kalt, wie ihr Wesen es verlangt." Jetzt sah er auf und sie wusste, dass er sie meinte.

Sie wich der ungestellten Frage aus, indem sie um den Schreitisch herumtrat, das Glas abstellte und an das Fenster trat. „Ihr scheint Euch mit Forken gut zu verstehen."

„Ich habe mich nach dem Sturz meines Meisters mit ihm arrangiert." Sie weigerte sich, in das ernste Gesicht zu sehen, dem klaren durchdringenden Blick zu begegnen, der sie so stark an die Augen ihrer Schwester erinnerte. Oder an die der Lady, der sie einst ihre aufrichtige Bewunderung geschenkt hatte.

„Wart Ihr Eurem alten Meister sehr verbunden?" Sie fing das erste Mal Überraschung auf.

„Meister Ashan?" Etwas in seiner Stimme sagte ihr, dass er diesen Gedanken noch nie in Erwägung gezogen hatte. „Ich habe nie Eure Loyalität gegenüber den Meistern geteilt, Ganya. Er war mein Meister und er bedeutete mir all das, was ein Meister einem Zögling bedeutet. Ich habe Euch nie einen Vorwurf aus seinem Tod gemacht. Er hatte für sich selbst entschieden, nicht Ihr."

„Er hat Euch vertraut." Sie wusste nicht, warum ihre Stimme so leise und verloren klang, ihr selbst gänzlich fremd. Er trat neben sie und als sie aufsah, konnte sie sein Gesicht als Spiegelung im Fenster erkennen. Schnell wandte sie den Blick wieder ab. Vampire mieden Spiegel.

„Mir hat sein Vertrauen nie etwas bedeutet. Er vertraute mir, weil ich zu klug war, um den gleichen Fehler wie Euer gestriger Begleiter zu begehen. Er hätte die Macht gehabt, irgendwann einmal ein mächtiger Vampir zu werden." Machte er ihr einen Vorwurf? Sein Geist blieb leer.

„Wenn ich Euch fragen würde, wo Ihr wart, würdet Ihr mir antworten?"

„Nein."

Sie atmete tief durch. „Warum nicht?" Langsam drehte sie sich um.

„Weil es noch zu früh wäre. Ihr müsst noch viele Dinge sehen, Ganya. Ihr seid der außergewöhnlichste Vampir, dem ich je begegnet bin." Dasselbe hatte sie von ihm gedacht. „Ich kann es Euch erst sagen, wenn Ihr es begreifen könnt."

„Spielt Forken eine Rolle dabei?" Er wich ihr aus und schwieg.

„Was gilt es, im Haus der Zöglinge zu verbergen?"

Diesmal war er überrascht und Unsicherheit flackerte kurz in den sonst so gelassenen Augen auf. „Er will dort etwas verbergen?"

„Nichts, was ich gefunden hätte. Nichts, was in Anbetracht der Ereignisse irgendeinen Sinn ergeben würde."

„Weiß Forken, dass Ihr Euch seinen Befehlen widersetzt habt?"

„Forken wäre ein Narr, sollte er davon ausgehen, dass ich ihm gehorche. Aber ich habe die Information über das Haus ohne sein Wissen erlangt. Er glaubt, mich getäuscht zu haben."

Ganya wusste nicht, warum sie Farnandi vertraute. Es war etwas an seiner Art, in der stummen Übereinkunft beider, nie verlauten zu lassen, was in diesen vier Wänden besprochen wurde. Und die Möglichkeit beider ihr Wissen zu verbergen. Ein Versprechen ohne Worte. Ein Verlangen, zu schützen, was ihnen so gleich und anderen so fremd war.

Die sanften Züge umwölbten sich besorgt. „Ich nahm an, Forken hätte mich in all seine Pläne eingeweiht. Er scheint nicht der Narr zu sein, für den ich ihn einst gehalten habe." Er schwieg eine Weile. „Ihr solltet Euch auf den Weg machen."

Ganya spürte das Ende der Nacht nahen, aber sie zögerte, das Zimmer zu verlassen. Sie hatte Angst, aufgeben zu müssen, was sie so lange hatte missen und suchen müssen. Farnandi akzeptierte ihr Zaudern schweigend und ließ ihr Zeit. Ganya überwand ihre Unentschlossenheit.

„Habt Ihr die toten Zöglinge gekannt?"

Er ließ sich keine Überraschung angesichts ihres Themenwechsels anmerken. „Flüchtig. Es waren keine guten Vampire, aber das traf auch auf mich zu."

Er half ihr in den Mantel und Ganya lächelte innerlich angesichts der veralteten Geste, die er beibehalten hatte. Ihre Hand tastete nach der Tagebuchseite und nach einigem Zögern reichte sie sie ihm. Er bedankte sich stumm, als er sie entgegen nahm.

Ganya zögerte noch einmal, eine Frage auf den Lippen, bevor sie es sich anders überlegte und auf die Straße hinaustrat. Nach nur wenigen Schritten stockte sie und sah zurück. Farnandis dunkle Gestalt wirkte gegen das flackernde Licht der Kerzen unwirklich, als er das Blatt den Flammen übergab. Distanziert beobachtete Ganya, wie das Blatt Feuer fing und von den Flammen verzehrt wurde. Sie wusste, dass Farnandi ihren Blick spüren konnte. Nachdenklich wandte sie sich ab und schlenderte in die späte Nacht hinaus, das Bild des sanften Vampirs vor ihrem inneren Auge, der sein letztes Werk verbrannte. Farnandi mochte kein guter Vampir sein, aber Ganya zweifelte nicht daran, dass er ein guter Künstler geworden wäre. Hätte er sich Zeit genommen zu wachsen. Wäre er nicht das geworden, was er jetzt war. Hätte er sich Zeit nehmen können.

Problemlos fand in der Kanalisation einen Platz zum Schlafen. Gestand sich endlich die Frage zu, die an ihr nagte. War sie ein guter Vampir?

Ein seltsames Gefühl mit der einbrechenden Nacht durch die Straßen zu schlendern und zu wissen, dass man sie nicht länger brauchte. Für Forken war der Fall abgeschlossen und ihre weitere Anwesenheit überflüssig. Die Zöglinge mieden sie, überzeugt, dass Ganya einen der ihren verraten hatte. Es kümmerte sie nicht. Vielleicht stimmte es sogar.

Forken war zu leichtfertig. Farnandi musste ihn beruhigt haben; sein Auftauchen schien alle Zweifel angesichts der Ereignisse ausgemerzt zu haben. Sie fragte sich, wie er ihm hatte erklären können, was mit den Zöglingen geschah.

Solange Forken sie nicht offiziell der Stadt verbot, konnte sie sich relativ sicher und frei durch die Straßen bewegen. Nicht, dass es hier viele Vampire gab, die ihr gefährlich werden konnten. Nur wenige ältere Vampire hielten sich in der Stadt auf, eine weitere von Farnandis exzentrischen Anwandlungen.

Der Meistervampir konnte ihre Anwesenheit in seinem Hoheitsgebiet ausmachen und Forken musste zumindest ahnen, dass dieses Rätsel ihr keine Ruhe lassen würde, bevor sie nicht begriff, was es damit auf sich hatte. Er würde sie schon dieses Ortes verweisen müssen. Oder sie warten lassen - lange warten. Wie viel mochte der Meister vor der Lady zu verbergen suchen?

Sie versuchte sich alle Ereignisse, Ungereimtheiten und Eindrücke ins Gedächtnis zurückzurufen.

Auf einer Brücke blieb sie stehen und starrte über die gekräuselt, dunkle Oberfläche des Wassers. Warum hatte Farnandi das Blatt verbrannt? Die Frage lauerte schon lange in ihrem Bewusstsein, aber erst auf dieser Brücke gestand sie sich ein, dass sie seine Handlung nicht begriff. Konnte man ihm vertrauen?

Blicklos starrte sie in die Ferne, dorthin, wo der Fluss sich ihres Blickes entzog.

Sie dachte an die Zeichnung unter dem Gedicht. Konnte er sich eine so klare Erinnerung an die Überleitung bewahrt haben? Ashan könnte einen Zögling, dem er vertraute, eingeweiht haben. So wie die Lady auch sie mehr oder weniger in Dinge eingeweiht hatte, die ihr vom Rat aus untersagt waren. Farnandi war ebenso wie sie Produkt eines äußerst exzentrischen und bemerkenswerten Vampirs. War sie ein guter Vampir? Verärgert streifte sie die Frage ab.

Der Tag mochte den Menschen lang und bedeutsam erscheinen. Diese Zeit hätte ihr mehr Klarheit schaffen sollen. Wie oft hatte sie als Kind wach gelegen und sich über Fragen den Kopf zerbrochen, bevor sie erst mit der Morgendämmerung in einen unruhigen Schlaf gefallen war? *Und wie oft hat es dich der Antwort auch nur einen Schritt näher gebracht, du Närrin?*

Eine Möglichkeit blieb ihr noch. Jetzt, wo die Nacht ihre Herrschaft noch nicht so weit ausgebreitet hatte, dass die Menschen die Straßen mieden und sich zurückzogen aus ihrem Reich. Sie kannte die Hallen der Bibliotheken nur noch aus ihrer Erinnerung, als sie vor einem halben Jahrhundert Antworten über Ashan gesucht hatte. Verwunderlich, was die Zeit nicht zu ändern vermochte.

In der Wahrnehmung der Menschen war sie kaum mehr als ein Schemen, den man sofort vergaß. Nur der Bibliothekar sah auf, als sie an ihn herantrat. Auch er fühlte Unbehagen angesichts ihrer Aura, aber sie fing sein Bewusstsein so sacht ein, wie es nur die Zöglinge der Lady vermochten. In seinem Kopf kramte sie behutsam nach den Informationen, die sie brauchte, und bedankte sich dann mit einem kurzen Nicken bei ihm. Verwirrt schüttelte der alte kleine Mann den Kopf und versuchte, seine Zerstreuung zu vertreiben. Kurz glaubte sie seinen konzentrierten Blick auf ihrem Rücken zu spüren, aber sie wusste, dass es nur eine Illusion war. Sein Bewusstsein würde sie ignorieren, sein Blick glitt unachtsam ab.

Einem Reflex folgend lauschte Ganya nach Spuren anderer Vampire. Ihre Anwesenheit konnte wohl kaum einen Vorwurf provozieren, wohl aber Misstrauen wecken.

Sanft fuhr sie über die vielen Buchrücken und bewunderte den Reichtum an Wissen, der hier gesammelt wurde mit einer gewissen Genugtuung. Dass dieses Wissen nicht nur ihr, sondern theoretisch allen zur Verfügung stand, weckte eine gewisse Befriedigung in ihr. Wenigstens war eine ihrer Forderungen Realität geworden.

Die verblassende, beißende Aura eines Vampirs ließ sie erstaunt verharren. Dann verzogen sich ihre Mundwinkel in einem unwillkürlichem Lächeln. Natürlich, nur Farnandi würde in Betracht ziehen, eine öffentliche Bibliothek aufzusuchen. Undenkbar festzustellen, was er gesucht haben mochte. Unmöglich auszumachen, ob er überhaupt etwas gesucht hatte.

Ganya könnte im Moment nicht einmal ihr eigenes Anliegen erklären. Ziellos blätterte sie durch die Geschichtschroniken, bevor sie sich den Todeschroniken zuwandte. Selbst einem Vampir fiel es schwer festzustellen, wie viele Vampire sich jeweils in der Stadt aufhielten, auch wenn die Zahl der Opfer festgehalten worden war.

Viele Vampire entwickelten ein System hinter ihren Morden, das sie verbarg. Personen, die keiner vermisste, Leichen, die nie gefunden wurde, junge Menschen, die ins Ungewisse verreisen wollten, Verzweifelte, Halunken, Straßendiebe ... Unzählige Aussätzige der Gesellschaft, die nicht gesucht wurden oder die man nicht finden konnte. Dennoch beging jeder Vampir den ein oder anderen Fehler und sie hatte mit der Zeit ein gewisses Geschick darin entwickelt, die Opfer der Vampire zu ermitteln. Die Aufzeichnungen waren unvollständig und an einigen Stellen durcheinander geraten. Kaum jemand interessierte sich für die Berichte und sie moderten langsam vor sich hin, unbeachtet und ungebraucht. Keiner würde sie vermissen.

Sie schlenderte weiter durch die Regalreihen, sah sich interessiert um. Sie hatte nicht mehr zum reinen Vergnügen gelesen, seit sie ein Vampir geworden war. Ihre Zeit erschien ihr plötzlich zu kostbar, um sie mit Vergnügungen, die sie kaum noch empfand, zu verschwenden. Seltsam, bräuchte das Vergehen von Zeit doch für einen Vampir, an dem die Jahrzehnte und Jahrhunderte spurlos vorüber zogen, keinen Verlust darstellen.

Nicht aber die Jahrtausende. Ganya starrte auf einen Buchrücken und nahm das Buch aus dem Regal, blätterte geistig abwesend in dem Werk. Sie wusste, dass Forken einer der ältesten Vampire überhaupt war. Wie alt, war schwer zu sagen. Hatte er ein Jahrtausend gesehen? Zwei? Sie wusste es nicht und bezweifelte, dass Forken es noch wusste. Seine hartnäckige Weigerung sich seine menschliche Herkunft einzugestehen verhinderte, dass er von seiner Jugend berichtete und Hinweise lieferte, die auf sein Alter hindeuten könnten. Er existierte nur noch für das heilige Gesetz der Vampire.

Heilig. Ihr war noch nie die Doppelmoral aufgefallen, in der auch die Vampire gefangen waren.

Wo ist nur mein Respekt geblieben, meine Lady?, fragte sie sich amüsiert. *Wo nur meine Bewunderung und mein Stolz dazugehören zu dürfen, zu dieser überlegenen Rasse?*

Impulsiv klappte sie das Buch wieder zu. Kalte Angst kroch in ihr empor. Der Ursprung ihrer Regung war nicht in der Bibliothek zu finden oder dem Buch in ihrer Hand.

Forken weiß, wie schwach ich bin. Weiß meine Lady es auch? Die Unterlagen unter den Arm geklemmt, strebte sie zum Ausgang. Niemand hielt sie auf. Das Entwenden von Dokumenten aus den Archiven war auf das Strengste untersagt. Sie würden lange nach einem Schuldigen suchen. Ihr war das egal. Keine Blicke, weder von

Menschen noch von Vampiren, folgten ihr, als sie, getrieben von ihrer jähen Furcht, hinaus auf die Straße trat.

Verfolgte ältere Vampire nicht nur die wachsende Gleichgültigkeit gegenüber ihrer Existenz, sondern auch die unkontrollierbare Angst vor Schatten, die sie nicht sehen und spüren konnten? Ganya ließ sich von der Menge treiben, bevor sie sich in einem kleinen Straßencafé niederließ. Im Kerzenschein nahm sie die Bücher in Augenschein, durchforstete Daten über Vermisste und Tote. Im Laufe der Jahre war das Geschehen immer unübersichtlicher geworden und ihr erschien die behandelte Zeitspanne in den Büchern lächerlich, angesichts der Lebenserwartung eines Vampirs. Ihre Suche gestaltete sich als aussichtslos, so, als wolle sie eine Laus mit Halsband auf einem Mammut ausfindig machen.

Und bei meinem Glück hat sich der Besitzer im Mammut vertan. Die Existenz als Vampir ohne Optimismus und schwarzen Humor muss einfach grausam sein, dachte sie mit einem Anflug von Zynismus.

Sie blätterte durch ein weiteres Buch: Grusel- und Horrorgeschichten. Zur Illustration der Geschichten waren manchmal Zeitungsartikel beigefügt. Amüsiert überflog sie die Berichte und lehnte sich dann nachdenklich die Stirn runzelnd zurück. Ihr selbstironischer Spott war verflogen. Geistesgegenwärtig veranlasste sie den Kellner, ihr den Kakao zu bringen, der für den Nachbartisch bestimmt war, und las den Artikel noch einmal. Er erinnerte sie an das Bild in dem Buch. Farnandi hatte es angestarrt. Sehnsucht … Sie erinnerte sich an den fahlen Geschmack der hoffnungslosen, leeren Sehnsucht in dem Raum. Dieser Ort erinnerte sie mehr als alles andere daran, was sie waren. Ob Ashan seinen Zöglingen die Wahl ließ? Hatte Farnandi, wie sie, sich nach dieser kalten, stolzen Schönheit gesehnt, die die Vampire umgab? Kannte er das Gefühl der Bewunderung für das, was sie erreichen konnten? Oder kannte er nur die Verbitterung über eine gestohlene Vergangenheit? Würde Farnandi versuchen zurückzuerlangen, was ihm einst genommen worden war? Wollte er wieder der sein, was er einst war?

Sie würde es zutiefst bedauern, denn es hieße, ihn zu verlieren. Die Vampire würden keinen Menschen, der von ihrer Existenz wusste, dulden. *Es ist nicht möglich,* beruhigte sie sich.

Sie schlürfte ihren Kakao - ihr Nachbar hatte sich nach einiger Zeit über den verwirrten Kellner, der ihn anscheinend vergessen hatte, beschwert - und beobachtete das Treiben um sich herum.

Würde ein Vampir zulassen, dass man sein Haus verdächtigte, ein Monster zu beherbergen? Würde ein Vampir, der so alt war, gleichgültig über das Treiben der Menschen hinwegsehen, zu blind, um die Gefahr zu erkennen? Oder gehörte das vielleicht zu einem größeren Plan? Um sich zu schützen? Es ging wahrlich um mehr als nur Forkens Zöglinge. Um weit mehr.

Sie schob die Dokumente wieder zusammen und erhob sich. Sie hatte noch genügend Zeit, einem Freund einen Besuch abzustatten. Ein Freund, der ihr diesmal antworten würde. Dem sie diesmal glauben würde.

Fast so gut wie das Virus, fuhr ihr durch den Kopf. Wenn Forken das ignorierte, war er ein Narr. Oder sie blind.

Sie musste nicht anklopfen. Farnandi öffnete die Tür, noch bevor sie die Hand heben konnte. „Ganya, Forken wird davon ausgehen, dass Ihr die Stadt bereits verlassen habt." Mit einer leichten Verbeugung ließ er sie ein. Sie konnte nicht erkennen, ob er mit ihrem Kommen gerechnet hatte. Falls er überrascht war, verbarg er es meisterlich. Sie fragte sich, wann er ihre Nähe registriert haben mochte.

Er nahm ihr den Mantel ab und bat sie mit einer Selbstverständlichkeit in sein Wohn- und Arbeitszimmer, die ihre unerklärliche Vertraulichkeit nur noch unterstrich. Er hatte eine andere Platte aufgelegt und abermals erfüllte eine tragend, ruhige Musik den Raum.

„Forken wird meine Anwesenheit kaum entgangen sein."

Ihr fiel auf, dass weder sie noch Farnandi das Bedürfnis hatten, ihre Macht zu beweisen. Da lag keine Drohung in der Luft, wie es zwischen Vampiren so oft der Fall war. *Weil es alles ist, was uns noch ausmacht, unsere Macht. Und unsere Angst, ein anderer Vampir könnte uns mit seiner Stärke beherrschen.* Sie konnte bei dem Gedanken nichts empfinden. Aber die Liebenswürdigkeit in ihrem Umgangston miteinander und ihrem Verhalten gab weder der Angst noch der unterschwelligen Drohung Raum. Verwundert ließ sie zu, dass der Eindruck dieser Empfindung in ihr Inneres sickerte.

„Davon bin ich auch nicht ausgegangen. Ich hätte wohl besser sagen sollen: Forken würde es als Eure Pflicht verstehen, dass Ihr die Stadt freiwillig so schnell wie möglich wieder verlasst."

Er trat an seinen Schreibtisch und schob einige der Notizen zusammen. Ihr Blick wanderte automatisch zu der Bewegung und sie erhaschte einen flüchtigen Blick auf eine Zeichnung. „Was Ihr natürlich nicht tun werdet, bis Ihr wisst, was hier vorgeht. Meint Ihr, die Lady wird ebenfalls kommen?" Die Neugierde war echt. Ihr aufflackerndes Misstrauen erlosch wieder. Er fragte sie nicht in Forkens Auftrag.

„Meine Liebe, wir wissen beide, dass das nicht möglich ist. Ihr würdet es wahrnehmen. Übrigens eine sowohl erstaunliche, wie auch sehr praktische Gabe. Ashan wäre vor den Möglichkeiten der Überleitungen, die Eurer Lady zur Verfügung stehen, vor Neid erblasst. Hätte er sie erkannt." Die sanfte Stimme täuschte sie nicht vollkommen über den durchdringenden, kalt berechnenden Blick hinweg.

„Auch Ihr zeigt eine meisterliche Begabung darin, Gedanken zu erraten." Einem Augenblick lang lauschte sie ihren eigenen Worten nach. Farnandis Züge offenbarten eine unmerkliche Andeutung eines Lächelns, welches seiner stummen Bewunderung Beifall zollte. Viele vermuteten, er könne Gedanken lesen und nicht nur bestenfalls erraten. Im gewissen Sinne war es leichter, die Gedankengänge eines Vampirs vorherzubestimmen, als die eines Menschen. Sie waren klar und präzise, nicht mehr verzerrt vom konfusen Wahrnehmen und Fühlen der Menschen. Irgendwann umfasst das Denken eines Vampirs nur noch Macht.

„Vermutlich wird sie kommen. Und Forken wird sie empfangen. Die Lady mag jünger als er selbst sein. Möglich, dass ihr Talent dem seinen nicht gewachsen ist, aber dennoch …" Verwirrt verstummte sie. „Wird er nicht wagen, sich gegen den Rat zu stellen." Ganya sah in die starren Augen und wusste, dass Farnandi wusste, dass sie etwas anderes hatte sagen wollen.

Die Platte war zu Ende und mit einem Knarren kehrte Stille ein. Er wandte sich um, um eine andere Platte aufzulegen. Ganya ließ den Gedanken fallen.

„Er wird sich verbitten, dass sich ein anderer Meistervampir in seine Angelegenheiten einmischt."

„Vorrangig, weil das seine eigene Autorität untergraben könnte. Forken scheint mir krampfhaft darum bemüht, Macht zu demonstrieren." Farnandi schwieg zu der Feststellung.

„Die vielen Zöglinge, seine regelrechte Paranoia fremden Vampiren gegenüber. Vampiren, die er nicht kontrollieren und beherrschen kann. Könnte seine Macht in Wahrheit schwinden?" Sie spürte seine Überraschung und das Begreifen, das nur kurz seine Augen erreichte.

„Alle Vampire scheinen davon auszugehen, unsere Macht könne unbegrenzt wachsen." Er sprach langsam, bedächtig, als müsse er sich mit den Gedanken dahinter erst anfreunden. „Auch wenn wahre

Macht ein gewisses Maß an Talent voraussetzt. Aber warum gibt es so wenige alte Vampire?" Sie schwiegen eine Weile und sannen über die Konsequenzen nach.

„Solltet Ihr Recht behalten mit Eurer Vermutung, und im Moment ist es noch nicht mehr als eine bloße Vermutung, würde sich Eure Lady nicht sonderlich erfreut darüber zeigen." Sie spürte einen Hauch von Besorgnis. Sie fragte sich, welches Wissen er zurückhielt.

„Nein, aber es würde nicht nur erklären, warum es keine älteren Vampire gibt. Es würde auch erklären, warum wir immer noch so versessen auf Zeit fixiert sind. Obwohl sie mit unserer Unsterblichkeit an Bedeutung verloren haben sollte. Sind wir denn unsterblich?" Wieder verstummten sie für einen Moment und nur die tragend melancholische Musik erfüllte den Raum.

„Ein durchaus faszinierender und in gewisser Hinsicht auch logischer Gedanke. Keine Empfindungen bleiben dem Vampir so erhalten, wie seine ureigensten Ängste zu vergehen. Tee?" Sie nickte und sah ihm dann nach, wie er den Raum verließ, um noch eine zweite Tasse zu holen.

„Aber es bleibt nichts weiter als eine Vermutung." Er goss etwas Tee ein und reichte ihr die Tasse. „Sicher, der Rat würde eine solche Schwäche nie zugeben."

War er wirklich so unbekümmert? Begriff er nicht, was das für die Vampire bedeutete?

„Es sei denn, man fände einen Vampir, der noch älter als Forken ist." Mit einem Ruck setzte sie die Tasse ab. Farnandi beobachtete sie ruhig über den Rand seiner eigenen Tasse hinweg.

„Es gibt keinen Vampir, der älter ist."

„Sagt Forken." Die sanfte Zurechtweisung ließ keinem Widerspruch Raum. Obwohl sein Tonfall immer noch sanft und unbekümmert war, lag etwas Unbeugbares in seinen letzten Worten. Gegen ihren Willen sah sie sich kurz im Zimmer um. Farnandi beobachtete sie amüsiert, auch wenn sich in seinem Gesicht nicht ein Muskel regte. Sie konnte es dennoch spüren - sein Bewusstsein durchdrang den Raum deutlich und der Anflug von Belustigung wisperte ihr im ganzen Raum entgegen. Am meisten in den verschlossenen Augen, die nichts von seinem Wesen offenbaren wollten.

„Habt Ihr danach gesucht? Nach einem älteren Vampir?"

Er zögerte lange. „Vielleicht. Im gewissen Sinne." Wieder sagte er nicht alles.

„Und, gibt es einen älteren Vampir?"

„Vermessen anzunehmen, dass wir ihn finden könnten."

„Jeder Vampir kann einen anderen spüren."

„Auch einen Vampir, der älter ist als die Meistervampire?" Er beugte sich etwas vor. „Weiß Forken davon?"

„Sein Meister vielleicht." Sie wagte es nicht mehr, laut zu sprechen und ihr ehrfürchtiges Flüstern drang durch die Stille. Mit einem Stirnrunzeln stellte er die Tasse ab und wandte sich wieder dem Plattenspieler zu. Er zögerte, erneut Musik aufzulegen und entschied sich dann doch für eine weitere Platte. Diesmal jedoch keine Single sondern ein Album. Sie konnte nicht ausmachen, was er dachte.

„Auch Ashan stellte sich einmal die Frage, was aus Forkens Meister geworden war. Soweit ich weiß, kennt keiner der anderen Meistervampire seinen Meister. Falls seine Macht wirklich nachgelassen hat, zog er sich eventuell einst aus Angst zurück. Dann weiß Forken, was mit ihm passieren wird. Oder aber er starb, wie alle alten Vampire nach und nach sterben. Aus Unachtsamkeit über ihren Körper oder sie stürzen in einer Revolution aufstrebender Zöglinge. Dann jedoch nehme ich an, wird Forken ewig leben." Eine Spur bitteren Humors blitzte kurz in seinem Gesicht auf.

„Auf jeden Fall ist Forken der Vampir, der sich sorgen muss, falls die Jahrtausende nicht spurlos an uns vorüberziehen."

„Es bedeutet seinen Untergang, würde bekannt werden, dass seine Macht schwindet." Immer noch blieb Farnandi vollkommen gleichgültig. „Die Zöglinge würden sich erheben und ihn stürzen. Er hat zu viele geschaffen. Ein Anflug von Schwäche könnte sie in ungeahnter Stärke einigen."

Verwirrt fragte sie sich, ob Farnandi die Zöglinge, wie fast jeder ältere Vampir, verachten mochte. Doch weder Stimme noch das offen liegende Bewusstsein gaben einen Hinweis darauf. Aber wie in seinem nur schwach, vom Kerzenschein beleuchtetem Zimmer, blieb auch stets ein Teil seines Wesens und Denkens im Dunkeln verborgen.

„Habt Ihr einen Hinweis gefunden, der uns nützlich sein könnte?" Er deutete auf die Bücher in ihrer Hand. Ganya hatte sie bereits vollkommen vergessen. Jetzt legte sie sie vorsichtig auf den Tisch.

„Könnte es in dieser Stadt einen Vampir geben, dessen Existenz dem Meistervampir verborgen geblieben ist?" Sie schlug einen Zeitungsbericht auf und bedeutete ihm, ihn zu lesen. Interessiert beugte er sich über das Buch.

„Zumindest würde sich diese Stadt wohl bestens dafür eignen. Ich bedaure, Euch nicht früher kennen gelernt zu haben, Ganya. Sonst hätte ich mir keinen neuen Meister suchen müssen." Sie nahm die Tasse wieder auf, trat ans Fenster und sah in die Nacht hinaus.

„Ich weiß, dass ich mich in dem Tunnelsystem unterhalb der Stadt ewig verbergen könnte. Aber Forken würde meine Anwesenheit dessen ungeachtet spüren. Diese alten Katakomben hingegen ..." Ihre Finger legten sich um die heiße Tasse, als könnte sie die Wärme aufsaugen. „Wenn man sich vor hunderten von Jahren bereits unheimliche Geschichten über die Katakomben zu erzählen hatte und sie heute in den Karten nicht mehr verzeichnet sind, dann sind sie ein nahezu perfektes Versteck für einen Vampir."

Farnandi schüttelte entschieden den Kopf. „Ein Meistervampir würde ihn dennoch irgendwann bemerken. Außerdem muss Forken wissen, dass es diese Katakomben gibt."

„Meister Forken ist seit knapp fünfzig Jahren Meistervampir dieser Stadt. Und die Katakomben würden den Vampir verbergen. Sie sind ..." Sie zögerte, es auszusprechen. „Ich war bereits einmal dort. Niemand könnte an diesem Ort etwas anderes spüren als die Tausenden, die dort lebendig begraben wurden. Der ganze Ort strahlt immer noch ihr Entsetzen aus." Sie wich seinem Blick aus. „Meine Gabe ist es auch, einen Ort zu erkennen, an dem sich einst ein Vampir aufgehalten hat. Jeder Ort behält etwas von denen zurück, die ihn einst aufgesucht haben. Ein mächtiger Vampir hinterlässt eine deutliche Spur, während die Spur eines Zöglings schnell verweht. An diesem Ort jedoch wird kein Vampir einen anderen finden. Es sei denn, der Vampir *will* gefunden werden."

Bedächtig neigte er den Kopf und sah an ihr vorbei in die Dunkelheit. „Nun, es mag möglich sein", gab er schließlich zu. „Und es könnte durchaus einige Dinge erklären." Er präzisierte seine Aussage nicht weiter und sie spürte, dass er auf eine entsprechende Frage nicht antworten würde. „Dann sollten wir ihn suchen." Beide wussten, dass die Nacht zu weit fortgeschritten war, um jetzt noch damit zu beginnen.

„Es kann zumindest nicht schaden, sich dort umzusehen", meinte er vorsichtig. Sie spürte, dass seine Gedanken woanders weilten. Nachdenklich schweifte ihr Blick über die Bücherregale und wieder fragte sie sich, womit er sich eigentlich beschäftigte - Nacht für Nacht. Er folgte ihrem Blick nicht, aber dennoch würde er ihn registrieren und ihm eine Bedeutung zuordnen. Aber er antworte nicht auf ihre stumme Frage.

Mühsam riss er sich aus seinen Gedanken. „Soll ich Euch zu Forken begleiten?" Überrascht sah sie zu ihm auf. „Warum sollte ich Forken aufsuchen?"

„Um ihn zu fragen, Verehrteste."

Sie setzte an, zu widersprechen und ließ es dann. Genau das hatte sie tun wollen. Sie hatte es nicht bewusst registriert, aber sie hatte vorgehabt, Forken aufzusuchen.

„Wenn es Euch keine zu großen Umstände bereitet, würde ich mich darüber freuen." Sanft löste er die Tasse aus ihrem klammerartigen Griff und brachte sie in die Küche. Er stellte die Musik ab und holte ihren Mantel. Mit einer Handbewegung löschte er die Kerze und trat mit ihr zusammen auf die Straße. Ganya fielen die Bücher auf seinem Schreibtisch ein. Vielleicht war es sogar sinnvoll, sie zurückzulassen und somit Forkens Aufmerksamkeit zu entziehen. Auch so gab er nur widerwillig Informationen preis und sollte er, wie sie einst, auf diese Geschichten gestoßen sein, würden ihn die Bücher nur misstrauisch machen. Sie brauchte Informationen. Und sei es, ob er überhaupt von den Katakomben wusste.

Die Straßen lagen menschenverlassen. Gemeinsam verschmolzen sie ohne einen Gedanken daran zu verschwenden mit den Schatten der Nacht. Nur noch vereinzelt fuhren Untergrundbahnen und so schlenderten sie die Promenaden entlang, dachten jeweils über das nach, was der andere erzählt hatte.

„Wie alt seid Ihr eigentlich, Farnandi?" Sie konnte seine Züge nicht genau erkennen, aber sie glaubte ein scheues Lächeln liefe kurz über sein Gesicht.

„Ich habe es inzwischen vergessen. Ich weiß weder den Tag meiner Geburt noch den Tag, als ich ein Zögling wurde. Ich nehme an, ich habe viel vergessen."

Ganya zögerte, als sie wieder vor ihrem Geburtshaus stand. Er spürte es und blieb stehen, wartete höflich. Sie hatte den Eindruck, das alte Gemäuer wolle ihr etwas zuflüstern, was sie vergessen hatte. Etwas hatte sie übersehen. Etwas stimmte nicht.

„Ich bin hier geboren, in dieser Stadt. Aber es verliert an Bedeutung."

„So wie für einen Vampir alles an Bedeutung verliert. Außer seiner Angst, nicht mehr zu sein." Sie wusste, dass Farnandi in diesem Augenblick genau dasselbe dachte wie sie.

Forken achtete nicht auf sie und so bemerkte er sie erst, als sie bereits in die Vorhalle traten. Die Vampire um sie herum ignorierten oder musterten sie offen abfällig. Ganya konnte die Feindseligkeit in dem Raum spüren. Als Mensch wäre sie womöglich daran erstickt. Farnandi neigte zur Begrüßung der Älteren leicht den Kopf. Die Vampire vermochten den leisen Spott hinter der Geste nicht zu erfassen.

Forken ließ sie warten. So wie er wohl jeden warten ließ, den zu beeindrucken er für nötig oder sinnvoll erachtete.

Als die Tür endlich aufschwang, hatte Ganya genügend Zeit gehabt, sich alle Einzelheiten im Vorraum einzuprägen. Ohne zu zögern traten sie und Farnandi gleichzeitig ein und verbeugten sich kurz vor Forken. Der Meistervampir winkte ab.

„Ganya, ich hätte erwartet, dass du dich bereits wieder auf dem Heimweg befindest. Doch wie ich sehe, verstehst du dich ausgezeichnet mit Markus."

Ihr schoss durch den Sinn, dass Markus nicht sein richtiger Name war. Sie wusste nicht, woher sie diese Sicherheit nahm. Farnandi war sein richtiger Name. Nicht mehr und nicht weniger.

Forkens Mangel an Missbilligung bezüglich des vertrauten Umgangs mit seinem Schützling verriet ihr, dass Forken glaubte, Farnandi würde nach seinen Anweisungen versuchen Ganyas Vertrauen zu erlangen, um sie von der Aufrichtigkeit des Meistervampirs zu überzeugen. Nur, dass Farnandi die Anweisung schlicht ignorierte - die Möglichkeit, sie zu belügen, gar nicht in Betracht zog und ihre Suche nach Informationen sogar noch unterstützte.

Farnandi ließ den Meistervampir nicht aus den Augen und dennoch bemerkte Ganya, dass er auch sie aus den Augenwinkeln beobachtete. „Wie bereits erwähnt, glaube ich nicht, dass sich die Angelegenheit einfach so von selbst ergeben hat."

Forkens geheuchelte Freundlichkeit schlug augenblicklich in eisige Kälte um. „Es gibt nichts mehr, wobei ich deine Hilfe gebrauchen könnte, Ganya. Und nichts, worin du dich in dieser Stadt einmischen solltest." Unmerklich verstärkte er den Druck auf ihr Bewusstsein.

„Sicher. Ich habe nicht vor, mich in irgendeine Eurer Angelegenheiten einzumischen, Meister Forken. Aber ich nehme an, die Lady wird trotz allem eine plausible Erklärung für das Schicksal der Zöglinge von mir verlangen." *Und es interessiert sie brennend, was Ihr zu verbergen habt, Meistervampir.* Sie wagte nicht den Gedanken auszusprechen.

„In den Stadtarchiven gibt es eine Erwähnung von einigen Vorfällen, die verblüffende Ähnlichkeit mit den heutigen Ereignissen aufweisen." Farnandi verbarg seine Überraschung über diese Information. Seine Miene blieb interessiert freundlich, aber sein Blick gewann an Schärfe. Ganya ertappte sich, wie sie ihn statt Forken beobachtete. Etwas an seinem starren Blick behagte ihr nicht. Auch wenn sie wusste, dass sich hinter der Illusion von Kälte und Gleichgültigkeit ein verblüffend sensibler Vampir verbarg.

Forken gab seine Verblüffung zu. „Schon einmal? Hier?" Er warf Farnandi einen kurzen Blick zu, den Ganya wohl registrierte.

„Die Aufzeichnungen sind nicht sonderlich ergiebig, aber sie lassen vermuten, dass man einige Wesen auffand, deren Haut und Gesicht fast vollkommen verbrannt waren, deren Verbrennungen aber keinerlei Ähnlichkeit mit normalen Verbrennungen aufwiesen. Sie starben am Vormittag und schrieen die ganze Zeit vor Schmerzen, die sich keiner erklären konnte. Dabei schälte sich die Haut immer weiter ab, während sich die Verbrennungen am ganzen Körper ausbreiteten. Das Verblüffenste für die Menschen der damaligen Zeit war jedoch, dass nichts von den Körpern zurückblieb, was man hätte beerdigen können. Noch nach dem Tod zerfielen die Körper unter Einwirkung der Sonnenbestrahlung. Man munkelte damals, der Teufel hätte einige seiner Kreaturen aus der Hölle auf die Erde verbannt, die dann unter dem senkenden Licht Gottes starben. Doch für einen jeden Vampir müssen diese Berichte alarmierend wirken. Wesen, die eine so starke allergische Reaktion auf Sonnenlicht zeigen und dennoch am Tag aktiv sind, gibt es nicht. Ein menschenähnliches Wesen, das eigentlich nur nachts auftritt und plötzlich am Tag erwacht …" Sie ließ den Rest ungesagt. Meister Forken war gänzlich erstarrt.

„Erinnert Ihr Euch, Meistervampir, wie die Vampire damals auf diese Bedrohung reagiert haben? Denn darüber wird nichts in den Schriften erwähnt."

„Du musst dich täuschen, Ganya. Einen solchen Vorfall hat es nie gegeben."

„Und wenn nun doch, Meister Forken? Wollt Ihr ausschließen, dass es einen Weg gibt, Vampire am Tag zu erwecken? Und sie damit zu töten? Jemand könnte dieses Geheimnis bewahrt haben, um es jetzt wieder zum Einsatz zu bringen. Ich kann mir den Zeitpunkt nicht erklären, aber vielleicht ist er ja zufällig gewählt. Dass es nicht nur um Eure Zöglinge geht, Meister Forken, ist fakt. Und ich nehme an, die Lady wird das genauso sehen."

„Warum glaubst du Lady Segra wird kommen?"

„Ihr hättet in dem Boten lesen sollen, bevor Ihr ihn getötet habt, Meister Forken. Die Lady vertraut meinem Urteil. Auch wenn es auf nicht mehr gründet, als einer vagen Ahnung."

Unter seiner aufwallenden Wut zuckte sie unwillkürlich zusammen.

„Ich muss dich in meiner Stadt nicht dulden, Ganya. Ich muss keinen fremden Vampir in meiner Stadt dulden. Und ich werde dich auch nicht länger dulden."

Der Ansturm seiner Macht war furchtbar, fegte mit einer Urgewalt durch ihren hilflosen Geist. Sie hatte vergessen, wie die Wut eines Meistervampirs sich in anderen Vampiren realisierte. Wimmernd sackte sie unter seinem Toben in sich zusammen. Farnandi kniete neben ihr nieder und schob sich instinktiv zwischen Ganya und den Meistervampir.

„Meister Forken, einige Aspekte erscheinen mir bemerkenswert. Und eventuell bedeutsam." Er zwang den Meistervampir, seine Konzentration auf etwas anderes zu lenken und Ganya ärgerte sich in dem unbedeutenden Teil ihres Gehirns, der sich nicht vor Schmerzen wand, darüber, die Botschaft hinter den Worten nicht zu erfassen.

„Ich werde mich persönlich dafür verbürgen, dass Lady Ganya sich nicht weiter in Eure Angelegenheiten mischt."

Ich bin keine Lady, fuhr ihr durch den Kopf und innerlich amüsiert, distanzierte sie sich von der Regung, wusste sie doch um den veralteten Begriff von Höflichkeit, der Farnandi verbot, anders als von einer Lady von ihr zu sprechen.

Zu ihrer Erleichterung verrauchte Forkens Unmut schnell. „Ich vertraue dir Markus und auch der Lady. Auch wenn ich ihr raten werde deine Loyalität trotz deines vergangenen Handelns in Frage zu stellen, Ganya. Du hast zu wenig Respekt vor dem Alter. Ein bedauerlicher Makel, den dein Charakter schon früher aufwies. Und der jetzt eklatant zu werden droht."

Forkens Einschätzung kümmerte sie nicht. Unbeherrscht – der Meistervampir war unbeherrscht. Warum hatte er es nötig? Er, der über die Jahrtausende hätte erhaben werden müssen, trat unbeherrscht gegenüber einem unwichtigen Vampir auf? Was auch immer Forken bedrohte, ihm war das Problem längst über den Kopf gewachsen.

Farnandi begleitete sie ritterlich und Ganya ordnete diese Geste der Höflichkeit einer Zeit zu, die schon längst vergangen war. Etwas von dem Menschen blieb vielleicht in jedem Vampir zurück. Wie Farnandis Verhalten gegenüber einer ,Lady'. Er hatte sie auch während ihrer ersten Begegnung mit dieser ausgesuchten Rücksicht und Höflichkeit behandelt, aber damals war zu viel in seinem Wesen verborgen gewesen, um vertrauen zu können. Es war ihre eigene Unsicherheit gewesen, erkannte sie nun. Die Angst zuzugeben, so anders zu sein. Und nicht den Erwartungen ihrer Lady zu entsprechen.

Beide vermieden, Forkens Aufbrausen zu erwähnen, obgleich beide daran dachten.

„Ich würde mich freuen, könnten wir uns morgen wieder treffen, meine Liebe. Wenn es Euch keine zu großen Umstände bereitet, will ich Euch ersuchen, mir das Haus der Zöglinge zu zeigen. Forkens Geheimnisse, vor allen Dingen solcher Tragweite, beunruhigen mich zutiefst. Vielleicht sehen zwei Paar Augen mehr als nur eines. Auch wenn ich nicht zu glauben wagte, Eurer Aufmerksamkeit könnte etwas Wichtiges entgehen.“

„Ihr verheimlicht mir etwas und hofft, einen Hinweis zu finden, nicht wahr?“

Er nickte langsam und Ganya registrierte das Zaudern, diesen Gedanken preiszugeben. Ihr einzugestehen, dass er nicht vorbehaltlos offen sein konnte.

Sie blieb auf einem verlassenen Platz stehen. Der Wind ließ sie frösteln und Farnandi bot ihr, ohne darüber nachzudenken, seinen Mantel an. Gemeinsam lauschten sie dem klagenden Geheul des Windes und Ganya versuchte zu begreifen, was sie gerade taten. Beide zögerten das Zusammensein zu beenden oder das Gespräch weiterzuführen. Wieder tanzte am Rande ihres Bewusstseins ein Gedanke, wieder entglitt er.

„Ich hoffe, Ihr findet, was Licht in das Dunkel bringt. Meine Lady wird nicht glücklich sein, sich rein auf eine Intuition zu verlassen. Selbst wenn sie mir meine Gabe zugesteht. Ich habe das Gefühl, die Zeit zu begreifen, läuft mir davon. Sie zerrinnt ungenutzt zwischen meinen Fingern.“

Er spürte, dass sie damit mehr ausdrücken wollte, als sie wagte auszusprechen. „Ich kann Euch meine Hilfe bei Eurer Suche nicht anbieten, Lady Ganya.“

„Es würde mir schon genügen, wenn Ihr nicht gegen mich arbeitet.“

Der Gesichtsausdruck wurde gänzlich ernst und sein Bewusstsein durchdrungen von der ungewöhnlichen, traurigen Schwermütigkeit, die einst ein ausgeprägter Zug seines Charakters gewesen sein musste. „Ich arbeite nicht gegen Euch, meine Liebe. Und ich hatte gehofft, Ihr wüsstet das.“

„Manchmal, mein Freund, glaube ich, einen Schatten hinter Euch zu erkennen. Und dieser Schatten weckt eine tiefe Furcht in mir."

Langsam nickte er. Sie streifte den Mantel wieder ab und reichte ihn zurück. „Euer Körper wird sich erkälten, wenn Ihr zu nachlässig mit ihm umgeht. Ihr braucht diesen Mantel dringender als ich. Der Geruch dieser Zeit ist ein anderer, Farnandi."

Er lächelte mit einer gewissen Wehmut. „Ich weiß."

Sie zögerte, sich zu verabschieden und war es nur, weil die Schatten der Nacht sie verunsicherten. Sie wollte nicht, dass Farnandi ging. Sie schallt sich der irrationalen Regung. Gewisse Dinge sollten erledigt sein, bevor sie die Katakomben aufsuchten. Dinge, deren sich Farnandi nicht bewusst zu werden brauchte. Sie brauchten beide ihre Geheimnisse.

„Es wird mir ein Vergnügen sein, Euch zu dem Haus der Zöglinge zu begleiten. Und ich bin dankbar für jeden Hinweis, den Ihr dort zu finden hofft."

Er neigte den Kopf zum Abschied und wandte sich zum Gehen.

„Farnandi?" Er drehte sich um. „Ich bin keine Lady."

Ein kaum merkliches Lächeln verzog seine Mundwinkel. „Manchmal macht die Geburt einen Fehler, meine Liebe. Ich neige vor Forken mein Haupt wie vor einem Lord und Euch, meine Liebe, empfinde ich als Lady. Wie Ihr sagtet: Die Zeit eilt weiter, ohne dass wir sie aufhalten könnten. Einen Umstand den hinzunehmen wir immer gezwungen sein werden, selbst wenn uns die Jahrhunderte nichts anhaben können."

„Ich wünschte, wir wären uns zu einer anderen Zeit begegnet." Sie wusste nicht, warum ihr die Bemerkung herausrutschte. Sein kalter Blick wurde eine Spur sanfter, aber eventuell betrog die Dunkelheit sie auch in einer Illusion.

„Vielleicht wird Zeit irgendwann heilen, was sie einst zerstörte." Die Worte zu begleiten fuhr ein kalter Windstoß über den Platz. Ganya schauderte und sah zu, wie Farnandi sich abwandte und die Dunkelheit seine Gestalt verschlang. Seine Worte erzeugten ein Echo des Unbehagens in ihrem Inneren, weckten die Ahnung eines unheilvollen *Mehrs*.

Wieder konnte sie die Aufmerksamkeit eines anderen Bewusstseins um sich spüren. Deutlich genug um sowohl Farnandi als auch Forken als Spione auszuschließen. Diese distanzierte und dennoch brennende Neugierde. Sie hob den Kopf und lauschte aufmerksam, aber es war bereits verschwunden und nur ein unmerklicher Hauch blieb über dem Platz hängen. Ihre

Nackenhärchen stellten sich auf, aber diese Regung ihres Körpers war menschlich.

Der Blick eines Vampirs. Der Rat könnte ihr nachspionieren, aber es würde kaum Sinn ergeben. Die Ausstrahlung passte nicht zu den verschwommenen Erinnerungen eines Menschen oder längst verblassten Gefühlen, die einst diesem Platz angehaftet hatten. Forken hatte nichts von den Vorfällen gewusst. Er hatte nie von den Katakomben und ihrer Geschichte gehört. Genauso wenig wie Farnandi.

Sie schlug den Kragen ihres Mantels nach oben und zwang sich langsam aber stetig den Platz zu überqueren und in die verlassenen, zerfallenen Gassen der Stadt einzutauchen. Sie brauchte keinen Schlüssel, um das verrostete Vorhängeschloss des alten Bahnhofgebäudes zu überwinden. Sie musste nur kräftig rütteln, bevor das altersschwache Schloss ihren Bemühungen nachgab.

Die Hallen waren verlassen und staubig, boten aber immer noch gut Schutz vor dem kalten Wind. Sie verharrte einige Sekunden und versuchte sich genau an die Zeit zu erinnern, als diese große Halle noch mit Leben erfüllt war. Wie die ganze Welt an dem staunenden Mädchen vorbeispaziert war, um dann in unerreichbare Ferne zu entschwinden. Sich zu entziehen ihrem stets neugierigen Blick.

Einige Plünderer hatten die Hallen zum Teil verwüstet, aber die alten Schließfächer hatten den Versuch einzudringen standgehalten. Sie fragte sich, warum das alte Viertel immer noch unverändert stand. Die Menschen schienen es zu meiden, vergessen zu wollen. Ihr kam es entgegen, aber seit sie etwas von Immobiliengeschäften verstand, weckte es auch ihr Misstrauen.

Ganya fühlte sich wie ein unberechtigter Eindringling in Ruhe und Frieden von Verfall und Alter. Sie musste eine Weile suchen und einige verrottete Dosen zur Seite schieben, bevor sie die lose Diele fand, unter der sie einst den Schlüssel verborgen hatte. Das Holz gab mit einem unwilligen Knirschen nach und sie tastete in der Dunkelheit, bevor sich ihre Finger um den kleinen Gegenstand schlossen.

Das Schloss war verrostet, aber es gelang ihr den Schlüssel zu drehen. Quietschend schwang die Tür des Schließfaches auf, offenbarte unberührt die Dinge, die sie hier zurückgelassen hatte. Manches blieb sogar den Jahrzehnten verborgen. Sie nahm den kleinen Taschenspiegel an sich und reinigte ihn flüchtig, vermied aber, ihn direkt anzusehen.

Er war mit den Jahren trüb und fleckig geworden, würde ihren Zwecken aber immer noch dienlich sein. Die mittlerweile veraltete Pistole hatte sich gut gehalten und der Lauf sprang mühelos auf. Vorsichtig entfernte sie die drei Silberpatronen aus dem Magazin, wobei sie sich zwingen musste, das Silber kurzzeitig zu berühren. Ihre Hand brannte unter dem Metall[1].

Sie ließ die drei Patronen zu den anderen drei in einen kleinen Beutel gleiten. Sechs Schuss sollten genügen, auch wenn sie sich der Lächerlichkeit einer solchen Waffe noch sicherer sein konnte als schon vor Jahrzehnten. Sollte sie wirklich auf einen älteren Vampir treffen, würde dieser sich so schnell bewegen können, dass ihr die Waffe nichts nützte. Und dennoch klammerte sie sich lieber an die schwache Illusion im Notfall *etwas* tun zu können, als sich der quälenden Hilflosigkeit zu ergeben.

Sie wünschte sich, sie hätte die meisten Accessoires Ashans nicht zerstört. Das giftige Parfüm beispielsweise. Es war ihr damals richtig erschienen, aber heute kam sie nicht nur umhin, den kreativen Geist dahinter zu bewundern, sondern verstand auch den Wunsch, wenigstens symbolisch einen Schutz gegen die Übermacht eines älteren Vampirs zu besitzen. Ihre Lady verzichtete schon lange darauf, die Macht über ihr Leben zu demonstrieren und ließ sich nicht wie Forken dazu verleiten, bei einer Provokation aus unkontrollierter Wut zu töten. Farnandis Einfluss musste enorm sein, um gegen diese unbändige Wut anzukommen.

Sie seufzte leise, glaubten doch beide Vampire, der andere würde blind vertrauen, während sie selbst dieses Arrangement für sich ausnutzen konnten. Und wo stand sie in diesem Spiel?

Ohne das Schließfach ganz auszuräumen verschloss sie es wieder und ließ den Schlüssel in ihre Tasche gleiten. Sie hatte das Gefühl, es endgültig zurückzulassen. Aber wenn sie sich recht erinnerte, hatte sie damit ebenfalls gerechnet, als sie nach Ashans Tod in der fast verlassenen Halle gestanden hatte, um verborgen vor den Blicken der anderen dieses Schließfach einzurichten. Irgendwann würden sie das alte Bahnhofsgebäude zusammen mit den

---

[1] Silber ruft eine allergische Reaktion bei den Vampiren hervor, bei der alle Radikale, die durch die Überleitung in den Zellen isoliert werden, plötzlich freigesetzt werden und zu einem Alterungsprozess führen, der zum Verfall der Zellen und somit zum Tod des Vampirs innerhalb von Sekunden führt. Je älter Vampire sind, desto länger können sie die Reaktion hinauszögern. Die Allergie bleibt aber bestehen und wirkt ohne Entfernung des Elements auch bei alten Vampiren tödlich.

zerfallenden Vierteln abreißen und dann würde nichts mehr davon bleiben. Es bedeutete ihr nichts.

Die Pistole und der kleine Handspiegel lagen schwer in ihrer Manteltasche, als sie wieder in die späte Nacht hinaustrat. Sie hatte Hunger, aber Läden und Imbisse hatten längst geschlossen und ein Einbruch um an etwas Nahrhaftes zu kommen, erschien ihr zu auffällig und mühsam. Also ignorierte sie das Gefühl und schlenderte zurück zur Uferpromenade. Einen Bruchteil einer Sekunde lang erwog sie einfach auf der Brücke stehen zu bleiben und auf den Sonnenaufgang zu warten. Dann verwarf sie den unsinnigen Gedanken wieder.

In unziemlicher Eile kehrte sie in das Tunnelsystem zurück. Auf der Suche nach einem relativ trockenen Schlafplatz, achtete sie nicht darauf, ob ein anderer Vampir ihr mit seinem Geist folgte.

In der undurchdringlichen Dunkelheit der Tunnel orientierte sie sich mithilfe ihres Bewusstseins zu einer Stelle, die sie bereits kannte. Wie auch die restlichen Tunnel, wurde die Stelle seit Jahrzehnten von Menschen gemieden und selbst wenn sich jemand zufällig hierher verwirrte, würde ihre Aura den Betreffenden instinktiv abschrecken.

Der letzte Gedanke, bevor sich ihr Bewusstsein abschaltete, galt dem forschenden Blick des fremden Vampirs. Eine innere Stimme flüsterte ihr zu, dass sie diesmal dem Geheimnis der Katakomben auf die Spur kommen würde. Und so ungern sie diese noch einmal aufsuchte, die Antworten über Forkens Verhalten und das Schicksal seiner Zöglinge könnten darin begraben liegen. Zwischen Tausenden von Toten.

Die Lady wird kommen. Noch bevor sie die Augen aufschlug, war sich Ganya dessen bewusst und die baldige Präsenz ihrer Lady beherrschte ihr Denken, als sie die neue Nacht begrüßte. Beklemmnis regte sich in ihr. Wahrscheinlich blieb ihr nicht mehr viel Zeit. Sie erhob sich rasch und kontrollierte flüchtig die Bedürfnisse ihres Körpers. Zu ihrem Unbehagen hatte sich die Kühle der letzten Nacht verzogen. Obwohl die Vampire die stickige Hitze der Sommertage nicht mehr erlebten, bevorzugten viele die milden Frühlings- und Herbstnächte, in denen ihrem Körper weder Unterkühlung noch Hitzschlag drohte.

Anstatt wieder über die Promenade zu schlendern, suchte sie sich ihren Weg durch die Tunnelsysteme und kletterte in einer Nebengasse aus der Kanalisation. Zufällig streifte ihre Hand die Manteltasche und die Erinnerung an ihren Inhalt ließ sie

70

zusammenzucken. Obwohl das Silber ihr durch den Stoff hindurch nichts anhaben konnte.

Sie überließ es dem Zufall, ihr nächstes Opfer auszusuchen. Die alte Frau wehrte sich bemerkenswert heftig aber nur kurz gegen ihr Eindringen. Sanft fing sie den Geist ein.

Unauffällig ließ sie die Leiche verschwinden und machte sich dann auf den Weg, ihr erstes Abendmahl einzunehmen. Sie schätzte der Lady erst in der späten Nacht aufwarten zu müssen. Forken würde sie empfangen und es lag in ihrer Pflicht als Zögling, bei ihrer Ankunft anwesend zu sein. Dennoch ließ sie sich Zeit und versuchte, das Gespräch mit Farnandi zu analysieren. Etwas hatte sie beunruhigt, nur konnte sie nicht genau ausmachen, was. Müsste sie konkret auf eine Verhaltensweise oder einen Kommentar deuten, würde sie den Gedanken wieder verwerfen. Zurück blieb eine nagende Ahnung. Sie war leid, auf nicht präzisierbare Gefühle zu vertrauen, verfluchte in einem trotzigen Anflug von Selbstmitleid, ihre Gabe. Und stellte mit Selbstironie fest, dass sie nicht einmal Selbstmitleid genießen konnte, ohne sich mit Vorwürfen wegen der verschwendeten geistigen Kapazität zu plagen.

Die leise Musik, die aus der Wohnung drang, erfüllte sie mit einem trügerischen Frieden. Farnandi öffnete ihr und begrüßte sie so liebenswürdig wie immer. Seine sanfte Aufmerksamkeit mit der er ihr eine Tasse Tee einschenkte und sie ins Wohnzimmer bugsierte, ließen ihre Zweifel schwinden.

Er hatte wieder nach etwas gesucht. Diesmal jedoch in den Unterlagen, die sie in der Nacht zuvor bei ihm gelassen hatte. Einige Stellen waren unterstrichen. Sie warf einen kurzen Blick auf die Sammlung der Informationen und erkannte schnell, wie effizient und präzise Farnandi vorging. Andeutungen, die sie überlesen oder nicht beachtet hatte, ergaben ein sehr viel detailreicheres und beunruhigenderes Bild der Vorfälle vor hundertfünfzig Jahren. Wie konnte der Rat und Forken sie damals ignoriert haben?

„Ihr habt wahrlich ein meisterliches Gespür für entscheidende Vorfälle, Verehrteste. Auch ich fröne der ungewöhnlichen Betätigung, bisweilen die öffentlichen Bibliotheken aufzusuchen. Aber ich bin nie auf diese Berichte gestoßen."

Flüchtig fragte sie sich, was er wohl gefunden hatte, verwarf die Frage aber wieder. Er würde darauf nicht antworten. „Die Neugier hat mich damals zwei Mal zu den Katakomben getrieben. Ich wusste, dass etwas nicht mit ihnen stimmte und auch wenn ich zu jener Zeit nicht wagte nach ihrem Geheimnis zu forschen, vermute ich einen Zusammenhang."

„Warum?"

Ja, warum eigentlich? Kurz klammerte sie sich an die Hoffnung, sie könne sich täuschen und bräuchte sich den Schrecken der Katakomben nicht noch einmal zu stellen. Aber sie wusste, dass sie dort etwas finden würde, auch wenn sie nicht zu erklären vermochte, woher. So schwieg sie und er akzeptierte das Schweigen, wie sie auch sein Schweigen respektierte.

Stumm verließen sie das Haus. Ganya führte ihn durch die verwinkelten Gassen zum Haus der Zöglinge. Die Menschen, die noch unterwegs waren, ignorierten sie oder wichen ihnen aus. Nicht ohne ein gewisses Zaudern teilte sie ihm die baldige Ankunft der Lady mit. Farnandi blieb angesichts der Ankündigung erstaunlich ruhig, auch wenn er sich eine trockene Bemerkung über Forkens voraussichtliche Reaktion nicht verkneifen konnte.

Ganya erlebte das gleiche Unbehagen wie vor einigen Nächten, als sie das erste Mal hier gestanden hatte, um nach dem zu suchen, was Forken zu verbergen wünschte. Im feinen Nieselregen der Nacht wirkte das Haus der Zöglinge womöglich noch trostloser. Nässe und Kälte, die unbarmherzig durch ihre Kleidung drangen ignorierend, verharrten beide einen Moment und betrachteten die Fassade des nunmehr leer stehenden Gemäuers.

Als Kind habe ich diesen Regen über alles geliebt, schoss ihr durch den Kopf. Die Empfindung war nun nicht mehr als eine leere Erinnerung. Aber sie entsann sich der kindlichen Freude, wenn das Wasser sich Sturzbächen gleich den Weg über die Haut des Gesichts bahnte. Leises Kinderlachen hallte durch ihre Erinnerungen, verschwommene Bilder ihrer Schwester im Regen. Etwas war wichtig, etwas hatte sie übersehen.

Es ergab keinen Sinn. Vergnügtes Lachen wurde den Vampiren so uneigen wie die Erinnerung einer fernen Kindheit. Nichts an diesem Ort sollte ihre Vergangenheit berühren. Dennoch erwachten die Bilder in ihrem Unterbewusstsein, tanzten neckisch am Rande ihrer Wahrnehmung. Ihre Intuition schrie sie geradezu an, dass es mit diesem Haus mehr auf sich hatte. Etwas mit ihr? Warum Kindheit? Oder war es nur der Regen, der sie zu dieser Assoziation verleitete?

Farnandi löste seinen Blick von dem Haus und betrachtete sie von der Seite. Scheinbar erforderte ihr Stimmungsumschwung mehr Aufmerksamkeit, als diese leere Hülle eines Bauwerkes. Als entginge auch ihm die Atmosphäre nicht. Als könne er wahrnehmen, was sie dachte.

„Ich bin nicht mit Eurer Gabe beglückt, meine Liebe. Es ist wahrscheinlich einfacher, wenn Ihr mir zeigt, worauf ich mein Augenmerk richten sollte."

Sie nickte und zwang sich, die Luft prüfend einzuatmen, sich ihr erstes Hiersein ins Gedächtnis zurückzurufen. Problemlos fand sie das Zimmer des toten Vampirzöglings wieder. „In seinen Erinnerungen war jemand hier, als er erwachte."

Sie stockte, aber Farnandi bedrängte sie nicht mit Ungeduld. Ruhig wartete er ab, ob sie bereit wäre, ihm mehr zu erzählen. Trotz seiner äußerlichen Gelassenheit, sirrte sein Geist vor gespannter Aufmerksamkeit. Ob auch er eine Vermutung hegte und sie nun bestätigt fand? Was würde sie erst dann glauben und verstehen, wenn sie selbst den Hinweisen gefolgt war? Hätte sie damals an Ashans Verrat geglaubt, hätte sie ihn nicht selbst offenbart?

„Es war ein Vampir, oder eher die deutliche Aura eines Vampirs. Ihm haftete nicht der Geruch der Menschen an und auch nicht ihre beschränkte Wahrnehmung. Ich konnte nichts klar erkennen, denn der Vorgang des Erwachens war ein Dahindämmern, ein langsames Zurückfinden in diese Welt aus einem Traum." Abermals zögerte sie. Nahm sie ihre eigene fahle Sehnsucht wahr, oder die melancholische Traurigkeit Farnandis, weil sie ihn daran erinnerte, was er für die Vampire hatte aufgeben müssen? Nunmehr den Menschen weit überlegen und dennoch arm.

„Mit der Dämmerung hätte sein Bewusstsein ihn verlassen müssen. Nur ein Vampir, der die Jahrtausende an sich hat vorbeiziehen sehen, ein Vampir weit älter als Forken, könnte diese Freiheit genießen. Er verbirgt sich. Warum auch immer."

„Und welches Interesse sollte ein solcher Vampir verfolgen, wenn er die Zöglinge weckt?"

„Er hätte eine Möglichkeit dazu? Kann man uns am Tag wecken? Die Meistervampire haben wirklich die Macht über das, was wir mangels eines anderen Begriffes Schlaf nennen?"

Farnandi sah sich aufmerksam im Raum um, bevor er antwortete. „Meister Ashan ließ einst eine solche Andeutung fallen. Dass die, die schlafen, irgendwann geweckt werden. Ich weiß nicht, ob der Rat die Macht hätte. Ich wüsste aber auch nicht, wozu er sie einsetzen sollte."

Es könnte vieles erklären. Aber Farnandi hatte mit seinem Einwand vollkommen Recht. Warum sollte sich ein so alter Vampir dazu bemüßigt fühlen, einen Zögling auf diese Art und Weise in den Tod zu treiben?

„Heißt das, wir träumen?"

Farnandis Kopf fuhr herum. „Wie bitte?"

„Dass wir wirklich schlafen, wirklich träumen und wenn wir gewaltsam vor unserer Zeit geweckt werden, diesen Dämmerzustand erleben, der eigentlich nur den Menschen so eigen ist." Beide dachten eine Weile darüber nach. Dann schüttelte Farnandi den Kopf und Ganyas kindische Hoffnung zerstob. Es wäre eine schöne Vorstellung gewesen, an die sie sich noch länger geklammert hätte. Ließe ihr Verstand es nur zu.

„Könnt Ihr diesen Vampir immer noch in den Wänden spüren?" Er versuchte nicht einmal zu verbergen, wie viel ihm diese Frage bedeutete. Dass ihn ihre Gabe faszinierte – vielleicht sogar verstörte. Trotz seiner Offenheit verschwieg er etwas, etwas Bedeutendes. Endlich schüttelte sie den Kopf und ein Hauch von Erleichterung umfloss ihre Sinne. In dem verzweifelten Versuch den Ursprung des Gefühls zu lokalisieren, fuhr sie herum. Farnandi schwieg, während er beobachtete, wie sie nach der Spur witterte.

Beobachtete er sie wieder? Wartete darauf, sie zu sich in die Katakomben zu locken? War ihr Spion der teilnahmslose Beobachter der Hinrichtung gewesen? Verbarg sich dieses alte Bewusstsein vor ihr und allen anderen Vampiren, ohne die Möglichkeit des Lenkens und Einflussnehmens gänzlich aufzugeben? So unglaublich mächtig, dass sie es nicht zu fassen vermochte?

„Forken wollte nicht das vor mir verbergen, glaube ich." Mit einer vagen Geste deutete sie in den Raum. Sie zögerte abermals, aber Farnandi widersprach nicht. Obgleich sie wusste, dass er Vermutungen zutiefst missbilligte. Vertraute er ihrem Gefühl?

„Etwas hat mich in einen anderen Raum geführt."

Er folgte ihr durch das Haus, aber seine Aufmerksamkeit hatte nachgelassen und jetzt durchdrang ihn die ruhige Gelassenheit, die er auch vor Forken zutage legte. *Vor dem er etwas zu verheimlichen hat. Wie vor mir.* Die Pistole lag schwer in ihrer Tasche.

Auch nur die unmittelbare Nähe des Raums überspülte ihr Bewusstsein mit einer Welle der Vertrautheit, Als gäbe sie einem alten Bekannten nach langer Trennung die versöhnende Hand. Farnandis Züge erstarrten gänzlich und bedrohliche Kälte blitzte in seinen Augen auf, drängte den Vampir nach außen. Sie konnte sehen, wie auch er die Luft einsog, als wolle er den Geruch des Raumes prüfen. Eine unwillkürliche Geste, obwohl ihre Wahrnehmung weniger auf Geruch, als vielmehr auf einer unbewussten Ahnung beruhte. Eine Andeutung in der Luft, die die Geschichte der Vergangenheit bewahrte.

Diesmal war sie es, die nicht wagte, ihn in seiner Suche zu unterbrechen. Er schloss sie so schnell und präzise wie all seine Handlungen ab. In seinen Zügen ballte sich eine Drohung. Alles Sanfte schien daraus verbannt, die Muskeln wie erstarrt.

„Forken."

Sie erahnte das zwischen den Zähnen hervorgepresste Wort mehr, als es wirklich zu hören. Neugierde erwachte in ihr und lenkten sie von ihren eigenen, emporstrebenden Erinnerungen ab. „Was ist mit diesem Ort?"

Farnandis Kopf fuhr erschrocken nach oben. Für einen Moment hatte er sie vergessen. Ein beruhigendes Lächeln huschte über die Züge, erreichte aber weder seine Augen noch seine Stimme. „Ich bin mir nicht vollkommen sicher, meine Liebe. Und sicher versteht Ihr, wenn ich nicht über reine Spekulationen sprechen will."

Behutsam schob er sie aus dem Raum und sie war sich sicher, dass er sie nur vor dem bewahren wollte, was sie sonst finden könnte. Ganya zögerte das Angebot anzunehmen, unsicher, ob sie sich beschützen lassen wollte. Ob sie Farnandi vertrauen konnte. Ob sie sich überhaupt beschützen lassen wollte. Überhaupt vertrauen wollte.

Sie wehrte sich unmerklich gegen seine Hand. „Etwas ist hier", beharrte sie trotzig. „Etwas, dass ich erkennen sollte. Aber ich bin blind."

Er wusste, dass sie sich nicht von ihm vertreiben lassen würde. Geduldig wartete er, beobachtete sie, lauerte auf die Erkenntnis in ihrem Blick, die ihm sofort gegeben war. Sie betrachtete ihre Verärgerung über seinen Erfolg gegenüber ihrem Versagen amüsiert und mit einem leisen Tadel. Aber es hatte noch nie viel genützt, sich selbst zurechtzuweisen. *Sind wir Vampire mit unserem beißenden Spott nicht der grausamste Feind unserer selbst?* Selbst dabei konnte sie nichts empfinden.

„Wenn es mehr als eine bloße Ahnung ist, verratet Ihr mir dann, was mich zu diesem Ort geführt hat?" Er wich ihrem Blick nicht sofort aus. In seinen Augen flackerte kurz Unsicherheit auf, dann sah er zu Boden.

„Es tut mir leid. Ich kann es Euch nicht anvertrauen, Ganya. Aber ich kann Euch versichern, sollte meine Vermutung sich als richtig erweisen, berührt dieser Raum und die Aura, die ihn erfüllt, nicht die Ereignisse um die toten Zöglingen. Vielleicht ist es eine Eigenart der Meistervampire, Geheimnisse zu haben. Geheimnisse, die ich zwar besser nicht kennen sollte. Aber wie Ihr, habe ich die unglückselige Gabe, Vertrauen zu erlangen und mehr zu sehen, als gut für mich wäre."

Er sah wieder auf und etwas von der Kälte war aus seinem Blick gewichen. Sie glaubte durch die Augen in die Vergangenheit zu blicken und erhaschte einen Eindruck eines Lebens vor dem Vampir. Bevor die innere Kälte alles verschlang, was einst erfüllt gewesen sein mochte. Farnandi war, wenn auch nicht bedeutend, älter als sie. Kannte er noch Bedauern? Wusste er, was mit ihm geschah und erfüllte ihn deshalb diese fahle Sehnsucht nach etwas, was er längst verloren hatte?

Wüsste ich doch, ob ich es je besessen habe. Wäre ich mir doch sicher, die Lady nicht wieder zu bitten, ihr folgen zu dürfen. Selbst wenn die Bewunderung verloren war, die Achtung für den unnahbaren Stolz und die kalte Erhabenheit. Wüsste sie nicht, wie fremd und verloren sie unter Menschen blieb.

Sanft schob er sie aus der Tür und widerwillig gab sie diesmal nach. Sie schwiegen beide, während das Haus hinter ihnen im Nebel und Nieselregen verschwand.

Höflich überließ er ihr sowohl Führung als auch sie ihren Gedanken. Sie setzten sich in eines der wenigen geöffneten Straßencafés und Ganya veranlasste den Kellner beiläufig, ihnen grünen Tee zu servieren. Ihre Finger schlossen sich dankbar um die wärmende Tasse, auch wenn sie selbst die unerbittliche Kälte in ihren Gliedern vergessen hatte. Durch den aufsteigenden Wasserdampf ihres Tees betrachtete sie Farnandi, versuchte aus den feinen Gesichtszügen zu lesen und zu verstehen, was er wohl denken mochte. Mochte er ihre Gabe für nützlich befinden, sie wünschte sich sein Geschick, Gedanken zu erraten.

„Jede Gabe hat ihre Vor- und Nachteile, wie Ihr mit Sicherheit wisst, Ganya." Seine Haltung und sein Akzent verrieten seine Herkunft, die er entweder nicht ablegen wollte oder konnte.

„Ich werde heute meiner Lady gegenübertreten müssen, um ihr zu sagen, dass ich sie aufgrund eines Gefühles habe kommen lassen. Eines Gefühles, das droht, sich in Luft aufzulösen. Es sei denn, die Katakomben erweisen sich als Schlüssel zu all diesen Ereignissen." Farnandi setzte an, etwas zu erwidern, blieb dann jedoch stumm. „Was wolltet Ihr sagen?"

„Das Ihr vielleicht zu schnell aufgebt, meine Teure. Euer Scharfsinn ist berühmt und ich habe ihn durchaus zu schätzen gelernt. Ich hoffe, Euer Alter hat Euch nicht Stumpfsinn gelehrt."

Durch eine Spur von Spott milderte er den sanften Tadel ab, deutete seine eigenen Zweifel an seiner Ernsthaftigkeit an. Doch der

Spott, der seine Stimme färbte, erreichte die durchdringend musternden Augen nicht.

„Vielleicht habe ich nur gelernt, dass man nicht alles sehen sollte, was sich offenbaren könnte."

„Ich möchte mich entschuldigen." Sie vermerkte, wie schwer ihm die Geste noch fiel. Obwohl die Entschuldigung eines Vampirs keinen Wert mehr hatte. Sie empfanden nichts dabei, aber in ihrer Vorstellung blieb verhaftet, dass das Eingeständnis eines Fehlers eine Schande war, der zu begegnen man besser vermied.

„Ihr habt ein Recht, zu erfahren, was ich vermute, sobald ich etwas mehr Sicherheit gefunden habe. Es berührt Eure Angelegenheiten mehr als die meinen."

Er belog sie nicht. Aufmerksam forschte sie in seinem Bewusstsein, aber obwohl er sein Geheimnis weiterhin wohl behütet wie einen mahnenden Schatten mit sich trug, vertraute sie ihm. Solange noch etwas einen Wert für Farnandi hatte, so lange würde er sie nicht verraten oder verletzen. Sie vertraute. Aus Leichtsinn, aus Sehnsucht, aus Überdruss. Sie könnte es nicht bestimmen. Weil ihre innere Stimme wollte, dass es richtig war.

Ein Vampir vertraut keinem Gefühl, weil er keines mehr kennt. Außer Angst, der er bedingungslos gehorcht. Wahrscheinlich sind wir deswegen die größten Narren von allen, wenn es darum geht, diese Stimme zu ignorieren, die uns ins Verderben reißt, fuhr ihr durch den Kopf. Verwundert betrachtete sie den Gedanken einen Augenblick, bevor sie ihn wieder verwarf. Sie entschieden sich für nur eine Empfindung, die zurückblieb: Hunger nach Macht, Gier, Verachtung, der Genuss an Grausamkeit und Angst. Bis nichts mehr blieb, außer der Angst. Und sie verschlang.

Lady, ich weiß nicht, ob du mir einst ein grausames Geschenk mit auf die Welt gabst oder eine Gabe, die zu schätzen und verteidigen ich endlich lernen sollte. Undankbarkeit ist wohl eine der vielen herausragenden Eigenschaften der Vampire.

Mit einer gewissen Ironie betrachtete sie wieder die Umstände, die sie einst hatten werden lassen, was sie nun war.

„Ihr solltet sie nun gebührlich empfangen." Die Worte schreckten sie auf, auch wenn sie viel zu beherrscht war, das zu zeigen. Mit einem Ruck setzte sie die Tasse ab und erhob sich. Auch Farnandi stand auf, um ihr in den Mantel zu helfen.

„Ich hoffe, Ihr werdet mich auch zu den Katakomben führen." Sie spürte die Frage dahinter und nickte. Wieder huschte ein kaum merkliches Lächeln über die sonst starren Züge.

„Und ich kann wohl kaum betrübt sein angesichts der Geheimnisse, die Ihr vor mir habt. Verhülle ich doch auch etwas vor Euch. Aber ich hoffe, es Euch anvertrauen zu können. Schon bald." Eine dunkle Ahnung klopfte an ihr Bewusstsein und sie musterte ihn scharf, konnte aber nichts entdecken, was sich geändert hätte. Er war immer noch der ungewöhnlich sanfte und aufmerksame Vampir, den sie als Freund zu schätzen gelernt hatte. Sie wollte ihn warnen, wollte, wie schon zuvor, ihrer Ahnung Ausdruck verleihen. Aber sie fand weder die richtigen Worte, noch einen konkreten Grund. Und sie fürchtete seinen Spott.

Ich hoffe, das meinte Forken nicht mit der Schwäche junger Vampire.

Sie verabschiedeten sich wortlos voneinander und diesmal war es Farnandi, der ihr durch die Dunkelheit und den Regen nachsah, wie sie langsam mit den Schatten verschmolz und sich kurz darauf seinem Blick entzog.

Ganya stand allein am Bahnsteig und wartete auf den Zug ihrer Lady. Der Regen war heftiger geworden und sie hatte sie gezwungen, sich unter eines der Dächer zurückzuziehen. Sie mied die nur schwache Beleuchtung des Bahnsteiges, beobachtete jedoch das Lichtspiel in der Dunkelheit der Nacht. Wie es sich gegen seinen Feind, die Finsternis, zu wehren suchte und angesichts der Unmöglichkeit verzagte.

Ihre Gedanken kreisten nicht mehr wie in ihrer Kindheit wild und unkontrolliert um eine Frage. Die kalte Ruhe eines Vampirs durchdrang auch die Art seines Denkens. Zu wenige Fakten, um eine gesicherte Aussage treffen zu können. Was konnte sie der Lady schon groß berichten, außer ihr Versagen die Vorfälle aufzuklären und Forkens unverhohlene Weigerung, sie in irgendeiner Weise zu unterstützen? Sein Wunsch Ashans Zögling und Vertrauten unter allen Umständen zu finden? Ihre eigene Vermutung und Hoffnung bezüglich der Katakomben unter der Stadt? Die zuverlässige Stimme namens Vorsicht bedrängte sie, sowohl die Katakomben als auch ihren mächtigen, unsagbar alten Spion unerwähnt zu lassen.

Ganya hielt in ihren Überlegungen inne, als ihre geschärften Sinne den Zug ankündigten. Sie versuchte die Dunkelheit mit ihren Augen zu durchdringen, wartete geduldig. Sie spürte die kleine Versammlung von Forkens Zöglingen gleich Schemen, die nicht wagten näher heranzutreten. Demnach wusste auch Forken von Lady Segras Nahen und begrüßte sie angemessen. Einen Moment lang hatte sie geglaubt, er würde ihr diese Geste verweigern. Aus Trotz gegenüber ihrem unflätigen Zögling. Sie dachte nicht gern an die letzte Begegnung zurück.

Der Zug fuhr mit lautem Getöse ein und Ganya wandte sich dem Abteil zu, in dem ihre Lady gereist war. Wie immer wurde sie von einem ihrer jüngsten Zöglinge begleitet, der das Gepäck trug. Ganya verbeugte sich tief, bevor sie mit einem Wink die Erlaubnis erhielt, ihrer Lady in die Augen zu sehen. Den anderen Zögling ignorierte sie, auch wenn sie mit beiläufigem Interesse feststellte, dass mit entsprechendem Alter und Überwindung der Unsicherheit diese Gestalt eine weitere Koryphäe in der Sammlung der Lady werden würde.

„Mylady?"

„Ganya, ich hoffe, du hattest einen guten Grund, dich so undeutlich zu fassen."

„Es blieb zu befürchten, Forken könnte die Nachricht ebenfalls lesen und ich wollte vermeiden, dass er weiß, wie viel ich weiß oder erahne."

Sie winkte ab, verlieh ihrer Ungeduld gegenüber Erklärungen oder Floskeln Ausdruck und Ganya gehorchte dem Wink und verstummte. Sie wussten beide, warum Ganya nur vage in ihren Andeutungen geblieben und die Lady ihrem Ruf dennoch gefolgt war.

„Forken wird nicht gerade erfreut sein, mich zu sehen." Sie rümpfte kurz die Nase und die Geste mutete in ihrem starren Gesicht unnatürlich an. Vor einem Jahrhundert war ihr Mienenspiel noch lebendig genug gewesen, den unnahbaren Stolz der Gestalt zu unterstrichen. Heute vermied Ganya nach Möglichkeit, sie direkt anzusehen.

„Ich hoffe, es ist nicht mit einem weiteren Verrat zu rechnen." Der Zögling hielt erschrocken inne und Ganya wandte kurz den Kopf, als sie seine aufflackernde Angst spürte. Unwillig drehte auch die Lady den Kopf, folgte dem Blick. „Du kennst meine Vorliebe für besondere Zöglinge." Sie tätschelte ihren Arm und Ganya fragte sich unwillkürlich, von wem die Lady diese Geste nachahmte.

„Wir sollten Forken nicht zu lange warten lassen."

„Forken ist ein Narr und kein guter Vampir. Er wird es nicht wagen, *mich* zu verärgern." Die Lady mischte in die Worte, ohne es selbst zu registrieren, eine Drohung, die den Vampiren so eigen war. Trotz Unterliegen in Anzahl der Zöglinge und Jahre, sprach keine falsche Arroganz aus ihren Worten. Keiner der Meistervampire konnte anstreben, den geballten Zorn der Lady und ihrer ungewöhnlichen Zöglinge auf sich zu ziehen. Nicht solange die Lady diese ungewöhnlichen und legendär loyalen Gestalten um sich sammelte.

Sie selbst ließ die Drohung kalt, doch der Zögling, der das Gepäck trug, wankte unter dem psychischen Schlag. Er würde auch der Unterredung mit Forken beiwohnen müssen und sie hätte ihn dafür bedauert, hätte sie für diese Regung nur noch mehr Verständnis besessen.

„Du scheinst dir deiner selbst nicht sicher zu sein, Ganya."

Die liebenswürdige Feststellung ließ sie schaudern. „Nein, diesmal bin ich mir meiner selbst nicht sicher, Mylady. Bis vor wenigen Nächten erschien mir alles noch klarer und einfacher, aber inzwischen ergibt nichts mehr Sinn. Forken hat alle Untersuchungen abgebrochen. Er wollte nur einen Vampir finden."

„Kenne ich ihn?"

„Markus Farnandi."

Die Lady schwieg eine Weile und Ganya hatte Mühe, ihre Unruhe zu verbergen. „Der Name sagt mir nichts."

Eigentlich hätte sie jetzt Ashans Namen nennen müssen, aber sie blieb stumm. Sie wusste nicht, warum sie das Bedürfnis hatte, Farnandi vor ihrer Lady zu schützen. Aber sie ahnte, dass sie gegen einen suspekten Vampir wie Farnandi vorgehen würde. Einfach nur, weil sein Meister ein Verräter war.

„In deiner Nachricht stand, dass einige Vampire den Tod gefunden haben."

„Einige Zöglinge sind am Tag erwacht und in der Sonne verbrannt."

Nachdenklich nickte die Lady. „Gab es seit deiner Ankunft noch mehr Vorfälle?"

„Nein, kein weiterer Zögling ist gestorben. Außer einen, den Forken beseitigte." Interessiert zog sie die Augenbraue nach oben. „Er plante einen Aufstand."

Amüsiert lachte die Lady kurz auf, aber ihre Augen zeigten keine Belustigung und ihre Stimme war zu schrill für ein echtes Lachen. Ganya fröstelte gegen ihren Willen. Die starre, erhabene Schönheit mochte der Lady erhalten geblieben sein, aber ihre ganze Ausstrahlung basierte nur noch auf der geballten Macht ihres Geistes. Alle Ironie und Feinheiten waren ihr mit der Zeit verloren gegangen.

„Das sieht Forken ähnlich, unfähiger Nichtsnutz. Versteht sich nicht einmal darauf, seine Zöglinge zu beherrschen." Kalte Verachtung erfüllte kurz die Luft und Ganya beobachtete aus den

Augenwinkeln, wie der neue Zögling erblasste. Sollte er die Reise der Lady überleben, würde er weit schneller als die normalen Vampire altern. Die Macht in der Nähe eines Meisters konnte erdrückend sein und selbst für ältere Vampire kaum erträglich.

Zögernd wagten sich Forkens Gesandten näher und zum ersten Mal richtete sich der Blick der Lady auf sie. Alle zuckten unter dem geistigen Hieb zusammen, aber sie wagten nicht, die Augen zu heben, die seit der Ankunft der Lady am Boden hafteten. Der schrille Pfiff des Zuges kündigte die Abfahrt an und Lady Segra nahm sich lange Zeit, um ihr Begrüßungskommando zu mustern. Ganya hatte den Eindruck, die Vampire würden unter dem Blick immer weiter zusammenschrumpften. Sie wartete, bis nur noch das Tropfen des Regens zu hören war, bevor sie sie endlich aus der Folter entließ. „Bringt mich zu eurem Meister."

Die Kälte der Stimme hätte ausgereicht, die Regentropfen noch im Fall erstarren zu lassen. Sie überstürzten sich geradezu in dem Versuch, dem Befehl möglichst schnell nachzukommen. Wieder erfüllte die Verachtung der Lady die Luft.

Wie Forken hat auch sie als Meistervampir vergessen, dass auch sie einst ein Mensch und später Zögling gewesen war.

Ganya achtete darauf ihr Bewusstsein gut zu verschließen, damit nicht die geringste Andeutung des verräterischen Gedankens nach außen dringen konnte.

Forkens Anwesen schien an Ausstrahlung verloren zu haben. Die Aura der Lady fegte den ständigen Druck seiner Macht beiseite, drängte sich in jeden freien Raum und knisterte wie unheilvolle Spannung in der Luft. Ganya glaubte, einen Anflug von Verunsicherung zu spüren. Sie verharrte ruckartig neben dem Eingangsportal, als sich eine weitere, kaum merkliche Empfindung dazu mischte: Neugierde. *Er ist selbst hier.*

Die Lady hatte ihr Zögern bemerkt und registriert. Sie würde sie später danach fragen. Unauffällig versuchte Ganya zu ermitteln, ob auch die Lady die Anwesenheit eines anderen, weit mächtigeren Vampirs gespürt hatte. Aber die Lady war zu fixiert auf Forken. Das Gefühl unumschränkter Macht umgab sie mit einer solchen Gewalt, dass das Wispern ihrer Umgebung längst verstummt war. *Sie hat es vergessen. Trotz unseres unglaublich präzisen Gedächtnisses vergessen wir einfach.*

Zu ihrer Verblüffung öffnete Farnandi die Tür und die Lady rauschte an ihm vorbei, ohne ihn auch nur eines Blickes zu würdigen. Sein bewegungsloses Gesicht verriet nicht, ob er sich über die Missachtung ärgerte oder nicht. Aber sie wusste, dass die

Arroganz der Lady ihn amüsierte. Sie wagte einen kurzen Seitenblick. Eine feine Neigung des Kopfes und ein schalkhaftes Glitzern in den sonst so kalten Augen offenbarten den stummen Spott.

Forken beeilte sich aufzustehen und Ganya bemerkte mit einem Anflug von Grausamkeit, dass er nicht einmal den ungebrochenen Eindruck erhabener Würde zu erhalten verstand. „Lady Segra. Es ehrt mich, Euch begrüßen zu dürfen." Die Lady neigte den Kopf zur Begrüßung fast schon beleidigend kurz.

„Meister Forken, ich hoffe nicht lange in dieser Stadt verweilen zu müssen. Reisen ist mir im letzten Jahrhundert zutiefst verhasst geworden."

Ganya winkte die Zöglinge fort und sie beeilten sich, ihr zu gehorchen. Nur der Kofferträger zögerte unmerklich und sie stieß ihn behutsam an. Zitternd verließ er eiligst die Halle und ließ dabei fast die Koffer der Lady fallen. Farnandi schloss geräuschlos das Portal und wandte sich dann mit einer fließenden Bewegung um.

„Ich habe Euch nicht gebeten, mich aufzusuchen." Forkens jammerndeTonfall war erbärmlich, aber sie hütete sich ihre Verachtung zu zeigen.

Farnandi trat lautlos neben sie und bei ihm konnte sie die Verachtung deutlich wahrnehmen.

„Wohin ich gehe, Forken, bestimme allein ich und mein Wille", fauchte die Lady ihn an. Forken schwankte kurz, war sich nur zu bewusst über die Anwesenheit zweier weiterer Vampire und scheute dennoch die offene Konfrontation mit der Lady.

„Ich habe ein Recht darauf zu erfahren, was Euch in meine Stadt führt, Lady Segra." Sein Tonfall hatte sich merklich abgekühlt und mühsam rang er um seine verlorene Würde.

„Als ob Ihr das nicht genau wüsstet." Die Lady schien ihn mit ihrem Blick durchbohren zu wollen. „Ich bin hier, um mich zu versichern, dass dem Rat keine Gefahr droht."

Ganya spürte seinen Zorn einen Augenblick früher als ihre Lady und musste sich zwingen, nicht davor zurückzuweichen. Lady Segra zuckte nicht einmal mit einer Wimper und in solchen Momenten fühlte Ganya kurz wieder die alte Bewunderung für ihre Lady in sich aufwallen und wieder erlöschen.

Diesmal brandete die Woge der Macht beider Meistervampire gegeneinander und keiner gab dem Wüten des anderen nach. Forkens Macht als Ältester reichte zwar nicht aus, die Lady zurechtzuweisen, aber er war ihr ebenbürtig.

82

„Unbeherrscht wie auch früher schon, Forken. Die Zeit hätte dich wachsen lassen sollen, aber dein Aufbegehren zeigt mir, dass die Weisheit immer noch nicht in dir erwacht ist." Die kalte Präzision ihrer Zurechtweisung brachte Forken wieder zur Besinnung.

„Dies ist meine Stadt, Lady Segra, und ich dulde Euch. Mischt Euch nicht in Dinge ein, die Euch nichts angehen oder der Rat wird sich gegen Euch wenden. Und nicht einmal Ihr würdet wagen, den Rat gegen Euch einzunehmen."

Sie beugte sich etwas weiter nach vorn, wie eine Schlange, die am Boden lauerte und darauf wartete zuzuschlagen.

„Ich beuge mich nicht dem Rat, sondern der Vernunft, Forken. Es ist mir ein Rätsel, wie du, ohne mit dieser Gabe gesegnet zu sein, so alt geworden bist, aber vielleicht wird ein zweites Jahrtausend dich lehren, was das Erste nicht vermochte."

Ganya hatte das Gefühl, an der Feindseligkeit zwischen den Beiden ersticken zu müssen. Immer noch musterten sich beide abschätzig und zogen drohend ihre Macht zusammen. Jeder versuchte, den anderen zu übertrumpfen, einen Schwachpunkt auszumachen. Farnandi neben ihr beobachtete beide aufmerksam und gespannt. Dennoch umgab ihn weiterhin seine typische Gelassen- und Erhabenheit. Als würde er interessiert zwei Kindern beim Streit zusehen und im Stillen über ihr albernes Gezänk lächeln. Es mochten die Züge eines Aristokraten sein, die diese treffliche Arroganz vermittelten. Oder es lag an den feinen Nuancen seiner Aura, die nicht durch Macht sondern durch Vielfalt auszudrücken vermochten, was ein Vampir eigentlich nicht einmal mehr zu fühlen vermochte. Verwundert betrachtete sie die leisen, fast sanften Töne gegen die lauten Missklänge des Machtkampfes.

„Ich kenne keine Angst, Forken." Forken wusste genau, was die Lady damit andeutete. Angst war das Mittel zu beherrschen, die Gewalt, die einen Zögling noch ewig an seinen Meister band.

„Dass Ihr einen Verrat meinerseits auch nur in Betracht zieht, empfinde ich als zutiefst beleidigend, Lady Segra. Und ich nehme an, Euer Verdacht beruht auf nicht mehr als den Aussagen Eures Zöglings Ganya." Kurz schwebte die Hand der verhängnisvollen Macht über ihr, aber sie zwang sich erneut keine Geste der Furcht zuzulassen. „Ich hoffe, Ihr erweist Euch nicht als eine Närrin."

Ein kaltes Lächeln huschte über ihr Gesicht. „Seid unbesorgt, Forken. Die Närrin in mir ist schon vor langer Zeit gestorben. Natürlich vertraue ich meinen Zöglingen nicht blind, aber Ihr kennt meine Eigenart wie alle anderen Vampire auch, Koryphäen zu sammeln und zu betrachten."

Ganya spürte den unterdrückten Zorn Farnandis neben sich. Er mochte nicht, wie die Lady von ihr als ihren Zögling sprach. Wie von einem Gegenstand, den zu besitzen sicher ganz amüsant, nicht aber weiter bedeutsam war. Sie selbst spürte, dass die Lady versuchte Forken einzuschätzen, zu erkennen, ob mehr hinter seiner Unsicherheit lag, als die Angst seine Autorität vor seinen Zöglingen zu verlieren.

Sie empfand Farnandis Ärger als verwirrend. Jeder Meister betrachtete seine Zöglinge als Besitz und auch Ashan hatte sich ebenso beiläufig wie auch abwertend zu seinen Zöglingen geäußert. Selbst wenn sie Vertraute waren, ließ kein Meister jemals Zweifel daran, wer die Macht über wen besaß.

„Natürlich, Lady Segra und meine Stadt steht Euch jederzeit offen." Die strikte Zurückweisung einer Einmischung blieb unausgesprochen, aber dennoch deutlich fühlbar im Raum.

„Eine kluge Entscheidung, Forken." Mit einem kaum merklichen Wink der Hand öffnete sie das Portal. Die wenigen Vampire in der Vorhalle wichen respektvoll zurück und verkrochen sich im Schatten. „Ich danke Euch für die Gastfreundschaft, die Ihr mir erweist. Und wer weiß, vielleicht werde ich irgendwann Gelegenheit haben, sie Euch zu vergelten." Beide verbeugten sich unmerklich voreinander. Plötzlich schienen sie sich einig und respektvoll zu begegnen, aber Ganya fühlte immer noch die Drohungen in der Luft und das Aufeinandertreffen geballter Kräfte, die den anderen Vampiren verborgen blieben.

Dann wandte sie sich ab und strebte aus dem Saal. Kurz fiel ihr Blick auf Farnandis vollkommen ausdruckslose Gesichtszüge und sie fing das Bewusstsein ein, um es einen Moment lang zu betrachten. Dann erlosch ihre Aufmerksamkeit genauso schnell wieder, wie sie geweckt worden war und Ganya musste sich beeilen mit ihrer Lady Schritt zu halten. Farnandis Groll und seine vorsichtige Aufmerksamkeit folgten ihr, als sie hinter ihrer Lady aus dem Saal in die Vorhalle trat. Er war wahrlich ein Meister im Verbergen und Täuschen. Eine Einsicht, die ein mulmiges Gefühl und Instinkte, die zur Vorsicht mahnten, in ihr wachriefen. Farnandi konnte sie nicht belügen. Er konnte nur ein Geheimnis bewahren. Er bewahrte ein Geheimnis.

Sie spürte das Missfallen ihrer Lady und die unverhohlene Gereiztheit, während sie ihr durch die Gänge folgte. Lady Segra wusste, wo ihr Zimmer war. Keiner wagte ihr im Weg zu stehen oder ihr auch nur nahe zu kommen und ihr damit Möglichkeit zu geben, ihrem Ärger Luft zu verschaffen. Ganya ging schräg hinter ihr und achtete darauf, unter keinen Umständen zurückzufallen. Nicht einmal um nach dem Wispern der Gänge zu lauschen, das ihr nun unmerklich lauter erschien. Der Platz einer Vertrauten, selbst jetzt als sie Ursprung des Grolls der Lady war. Distanzierte Gelassenheit erfüllte sie trotz der nahenden Zurechtweisung und mühsame, über die Jahre errungene Ruhe strömte durch ihre Adern. Die einzigen Waffen eines Zöglings, um sich vor seinem Meister zu schützen waren Ruhe und der Mangel von Furcht, mit denen sie dem Übermächtigen gegenübertreten konnten. Hatten sie erst ihre Angst abgelegt, waren sie fast frei.

Ganya fühlte sich nicht schuldig, ihre Lady gerufen und ihr damit Umstände bereitet zu haben. Vampire waren gestorben und egal, was Forken andeuten mochte, hatte er ihr nicht erklären können, warum sie hatten sterben müssen. Und wie sie es geschafft hatten, auf eine solche Art und Weise zu sterben. Ihr Gefühl sagte ihr einfach, dass hier etwas nicht stimmte und sobald ihr Gefühl eine Gefahr erahnen ließ, war es ihre Pflicht gewesen, ihre Lady von ihrem Verdacht zu berichten. Sie mochte wenig zu berichten haben, nicht zuletzt, weil es nichts Imposantes zu berichten gab - aber dieser Mangel verstärkte eher ihr Unbehagen, als es von ihr zu nehmen. Details, die eventuell gar nicht von Bedeutung waren und ihrer Lady mit Sicherheit gleichgültig, die in ihrer Gesamtheit jedoch erstaunliche und auch erschreckende Einblicke liefern konnten, blieben unerwähnt. Vermutungen, wie Farnandi wahrscheinlich feststellen würde. Spekulationen waren den Vampiren verhasst, ließen zu viel Raum für Fehler, denen sie nicht unterliegen durften. Im ständigen Kampf um Perfektion und der Präsentation ihrer Macht wollte kein Vampir das Risiko eingehen sich der Lächerlichkeit preis zu geben. Sollte sie einen Fehler verschuldet haben und sich irren, würde sie die Verantwortung für die Konsequenzen wahrnehmen. Nur glaubte sie nicht daran.

Die Lady machte sich nicht die Mühe zu warten, bis ihr Zögling die prunkvoll verzierten Türflügel öffnete, sondern stieß sie fast achtlos mit ihrem eigenen Geist auf. Ganya spürte, wie mühsam die Lady ihre Wut niederkämpfte und mit unvertrauter Selbstdisziplin rang. Sie blieb zögernd im Türrahmen stehen. Zum ersten Mal wurde sie sich bewusst, dass sich der geballte Unwillen gegen sie richtete. War ihr etwas entgangen?

„Erkläre dich, Ganya!", fuhr sie sie schließlich an. „Willst du mich zum Gespött des Rates machen?"

Überrascht blinzelte sie kurz, bevor sie sich wieder fing. „Ich verfolgte nie eine solche Absicht, Mylady und ich entschuldige mich dafür, sollte jemals der Eindruck entstanden sein."

Der kalte Blick durchbohrte sie, zwang sie, ihren Geist und die Wahrheit offen zu legen. Sie wand sich unter der demütigenden Demonstration der unumschränkten Kontrolle. Schmerzhaft drang ihr ins Bewusstsein das Vertrauen der Lady wieder verloren zu haben. Ob in einem schleichenden Prozess oder aufgrund ihres Briefes, konnte sie nicht sagen.

„Die Situation ist ein reinstes Desaster! Wo ist dein viel gerühmter Verstand? Solltest du wirklich davon ausgehen, von Forken gehe eine Gefahr aus? Ausgerechnet von Forken?" Wieder konnte sie die Verachtung für den anderen Meistervampir deutlich spüren, fast schon in der Luft schmecken.

„Ich fürchte, ich verstehe nicht ganz, was Ihr meint." Ganya war zu überrascht, um ihre Verwirrung zu verbergen und außerdem durfte sie nicht zu selbstsicher wirken, oder die gereizte Stimmung der Lady könnte sie zu einer unbedachten Handlung verleiten.

„Wirklich nicht?" Der bittere Hohn hätte sie als Mensch wahrscheinlich tief verletzt, jetzt begegnete sie ihn nur noch mit der stoischen Gelassenheit, mit der sie jedem Ausbruch ihrer Lady begegnete. „Und was glaubst du, dumme Pute, ist hier vorgefallen, dass es meine Aufmerksamkeit verdient?"

„Die toten Zöglinge …"

Weiter kam sie nicht, bevor ein höhnisch falsches Lachen sie unterbrach. „Kein Wunder, dass er darüber beschämt schweigt. Forken war schon immer unfähig im Experimentieren. Ich nehme an, dieser armselige Hund versucht endlich, etwas Besonderes zu schaffen und wie bei Ashans Versuchen misslingt es. Einige der Zöglinge bleiben gefangen, sind weder Vampir noch Mensch. Ist das alles, worauf dein Gefühl begründet war? Ich hatte eigentlich gehofft, du hättest Talent, Ganya. Ein Gespür für Besonderheiten und würdest nicht wie eine einfältige Gans durch die Gegend laufen und alle Vampire für Nichtigkeiten wie Forkens lächerliche Eitelkeit aufschrecken."

Rücksicht war den Meistern im Umgang fremd; sie waren darüber hinaus, Rücksicht nehmen zu müssen. Ganya hörte ihrer Lady kaum zu. Meister Ashan hatte einst Zöglinge gezogen, die am Tag erwachten und verbrannten. Sie hatte nichts von den Vorfällen gewusst - war blind, trotz ihrer Beteiligung gehalten worden. Farnandi hätte davon wissen müssen, selbst wenn es *vor* seiner Zeit gewesen sein sollte. Als Vertrauter Ashans musste er gewusst haben, dass ein Fehler in der Überleitung die Zöglinge getötet hatte und Forkens Abwehr darin bestand, nicht zugeben zu können versagt zu haben. Das Eingeständnis könnte eine Revolte unter den Zöglingen auslösen und den Meister vernichten. Ganya kümmerte das kaum. Warum hatte Farnandi geschwiegen? Was musste sie erst verstehen, damit sie es glauben und begreifen konnte?

„Du hast mich zum Gespött aller Vampire gemacht. Noch schlimmer muss ich diese Demütigung ausgerechnet vor Forken erleben. Und dich trieb nicht mehr als eine Ahnung, begründet auf dem Tod einiger unbedeutender Zöglinge? Dafür lässt du mich reisen?"

„Es liegt mehr dahinter." Ihre Stimme klang verloren in dem hohen Raum, aber ihr Tonfall war weder entschuldigend noch schuldbewusst. Wofür sollte sie sich schämen? Ihre Lady mochte toben, aber alles über Ashan wurde aus dem Gedächtnis getilgt und sollte sie die falschen Schlüsse gezogen haben, dann wegen der Geheimniskrämerei des Rates.

„Forken ließ mich nicht rufen, um die Todesfälle aufzuklären. Er wollte seinen Vertrauten aufspüren." Eigentlich hätte sie jetzt Ashans Namen nennen sollen. Sie hätte ihrer Lady erklären müssen, dass nicht nur Forkens Versuch seine Schwäche zu vertuschen, ihr Misstrauen geweckt hatte. Sie konnte nicht berichten, wie sie das Quartier der Zöglinge ausgemacht hatte, konnte ihr schlecht erklären, was Farnandis melancholisch, tragende Musik in seiner Wohnung bedeutete … ihr bedeutete.

Sie blieb stumm angesichts der Unmöglichkeit auszuführen, woher ihr Gefühl stammte. Sie konnte die Katakomben genauso wenig erwähnen, wie ihren Verdacht bezüglich eines alten Vampirs, der sich im Verborgenen hielt. Konnte nicht fragen, was mit den alten Meistern passiert war, wenn die Vampire doch unsterblich waren. Ihre Lady schnaubte verächtlich und zum ersten Mal zuckte sie zusammen, weil sie für einen bangen Moment glaubte, sie habe ihre Gedanken gelesen.

„Vermutlich bin *ich* der Tor. Ich habe dich zu früh eigene Wege gehen und dein störrisches Wesen aufsässig werden lassen. Zu viel Freiheit verdirbt den Charakter und das Talent eines Zöglings. Du musst noch viel lernen." Ihre Wut schien verraucht, aber Ganya fürchtete die Planung ihres Lebens weit mehr als jeden Zornausbruch. Die Ungerechtigkeit abermals zurückgewiesen zu werden schmerzte. Die Lady hatte ihr einst weit mehr Vertrauen entgegen gebracht, doch schien es nicht lange anzuhalten. Welche Schmach das Unrecht wegen einer Warnung verspottet zu werden, erneut zu durchleben. *Hättet Ihr meiner Warnung bezüglich Ashan Glauben geschenkt...* Sie verbot sich ihren aufsässigen Gedanken.

„Zehn Nächte, Mylady. Ich bitte Euch nur um zehn Nächte, damit ich nach dem suchen kann, was mir keine Ruhe lässt."

Lady Segras Züge verfinsterten sich wieder. „Du wirst erst von dem Wahn deiner Vorstellung ablassen, wenn du mit eigenen Augen begreifst, welch Tor du doch bist. Ich neige langsam zu der Ansicht, dass du überall Verschwörung und Verrat witterst und nicht bereit bist, diese Illusionen aufzugeben. Selbst wenn der Verstand es befiehlt."

Ganya erkannte die strenge Zurechtweisung in den Worten ihrer Lady, die Verachtung für ihre Schwäche und den erneut aufsteigenden Unmut über den Starrsinn ihres Zöglings.

„Fünf Nächte und nicht mehr. Ich muss sowieso bleiben, will ich nicht Forkens Triumph vervollständigen. Aber es liegt ein Geruch über der Stadt, der meine Sinne beleidigt. Fünf Nächte sind genug für dich, um über deinen Wahn hinwegzukommen. Solange will ich dich nicht mehr sehen."

Der kalte Blick bohrte sich noch einmal in ihre Augen und rücksichtslos fegte ihre Macht durch ihren Kopf. In dem Verlangen zu demonstrieren, wie mühelos sie beherrschen konnte. Ganya verbeugte sich tief und ballte eine Hand zur Faust, um ihre Wut zu verbergen.

„Ich danke Euch für Eure Großzügigkeit und werde Euren Anweisungen gehorchen." Sie zog sich aus dem Saal zurück, ohne noch einmal aufzusehen, aber die Demütigungen brannten in ihrem Geist. Sie fühlte das Verlangen, etwas zu zerschmettern. Farnandi hatte sie zum Narren gehalten.

Mühsam rang sie ihren Zorn nieder. Fünf Nächte ließen nur wenig Zeit. Zu wenig, aber es musste reichen. Mehr würde ihr nicht bleiben.

Sie schlich aus dem Anwesen. Umgeben mit Illusion und Täuschung, sollte niemand in der Lage sein sie zu beobachten. Manchmal konnte sie die Ahnung eines anderen Begleiters spüren. Eines Begleiters, den sie weder abschütteln konnte, noch wirklich wollte. Etwas an diesem Geist faszinierte sie und bitter fragte sie sich, ob es dieselbe Faszination war, der sie auch bei der Lady erlegen war.

Das Wissen um die Macht des Vampirs kribbelte in ihrem Bewusstsein und ihrer Haut, aber er schien nicht demonstrieren, beherrschen zu wollen. Das Streben nach dieser Macht war erloschen. Er beobachtete, wartete. Und manchmal war er neugierig. Sie musste zugeben, dass die Bekanntschaft mit diesem Vampir sie reizte. Er hatte nichts von dem kleinlichen Wüten Forkens oder auch ihrer Lady an sich. Und vielleicht würde er eher verstehen, was sie ruhelos durch das Jahrhundert getrieben hatte, ohne je einen Halt zu finden, der geben konnte, was er versprach.

Morgen, versprach sie sich selbst.

Es trieb sie weiter über die verlassene Promenade zur Brücke. Sie lehnte sich gegen die Brüstung und starrte wieder hinunter in die alles verschlingende Schwärze des Wassers. War alles so einfach? Ein Fehler in der Überleitung? Und wie erklärte sich Forkens übermäßige Sorge über Farnandis Verschwinden? Wer war in seiner Wohnung gewesen, obwohl keiner hätte hineingelangen können? Was war mit dem unangenehmen Geruch der Vertrautheit, der das Haus der Zöglinge durchdrang? Und warum glaubte Farnandi, sie beschützen zu können, wenn er ihr das Geheimnis der Zöglinge vorenthielt? Was sollte sie verstehen?

Ihre Gedanken drehten sich im Kreis und bestätigten nur, was sie schon wusste. Ihre Lady täuschte sich. Die Ereignisse berührten mehr als Forken, Farnandi und einen unglaublich alten Vampir.

Die Dämmerung kündigte sich als Vorwarnung in ihrem Bewusstsein an und vereinzelt streiften bereits Menschen umher, steif und müde, beschränkt in ihrer Wahrnehmung und erbärmlich in ihrem Streben, welches zu nichts führte. *Wie auch die Vampire.*

Warum war ihre Lady so verärgert gewesen? Bei Forken hatte sie das Aufbrausen als Angst gedeutet, doch es fiel ihr schwer sich ihre Lady verängstigt vorzustellen. Die Meistervampire hüteten eine Vielzahl von Geheimnissen und lebten in der ständigen Furcht, ihre Zöglinge könnten eine Schwäche wittern und sich gegen sie erheben. Verbarg diese Stadt ein solches Geheimnis und die Meister wollten es unter allen Umständen schützen? Die Lady musste vor ihr nichts begründen. Sie hätte ihr einfach verboten, weitere Nachforschungen anzustellen. Hätte sie nicht hierher gesandt. War sie, wie Forken, in sich zerrissen in der Furcht vor zwei Feinden, von denen sie nicht verstand, welcher verheerender war?

Nachdenklich rieb sie, um sich aufzuwärmen, die Hände aneinander und gehorchte endlich der warnenden Stimme in ihrem Inneren, sich zu ihrem Versteck zu begeben.

Würde sie spüren, wie die Sonne ihre Haut verbrannte? Wäre sie dann noch bei Bewusstsein? Könnte sie das Farbenspiel eines Sonnenaufgangs noch einmal sehen, oder würde sie schon von den Vorboten der Dämmerung zu Asche verbrannt werden? Sie gestand sich endlich ihre Enttäuschung über Farnandis Schweigen ein. Ashans Zöglinge waren verbrannt. Er hatte gemeint, Ashan hätte nicht die Möglichkeiten der Lady eine Überleitung zu gestalten, aber er hatte es anscheinend versucht und war gescheitert.

Mit einem Ruck blieb sie stehen. Die Aufzeichnungen, die sie in den Händen gehalten hatte. Forkens Wunsch, sie vom Haus der Zöglinge fernzuhalten. Lady Segras Unwille, länger nach Antworten zu suchen. Dann verwarf sie den Gedanken wieder und beeilte sich.

Die wenigen Menschen mieden sie und Ganya ignorierte sie, während sie durch die Straßen lief. Sie wechselte ihren Schlafplatz erneut. Weniger aus Vorsicht als aus der Notwendigkeit heraus, schnell etwas zu finden. Sie beachtete den Gestank der Tunnel kaum, während sie ohne ein Zaudern tiefer in das Labyrinth aus Gängen eintauchte. Ratten schreckten durch ihr unvermitteltes Auftauchen auf und suchten schleunigst das Weite. *Noch fünf Nächte.*

Ihr letzter Gedanke, bevor sich ihr Bewusstsein ausschaltete.

Sie schlang wahllos das Essen hinunter, das sie an einem der Stände mitgenommen hatte. Ihre Gedanken waren weder bei den Menschen, die jetzt, wo die Nächte wärmer wurden, in einer wahren Vielzahl durch die frühabendlichen Straßen schlenderten, noch bei der Mahlzeit. Sie nahm sich kaum Zeit zu registrieren, ob ihr Körper noch etwas anderes brauchte.

Von ihren Gefühlen war nur eine unmerkliche Traurigkeit übrig geblieben, die sie sich erst eingestand, als sie vor Farnandis Wohnung stand. Sie betrachtete die über Aufzeichnungen gebeugte Gestalt, beobachtete ihn einige Minuten. Die schlanke Statur, die anmutigen Bewegungen, die einem jedem alten Vampir so vertraut waren. Sie verharrte, während die klamme Kühle der Nacht in ihren Körper kroch.

Er sah kurz auf, als hätte er etwas gehört oder gespürt und sah in ihre Richtung. Ihre Augen trafen sich kurz und vollkommen ruhig begegnete sie dem Blick. Mit einer Handbewegung löschte er das Licht der Kerze und kurz darauf trat er aus seiner Wohnung auf die Straße hinaus.

„Ganya, ich hatte Euch später erwartet." Zur Begrüßung neigte er den Kopf und auch sie erwiderte die Geste unwillkürlich.

„Wir werden die Nacht nutzen müssen." Er nickte zustimmend und folgte ihr dann durch die Gassen.

Die Stadt hatte sich gewandelt und nur selten kam sie an einem Platz vorbei, der noch den Erinnerungen ihres letzten Besuchs glich. Manchmal verharrte sie einige Sekunden lang und starrte in die nunmehr unvertraute Umgebung, als erhoffte sie sich von der Stimme der Vergangenheit einen Hinweis.

Unbehagen kroch immer weiter in ihr Bewusstsein, während sie sich den Katakomben näherten. Die ärmsten und verkommensten Stadtviertel umgaben die unterirdische Anlage. Der Einstieg verbarg sich in einer Brunnenanlage, die schon seit Jahrhunderten kein Wasser mehr führte. Einst hatte es noch andere Eingänge gegeben, aber die Menschen hatten sie zerstört, um sich gegen die Gefahr, die sie höchstens erahnten, zu schützen. Sie erinnerte sich deutlich an den Ton der wenigen Berichte. An das Böse, das dort angeblich leben sollte. Sie war geneigt es zu glauben.

Sie wanderten stumm durch die Trümmerwüste. Das Viertel war im Krieg zerstört und nie wieder aufgebaut worden. Die traurigen Reste ragten als stumme Anklage gen Himmel, offenbarten beschämt vergangene Pracht und verflossenes Glück. Irgendwann würden die Menschen sich über das Unbehagen dieses Ortes hinwegsetzen und hier alles abreißen, um Neues zu schaffen. Würden die Bewohner wie einst sie selbst von Albträumen geplagt nachts mit klopfendem Herzen aufschrecken? Mit Sicherheit würde die düstere Aura, die diesen Ort ertränkte, an ihrem Unterbewusstsein kratzen und ihnen zu schaffen machen.

Farnandi schien das Unbehagen in der Luft zu spüren. Er schlug den Kragen seines Mantels nach oben, obwohl der kalte Nachtwind abgeflaut hatte. Die Luft war hier nicht erfüllt vom Geruch vieler Menschen und ihren Abfällen. Ganya wagte dennoch nicht tief einzuatmen. Zumeist hielt sie den Kopf gesenkt und weigerte sich, die Schatten wahrzunehmen, die als trostlose Mahnmale ihren Weg patrouillierten.

„Dieser Ort ist wirklich undurchdringlich für die Sinne eines Vampirs."

Die laute Bemerkung erschreckte Ganya. Sie ließ es sich nicht anmerken, sah aber kurz auf.

„Erstaunlich, dass man diese Aura nicht überall in der Stadt spüren kann."

„Vielleicht wollen wir sie nicht wahrnehmen und blenden sie aus. So wie die Menschen uns aus ihrem Bewusstsein verdrängen."

Er nickte nachdenklich. „Möglich, aber diese Alternative gefällt mir nicht."

„Ist es nicht erstaunlich, dass kein Vampir oder Mensch sich jemals aus Zufall hierher verirren wird? Wir machen einen Umweg, biegen in eine andere Straße ein, spüren ein leichtes Unbehagen oder

Unsicherheit und gehorchen den Befehlen des Unbewussten, ohne sie wirklich wahrzunehmen."

„Und wie kommt es dann, dass Ihr schon einmal hier ward?"

Ganya hob den Blick zum Himmel und wartete einen Moment, bis die Wolken, die sich rücksichtslos vor die helle Scheibe am Himmel geschoben hatten, den Mond wieder freigaben.

„Wer ein Ziel hat, ignoriert das Unbehagen bewusst. Ich hatte damals ein Ziel." Er fragte nicht welches, denn er wusste, dass sie ihm auf diese Frage keine Antwort geben würde.

Beide Vampire waren alt genug, um sich gegen eine drohende Macht zu behaupten, indem sie ihre Furcht aufgaben. Aber die Angst, die sie hier beschlich, war elementarer. Dennoch schafften beide, sie mit einer gewissen Distanz zu betrachten.

„Könnte der Vampir Grund dafür sein?"

Ganya musste nicht nachfragen, was er konkret meinte. „Die Schrecken an diesem Ort mögen eine gewisse Zeitlang nachgehallt und eine unmerkliche Furcht über diesen Ort gelegt haben. Eine solche Aura jedoch geht nur einher mit einem Vampir. Sonst hätten in diesem Teil der Stadt nie diese Häuser gestanden." Mit einer vagen Handbewegung deutete sie auf die Trümmerfelder.

„Ihr scheint davon überzeugt, dass es ihn gibt?!"

„Sicher." Etwas in ihrer Stimme ließ ihn verstummen.

Ganya beeilte sich, sie zum Zentrum des Viertels zu führen. Die kleine Klosteranlage erschien wie Hohn als Ausgangspunkt für all das Leid, das hier verbreitet worden war. Gleichzeitig verbarg sich in der Ironie eine gewisse Bitterkeit. Die Versammlung von Teufelswerk war ein zynischer Wink für die heilige Institution. Früher einmal hatte sie das Übermächtige empfunden, neben dem der Mensch klein und unbedeutend erschien. War berührt gewesen von ungewisser Ehrfurcht vor dem Symbol einer höheren Macht. Heute hatte sie für die Symbole kaum mehr als ein mitleidiges Lächeln übrig, waren sie doch, wie alles um sie herum, der Zeit zum Opfer gefallen.

Sie wusste von der schwindenden Macht der Kirche und betrachtete sie mit einem Anflug von Genugtuung, wenn die Ereignisse den Panzer der Gleichgültigkeit durchbrachen. Die Wahrheit hinter dem Symbol war der Institution bereits in ihrer Entstehung verloren gegangen. Als Organisation benutzte sie es, um eine Macht auszuüben, die vielleicht notwendig, aber nichtsdestotrotz mindestens genauso grausam wie die Vampire in ihrer Gleichgültigkeit war.

Sie traten durch den halb zerfallenen Torbogen und verharrten kurz, um mit der Umgebung vertraut zu werden. Irrationale Angst stieg in ihr hoch und sie bemerkte, wie Adrenalin durch ihren Körper strömte. Sie wartete, bis der Anflug von Panik vorbei war, betrachtete ihre Umgebung und sann darüber nach, woher diese tiefe Angst kam. Aus den Augenwinkeln beobachtete sie Farnandi, dessen Stirnrunzeln ihr seine Verwirrung verriet. Ihre Hand lag auf ihrer Manteltasche und der Revolver, den sie wieder geladen hatte, vermittelte ihr wenigstens ein Hauch von Sicherheit.

„Erstaunlich, nicht wahr?" Die lauten Worte grenzten an Frevel gegen die allumfassende Stille, aber es kümmerte sie nicht. „Es sind nicht die Toten." Auch wenn sie sich wünschte, sie würden endlich schweigen. Das vergangene Elend und Leid zerrte wie auch früher schon an ihren Nerven, aber ihre Sinne waren nun weit geschärfter und sie konnte eine Vielzahl von Nuancen zuordnen. Sie verschloss ihr Bewusstsein sorgfältig vor dem Ansturm aus Angst und Schmerz.

Farnandi nickte kaum merklich. Er beherrschte seine Urängste nur, weil sie blieb. Mühsam schottete auch er sich gegen seine Instinkte ab.

„Ein ideales Versteck." Seine Stimme blieb ausdruckslos und mit einem Anflug von Spott fragte sie sich, ob er sie narren wollte, verwarf den Gedanken aber sofort wieder. Sein Bewusstsein lag offen und gut lesbar wie eh und je vor ihr. Er vertraute ihr vollkommen, auch wenn er ihr die wichtigsten Details verschwieg.

„Der Brunnen." Sie musste nicht mehr sagen. Er drehte den Kopf und betrachtete das unscheinbare Detail am Rande des Innenhofes. Ohne eine weitere Bemerkung strebte er darauf zu und diesmal hielt Ganya sich kurz hinter ihm. Der Brunnen an sich war nicht bedrohlicher als der Rest der Umgebung und die Unauffälligkeit war wahrscheinlich der ideale Schutz des unterirdischen Gewölbes gegen alle, die trotz der nicht erklärbaren Angst hierher vordringen würden.

Sie konnte seine Anwesenheit spüren, wie ein trockenes Lächeln auf dem Gesicht, das keine Gefühlsregung mehr kannte. Sie erstarrte vollkommen und warf einen kurzen Blick über den Innenhof. Es war unheimlich, wie stark sie seine Anwesenheit ausmachen konnte. Er hatte nicht nur mit dem Besuch gerechnet, vielleicht hatte er ihr diesen Gedanken sogar eingegeben. Aus irgendeinem Grund interessierte sie ihn. Sie und wohl auch Farnandi, obwohl er ihm kaum Beachtung schenkte. Sie war so damit beschäftigt ihr in Aufruhr geratenes Bewusstsein wieder zu ordnen, dass sie Farnandi nicht hörte. Er wartete höflich, bis sie sich wieder gesammelt hatte.

„Ist er hier?" Er schien sich mit dem Gedanken abgefunden zu haben, denn es lag weder Nervosität noch Unsicherheit in seiner Haltung oder Stimme. Sie nickte kurz. „Es wäre sinnlos, noch Angst vor ihm zu haben, wenn man ihn aufsucht." Manchmal machte Farnandis Selbstverständlichkeit, mit der er die Gedanken anderer erriet, sie nervös.

„Diese Furcht ist etwas anderes. Sie liegt tiefer, als die Angst vor der Macht eines Meisters und obwohl sie wohl eher einer Beklemmung gleicht, ist sie weit intensiver und älter als jede andere Furcht." Kurz konnte sie ein Flackern in Farnandis Bewusstsein auffangen. Ein Bedauern, eine wispernde Sorge. Sein Anflug von Melancholie war vollkommen unangebracht an diesem Ort. Die leise Trauer nach etwas, was vielleicht nicht einmal er genau benennen konnte.

Beschämt wandte er sich ab, bemüht sein Fühlen zu verbergen. Aber Ganya kam nicht umhin in seinem offenen Geist zu lesen, wollte sie in ihrer Aufmerksamkeit nicht nachlassen. Um das Unbehagen aus ihrer Wahrnehmung zu verbannen, sprang sie auf den Brunnenrand und schwang sich dann auf der anderen Seite hinunter.

Der Brunnen war nicht wirklich tief, auch wenn sie das Gefühl hatte, in einen bodenlosen Abgrund zu blicken. Sie wartete, bis sich ihre Augen an die Dunkelheit gewöhnt hatten. Sie vermisste das direkte Mondlicht. Selbst die Schatten jagten ihr Angstschauer über den Rücken. Sie befahl sich, die irrationale Regung abzuschütteln und wie sie auch die Kälte in ihrem Körper ignorieren konnte, ignorierte sie das Gefühl. Sie tastete nach dem kleinen Vorsprung, der den Anfang einer kurzen Leiter bildete. Der Schacht war immer noch klar in ihrem Gedächtnis eingebrannt. Obwohl sie alles an ihrer Umgebung wieder erkannte, hatte sich durch ihre erweiterte Wahrnehmung der Schrecken des Ortes nicht gemildert.

Sie ließ los und fiel ungefähr fünf Zentimeter, bevor sie wieder Halt fand. Der Boden war schlüpfrig, aber sie fand ihr Gleichgewicht wieder. Erneut verharrte sie einen Moment um zu lauschen. Dann tastete sie weiter und rief Farnandi zu, ihr zu folgen.

Schweigend und alle Sinne gespannt glitten sie die wenigen Stufen hinunter, um dann unmittelbar auf einen Schacht zu treffen, der in die absolute Finsternis führte. Ganya hatte nicht vor sich auf ihre eingeschränkte Wahrnehmung zu verlassen. Sie förderte eine Taschenlampe aus ihren Manteltaschen hervor und knipste sie an. Der Lichtstrahl versuchte schüchtern die Finsternis zu vertreiben. Ihren Körper durchfuhr ein kurzer Schauder, als die Ratten vor den

Eindringlingen flohen. Das Licht offenbarte, was sie bereits vermutet hatte. Die Wände waren mit Totenschädeln und Gebeinen gepflastert. Sie wusste, dass in der Vergangenheit lateinische Verse die Gräber geschmückt hatten, um denen zu gedenken, die damals hier unten sterben mussten. Die Treppe war erst später angebaut wurden, sogar der Brunnen. Sie waren verhungert, verdurstet, Krankheiten erlegen oder hatten sich in ihrer Verzweiflung gegenseitig umgebracht, um ihr Dasein noch etwas länger in der absoluten Dunkelheit und ohne Hoffnung zu fristen. Soweit sie wusste, war keiner von denen, die man einst in diese Tunnel eingesperrt hatte, je wieder entkommen.

Wie auch wir haben sie nie wieder die Sonne gesehen, dachte sie zynisch.

„Wie kommen die Ratten hierher?" Die Frage schreckte sie auf und sie warf Farnandi einen kurzen Blick zu. Ihn schien den ihn umgebenden Tod nicht weiter zu stören.

Er kann sie nicht hören. Sie zwang sich dazu, auf die Frage zu antworten.

„Die zerstörten anderen Eingänge sind vielleicht für Menschen nicht mehr passierbar, aber die Ratten haben einen Weg gefunden."

„Dann scheint die Luftzufuhr irgendwie gesichert zu sein."

„Ich habe die Pläne der Katakomben nie einsehen können, aber ich weiß, dass noch nie ein Mensch oder ein anderes Wesen hier erstickt ist. Sie sind alle an etwas anderem gestorben."

„Hier?"

Sie konnte seine Überraschung spüren. „Ja, natürlich hier."

„Wer hat sie aufgestapelt?"

„Die Kirche, um den Toten ein würdevolles Begräbnis zu gewähren." Auch er verstand durchaus den Hohn, der darin lag. Wurden diese Menschen schon vor ihrem Tod nicht mit Würde behandelt, sollten sie doch wenigstens dann, wenn sie auf diese Welt hinter sich ließen, die angemessene Behandlung erfahren.

Ganya schwenkte den Strahl der Taschenlampe wieder auf den Gang selbst und entschlossener, als sie sich fühlte, drang sie in die Tunnel vor. Sie erinnerte sich, dass sie das letzte Mal am Eingang des schwarzen Loches hocken geblieben war und kaum gewagt hatte, sich zu rühren. Als Kind hatte sie aufgeschrien, als ihre tastende Hand in der Dunkelheit gegen die Knochen stieß und von innerer Panik getrieben hatte sie den Ort so schnell wie möglich wieder verlassen. Ungeachtet dessen, was oberirdisch erwartet hatte.

Sie hatte diese Gänge noch nie betreten, aber das musste Farnandi nicht wissen. Genauso wenig wie sie zugeben würde, dass ihr unsichtbarer Begleiter nahte. An der ersten Abzweigung verharrte sie kurz und lauschte. Sie vertraute sich seiner Führung an. Schon nach wenigen Metern wichen sie vom geraden Weg ab und wären hilflos in dem Labyrinth gefangen. Dennoch kehrte sie weder um noch zögerte sie. Dies war sein Reich und sie akzeptierte das.

Farnandi erfasste eine immer größere Unruhe, während in ihr Sicherheit Einzug fand. Er führte sie nicht umsonst und das Bewusstsein war bar jeder Grausamkeit. Dennoch zuckte sie zusammen, als der Lichtstrahl auf das fahle, eingefallene Gesicht fiel. Vor Schreck hätte sie die Taschenlampe beinahe fallen gelassen, beherrschte sich dann aber. Hastig senkte sie den Lichtstrahl und ihre Augen durchdrangen die Dunkelheit hinter dem Licht nur mühsam, offenbarten einen Umriss, der mehr durch eine Ahnung als wirklichem Erkennen auszumachen war. Farnandi, nur kurz hinter ihr, hielt sich vollkommen starr. Wahrscheinlich hatte er ihr nicht wirklich geglaubt. Eine gewisse Wahrscheinlichkeit für die Annahme eingeräumt, sie aber nicht wirklich in Erwägung gezogen. Die Sorge, die ihn nun deutlicher umgab, verriet ihr, wie sehr er sich an die Vorstellung geklammert hatte, hier nichts vorzufinden. Er hatte nach einer anderen Erklärung gesucht. In seiner Verwirrung war er sogar einen Moment lang bereit zu leugnen, dass da ein anderer Vampir in der Dunkelheit stand.

„Ihr habt Euch Zeit gelassen." Die Stimme war kaum mehr als ein schnarrendes Flüstern und dennoch hallte es von der Decke zurück und füllte den ganzen Raum aus. Unwillkürlich registrierte sie, dass sie in einer Halle stehen mussten.

„Nur zu, seht Euch um."

Ganya wusste, dass der alte Vampir nur auf sie fixiert war und Farnandi kaum wahrnahm. Gehorsam richtete sie ihre Lampe nach oben, aber das Licht verlor sich, bevor sie eine Decke ausmachen konnte. Die Wände waren auch hier mit den Gebeinen der Verstorbenen gepflastert und wieder erschien ihr dieser Ort wie eine bittere Ironie. Nur vage konnte sie die einstige, dunkle Pracht der Halle ausmachen, die früher eventuell als Messeraum für Ordensbrüder gedient haben mochte. Sie konnte sich diesen Ort im flackernden Licht hunderter Kerzen gut vorstellen.

Kurz huschte ihr Lichtstrahl auch wieder über die Gestalt, aber sie blieb schemenhaft verborgen. Der Vampir hielt sich erstaunlich aufrecht und sie erhaschte den Eindruck kantiger und eingefallener Züge, einer Haut, die so alt war, dass sie durchsichtigem Pergament glich.

Er wartete geduldig und schließlich richtete sie den Strahl der Lampe wieder auf ihn.

„Seit Ihr das erste Mal hier gewesen seid, wusste ich, dass Ihr wieder kommen würdet und habe gewartet."

„Ich war auch als Mensch schon einmal an diesem Ort." Eine wegwerfende Handbewegung, die sie mehr durch seine Stimmung erahnen konnte, machte ihr klar, wie wenig er von den Menschen hielt.

„Bedeutungslose Wesen, die kaum, dass sie auftauchen, auch schon wieder vergehen."

Wie alt mochte er wohl sein, wie lange streifte er schon durch diese Tunnel?

„Ihr seid für die Toten verantwortlich. Für all jene, die nie wieder auftauchen. Von denen die Menschen glauben, sie seien entführt worden."

„Bitte, spielt das eine Rolle? Es sind nur Menschen." Sie wusste nicht, wozu er sie hierher geführt hatte. Sie wusste gar nichts über diesen Vampir. Außer sein unglaubliches Alter.

„Dann sind wir unsterblich?" Er neigte den Kopf und sie hatte den Eindruck, von klaren, kalten Augen durchbohrt zu werden. Sein Blick verriet keinerlei Schwäche im Alter, keine Verwirrung oder Gebrechlichkeit. Ganya wusste nicht einmal, woher sie alles so genau erahnen konnte. Obwohl die Gestalt doch eher im Verborgenen blieb, da er nicht zuließ, dass seine Erscheinung klare Konturen erlangte.

„Ihr seid ein erstaunlicher Zögling, Lady Ganya." Der Protest lag ihr auf der Zunge, erstarb aber ohne ausgesprochen zu sein. Auch wenn die Titel der Menschen keine Rolle mehr spielten, war diese Angewohnheit des Adels haften geblieben und wies ihn als aristokratisch aus. Falls er ihrer Gesellschaft als Mensch nicht angehört hatte, hatte er sich doch als Vampir als einer der ihren verstanden.

„Welcher Meister hat eine so vortreffliche Überleitung zustande gebracht?"

„Die Lady … Lady Segra." Der Name sagte ihm etwas. Kurz flackerte Erkennen auf, das gleich darauf wieder erlosch. „Ich möchte Euch etwas zeigen, Lady Ganya."

Sie konnte schlecht Farnandis Begleitung fordern und so folgte ihr nur seine unterdrückte Wut über sein Zurückbleiben und eine leise Sorge um sie, die sie mit einem gewissen Groll registrierte. Aber er war trotz seines Ärgers beherrscht genug zu warten. Er wusste wie Ganya, dass der Versuch allein zurückzufinden hoffnungslos war. Dies war sein Reich und keiner von ihnen würde ohne seine Erlaubnis wieder zurückkehren.

Ganyas Anspannung stieg. Sie versuchte sich klar zu werden, warum ein Vampir auf sie warten sollte, welche Hilfe sie anzubieten hätte. Er glaubte, sie könnte ihm auf ihre Art helfen. Etwas ändern. Solange sie keine weiteren Nachforschungen anstellen sollte …

„Ihr zweifelt an Eurer Unsterblichkeit?" Sie wagte nicht das Licht zu löschen, während sie dem Schemen folgte. Sie hatte den Eindruck, als könnte nicht einmal der direkte Lichtstrahl die Schatten vertreiben, die den Vampir umgaben.

„Ich hatte Grund genug zu zweifeln, solange ich davon ausgehen musste, dass es keine älteren Vampire gibt."

„Das ist nicht die Antwort auf meine Frage." Falls er verärgert war, konnte sie nichts dergleichen wahrnehmen. Er hatte Geduld. Das wann hatte an Bedeutung verloren. Sie hatte das sichere Gefühl, sie könnten ewig durch die Tunnel wandern, ohne je anzuhalten oder einem Ziel näher zu kommen. Sie könnte auch nicht benennen, wie lange sie bereits unterwegs waren. Jegliches Zeitgefühl war verschwunden, aufgesogen von der undurchdringlichen Finsternis. Und so ließ sie sich Zeit, um über die Bedeutung der Frage nachzudenken. Sie wusste nicht genau, ob sie daran glaubte, dass Vampire unsterblich waren. Sie war sich auch nicht sicher, ob *sie* unsterblich war. Würde es ihr Frieden schenken? Sie lauschte in ihr Inneres. So wie sie einst in ihrer Kindheit gelernt hatte Antworten auf Fragen zu finden, die keine Antwort kannten.

„Vielleicht mag ich Jahrtausende hinter mir lassen. Aber ich werde altern und ich werde sterben. Ich bin nicht unsterblich." Ihre ruhige Gelassenheit war nicht gespielt. Sie hatte sich schon längst mit der Vorstellung arrangiert. Sie konnte keine seiner Empfindungen lesen, konnte nicht ausmachen, ob sie die richtige oder die falsche Antwort gegeben hatte. Andererseits gab es vielleicht nicht länger ein richtig oder falsch.

„Ja, Ihr werdet sterben. So wie jeder Vampir mit Euch. Erstaunlich, dass Ihr es wisst." Er hüllte sich wieder in Schweigen und auch sie blieb lange Zeit stumm, während sie ihm folgte. Bis sie wagte ihrerseits zu fragen. „Und was ist mit Euch? Werdet auch Ihr irgendwann sterben?"

„Kein Wunder, dass Ihr verhasst seid, stellt Ihr so direkte Fragen, Lady Ganya." Es war kein Funken Humor oder Spott in seiner Feststellung. Er blieb ihr die Antwort jedoch schuldig. Sie wusste nicht genau, ob sie noch eine Frage wagen sollte.

„Wie alt seid Ihr?" Er sah nicht einmal auf, zumindest glaubte sie das nicht.

„Nichts, was noch von Bedeutung wäre. Die Jahrhunderte ziehen an mir vorbei und werden zu Jahrtausenden. Ich habe schon lange aufgehört, die Zeit, die vergeht, zählen zu wollen."

Ganya spürte deutlich, dass er wirklich über die Zeit erhaben war. Nichts mehr, was ihn noch kümmern würde in dieser Welt, die nichts mehr mit der gemein hatte, in der er einst gelebt hatte. Er verließ die Katakomben nicht mehr, fristete sein Dasein nur noch in dieser Finsternis, die sein geworden war. Was würde sie mit einem solchen Dasein noch wollen, befreit von jeglicher Furcht, jeglichem Streben, jeglichen Sinn? Die Überlegungen ließen nur eine Frage unbeantwortet. Warum war sie selbst hier?

Mit wachsender Ungeduld fieberte sie auf eine Offenbarung, aber er schien sich nicht daran zu stören, dass Zeit verstrich. *Noch fünf Nächte ...*

Unmerklich straffte sie die Schultern und wusste, dass es den aufmerksamen Sinnen des alten Vampirs nicht verborgen blieb. „Warum habt Ihr auf mich gewartet, all die Jahre? Warum habt Ihr überhaupt auf einen Vampir gewartet, nachdem Ihr Euch so sorgfältig verborgen habt?"

Missbilligend schnalzte er leise mit der Zunge, aber der Tadel blieb sanft und sie zuckte nicht einmal unter der Macht zusammen, die hinter der Kritik stand. „Geduld, Lady Ganya. Sicher, Ihr seid jung und Ihr habt nicht mehr alle Zeit der Welt und dennoch sollte ich mich in Euch getäuscht haben, wenn Ihr nicht innehalten könnt, um zu lauschen. Um zu verstehen, was mir Zeit meiner Existenz verborgen geblieben war."

Gehorsam lauschte sie, lauschte dem Alter, der Gleichmütigkeit, dem Schrecken, Leid und der Einsamkeit. Sie schwieg lange aus Respekt für das Empfinden eines Wesens, welches das Fühlen verlernt hatte. Von allem blieb ihnen nur ein Hauch der Erinnerung. Wie unsinnig einen Vampir zu bedauern und dennoch empfand sie einen Anflug von Mitleid. Die letzte Ahnung eines Gefühles, welches er je empfunden hatte, war unsägliche Einsamkeit.

„Ihr habt Euch damals dieses Gefängnis geschaffen. Warum?" Sie rang mit sich, um zu erfassen, was am Rande ihrer Wahrnehmung aufflackerte und wieder erlosch. „Warum habt Ihr Euch selbst auf diese Weise bestraft? Warum dieser Ort, dem der Schrecken so deutlich anhaftet?" Er führte sie schweigend weiter, aber sie wusste sehr wohl, dass er ihren Worten aufmerksam lauschte.

„Wahrlich erstaunlich. Wenn man Euch hört, glaubt man die Erinnerungen einen Augenblick lang etwas klarer vor sich zu sehen. Sie wieder fühlen zu können." Er hegte keinen Groll über ihre Freimütigkeit. „Es stimmt. Hierher zu kommen und diesen Ort nie wieder zu verlassen, war meine letzte Entscheidung. Die letzte Entscheidung meines Lebens."

Ganya musste schaudern. „Ihr seid unsterblich." Sie blieb unvermittelt stehen und auch er verharrte, drehte sich um und musterte sie.

„Ja, ich bin unsterblich. Ich habe das Leben schon lange hinter mir gelassen."

„Ihr seid der einzige wahre Vampir." Ihre Stimme war kaum mehr als ein Flüstern und ein winziger Teil ihrer selbst ärgerte sich über ihre Schwäche.

„Erstaunlich." Mehr sagte er nicht und Ganya fing sich soweit, ihm wieder zu folgen.

„Ihr seid kaum mehr als ein Mensch, Lady Ganya. Und dennoch habt Ihr Euch einst den Respekt Eurer Lady errungen."

„Mein Alter mag Euch lächerlich vorkommen, aber ich bin bereits eine der Älteren."

„Sicher, nur wenige Wesen haben die Möglichkeit wahrlich ein Vampir zu werden. Sie glauben eine Überleitung würde reichen, den Menschen aus uns zu vertreiben, uns zu erheben. Das war auch schon vor meiner Zeit so. Seid Ihr bereit, ein Vampir zu werden?"

Sie musste nicht sofort antworten, denn sie hatten endlich sein Ziel erreicht. Mit einer lässigen, kaum merklichen Handbewegung entzündete er die Kerzen in dem Saal und geblendet kniff Ganya die Augen zusammen. Die Helligkeit schmerzte in ihren Augen und ließen sie tränen. Sie hob die Hand, um sie zu schützen. Dem Vampir neben ihr schien es nichts auszumachen.

Die Haut war unheimlich bleich, jedes Farbpigment daraus gewichen. Die nun gut sichtbar hageren Züge verschwammen nicht mehr vor ihrem Blick. Die Gestalt war selbst nicht sonderlich groß, strahlte aber unverhohlen seine Macht aus. Nachdem sie ihn eingehend gemustert hatte, wagte sie sich in dem Raum umzusehen.

Spinnweben hatten sich jedes Winkels bemächtigt und der Staub kitzelte in ihrer Nase. Einige der hoch aufragenden Statuen waren zum Teil zerstört, auch wenn sie sich nicht erklären konnte, wer einst diese Zerstörungswut aufgebracht hatte. Schon lange war niemand mehr hier gewesen. Unsicher trat sie etwas weiter in den Saal hinein und legte den Kopf in den Nacken. Diesmal konnte sie die Decke ausmachen, die spitz nach oben verlaufenden und sich schließlich treffenden Bögen. Sie hatte das verschwommene Gefühl, ein Heiligtum betreten zu haben. Ehrfurchtsgebietenden Stein.

„Ihr habt ein weiteres Mal Gelegenheit mich zu verblüffen, Lady Ganya." Er beobachtete jede ihrer Bewegungen und wüsste sie nicht, dass Gier ihm schon längst fremd geworden war, dann würde sie sich als Beute fühlen. Wie sie Prüfungen hasste. Sie atmete tief ein und musste dann gegen einen Niesreiz ankämpfen. Sobald ihre Atmung sich wieder beruhigte, schloss sie die Augen, versuchte ihren wirren Geist um sich zu sammeln und ihre Wahrnehmung in den Raum fließen zu lassen.

Lange Zeit vernahm sie nur Schweigen. Der Vampir war vollkommen still. Harrte geduldig, ob sie sich als würdig erwies. Wie auch ihre Lady wollte er sie prüfen. Ihre Nasenflügel bebten, als sie die abgestandene Luft erneut einsog. Diesmal reagierte ihr Körper nicht gereizt. Ein Eindruck sickerte in ihr Bewusstsein, narrte sie. Einige Bilder zogen verschwommen an ihrem inneren Auge vorbei. Sie versuchte, die Eindrücke zu greifen, ihnen eine Bedeutung zuzuordnen. Der Gedanke schien zurückzuschrecken, als sie ihn fassen wollte und Ganya zwang sich zur Ruhe, zwang sich zu warten, bis ihre Intuition ihr offenbarte, was sie schon längst wusste. Das Licht drang durch ihre geschlossenen Lider und schließlich schlug sie sie wieder auf, starrte in das bleiche, unnahbare Gesicht.

„Ihr habt hier einst Eure Überleitungen gleitet." Sie sah hinunter auf den Fußboden und konnte nun die verblassten Linien ausmachen, die verworrenen Runen und Muster bildeten. Ganya war sich bewusst verbotenerweise verschwommene Erinnerungsfragmente an ihre Überleitung zurückbehalten zu haben. Die Lady war manchmal entweder ausgesprochen nachlässig - oder gütig.

Sie ging in die Hocke und berührte die nun mehr kaum auszumachenden Linien, spürte dem verstummten Nachhall von Macht nach, die einst durch sie geflossen war.

„Aber in Eurer Überleitung liegt etwas Endgültiges, etwas …" Sie verstummte unsicher und ein kalter Schauder erfasste sie. Langsam zog sie die Hand zurück und hoffte, die einsickernde Kälte würde irgendwann wieder aus ihr weichen. Der Schmerz kletterte ihre Hand nach oben und verflüchtigte sich dann. Sie war sich bewusst wenn möglich noch schärfer beobachtet zu werden. „Mehr wird mir dieser Ort nicht verraten. Die Vergangenheit lebt in ihm, aber sie verstummt irgendwann im Fluss der Zeit. So wie alles vergänglich ist."

Er akzeptierte das.

„Ein Kardinal ließ diesen Saal einst nach meinen Vorgaben errichten - ein Narr, der glaubte, die Macht und die Unsterblichkeit des Teufels würden ihn zum wichtigsten Mann der Welt machen. Nicht mehr als ein wimmernder Wurm, als er endlich erhielt, was er sich erbeten hatte: die Möglichkeit, all das hinter sich zu lassen und sich über dieses jämmerliche Dasein zu erheben. Ein ebenso schlechter Mensch wie Vampir, zerfressen von Missgunst und übermäßiger Gier. Kein Funken Intelligenz in dem unnützen Schädel. Ich tötete ihn, als er anfing, mich übermäßig zu langweilen. Er hatte seinen Zweck längst erfüllt. Ich war der mächtigste Vampir, als mein Meister schließlich starb und mir das Geheimnis der Überleitung hinterließ. Es ist bereits Tausende von Jahren her und damals war ich recht jung. Doch die Macht lag mir im Blut."

Nachdenklich betrachtete er sie und Ganya wusste, dass er glaubte, auch sie trage die Begabung in ihren Genen.

„Doch meine Gier nach Macht ließ mich übermütig werden. Es gab damals nicht viele Meister oder andere Vampire, die das Geheimnis der Überleitung kannten. Ich tötete sie alle. Dennoch war meine Herrschaft nicht so unumstritten, wie ich sie mir gewünscht hätte. Aufsteigende Vampire – Vampire, die wie ich die Gabe hatten, die Macht zu beherrschen, hätten mir meine Herrschaft streitig machen können. Obwohl ich meinen Platz eifersüchtig hütete und jeden, den ich als eine Bedrohung begriff, zu beseitigen verstand, wurde ich der ständigen Aufmerksamkeit müde. Ich zog mich zurück und schuf eine neue Art von Zöglingen – Zöglinge, die mir nie gefährlich werden würden."

Stille kehrte ein und Ganya schloss kurz die Augen, um ihr nachzulauschen. „Sie sind sterblich. Sie werden ganz langsam und unmerklich altern und irgendwann wird ihr Körper sie verraten und mit sich in den Tod ziehen. Deswegen kennen wir diese tiefe Furcht. Wir sind nie ganz Vampir geworden." Ganya betrübte die Feststellung nicht und sie trug sie sachlich, ohne Vorwurf vor. Er nickte. Aber nicht das Nicken, sondern die Zustimmung, die durch ihren Geist wisperte, überzeugte sie.

„Und was wurde mit den anderen Vampiren?"

„Auch sie tötete ich mit der Zeit. Nicht genug, um einen Aufstand zu provozieren. Ich hatte Zeit, viel Zeit. Ich lehrte einige Meister, aber ich lehrte ihnen eine fehlerhafte Überleitung. Eine Überleitung, die auch Euch nun irgendwo zwischen einem Vampir und einem Menschen festhält. Sterbliche ausgerüstet mit der Macht der Vampire."

„Irgendwann muss Euch die Macht nichts mehr bedeutet haben."

„Meine Untergebenen umgab immer der Gestank nach dem Unreinen, dem Sterblichen, dem Menschlichen. Es widerte mich an und ich beschloss, einen einzigen Vampir zu schaffen, der mir irgendwann als ebenbürtig erscheinen könnte. Ich ließ diese Halle dafür bauen. Aber ich zerschlug meinen Versuch."

„Aus Scham", meinte sie unvermittelt. „Einem Wesen gegenüberzutreten, welches genauso rein, aber nicht mit der Schuld der durch Gier begangenen Sünde, behaftet war. Es war Euer letztes feiges Aufbegehren gegen die Furcht des Lebens."

„Ich kann mir nicht vorstellen, jemals in meiner Existenz beschämt über etwas gewesen zu sein, aber auch die Erinnerungen eines Vampirs verblassen. Eure Vermutung mag richtig sein." Er tadelte sie nicht für die Beschuldigung der Feigheit, er empfand auch weder Gram noch Zorn darüber.

„Ich habe mich über das Leben erhoben, aber der einstige Makel der Gier zeichnet mich immer noch mit Schuld vor den Göttern. Es stand mir nicht zu, etwas so Erhabenes wie die Linie der Vampire zu durchbrechen. Und ich habe vor, meine Schuld zu begleichen, indem ich das Wissen weiter gebe. Ich habe Euch auserkoren, um der nächste echte Vampir zu sein. Ihr seid noch jung, aber weise genug, meinen törichten Fehler zu erkennen und zu meiden."

Ganya stand ganz still, als könnte sie dadurch leugnen, was sie hörte. Kälte durchdrang sie vollkommen, raubte ihr jede Energie.

„Nein", meinte sie und verachtete sich im Stillen für das Zittern ihrer Stimme. Sofort löste er sich aus seiner Erinnerung und zum ersten Mal ballte sich sein Geist bedrohlich um ihre Gestalt. Sie zwang das Zittern aus ihren Gliedern. Ihr Blick begegnete seinem.

„Es entspricht nicht meinen Wünschen, die Unsterblichkeit zu erringen. Ich habe mich längst an den Gedanken zu sterben, gewöhnt. Und vielleicht begrüße ich diese Vorstellung sogar, irgendwann den letzten Frieden zu finden. Ihr mögt es nicht begreifen, aber ich würde diese Überleitung nie überstehen. Es gibt für mich keinerlei Veranlassung dazu."

Sie konnte deutlich seine Verwirrung spüren. Er hatte nie in Erwägung gezogen, jemand könne sein Angebot ablehnen. Er hatte geglaubt in ihr einen perfekten Vampir gefunden zu haben. Ein Wesen außerhalb der Gier, ein Wesen der Gabe und der Unsterblichkeit würdig.

„Ihr könnt mich nicht zwingen ein Vampir zu werden."

„Ihr wärt ein guter Vampir."

„Vielleicht, aber ich würde den Tod wählen und Ihr könntet mich nicht davon abhalten." Ihre eigene Ruhe überraschte sie, aber sie meinte jedes Wort ernst.

Er zögerte lange. „Ihr werdet dennoch das Geheimnis bewahren."

Sie neigte zur Zustimmung den Kopf.

„Obwohl ich ihn nicht verstehe, respektiere ich Euren Wunsch, Lady Ganya."

Erleichterung durchflutete sie und drängte die Kälte zurück.

„Sollte ich einen Würdigen finden, werde ich ihn hierher bringen. Sonst nehme ich das, was Ihr mir gegeben habt, mit ins Grab."

Er musterte sie wachsam. „Was habe ich Euch gegeben?" Er schämte sich nicht fragen zu müssen. Ebenfalls eine Eigenschaft der wahren Vampire. Sie kannten keine Verlegenheit mehr.

„Die Überleitung", meinte sie sanft. Sie nickte in den Raum hinein, und die Stirn runzelnd, wandte er sich um.

„Ein Teil von mir ist Vampir. Ich erinnere mich daran. Ich habe es schon seit meiner Überleitung gewusst, die mich zu dem machte, was ich nun bin. Ihr konntet das Wissen niemals zerstören." Langsam dämmerte die Erkenntnis in seinen Augen. „Ich bedaure Eure Entscheidung außerordentlich. Ihr wärt mir ebenbürtig geworden."

Ganya hob die Hand und löschte die hintersten Kerzenreihen. „Das bezweifle ich. Doch im gewissen Sinne sind wir uns bereits ebenbürtig. - Es gibt noch etwas, was mein Denken beherrscht und erfüllt." Sie konnte die Frage in der Luft spüren. „Ihr wusstet, dass ich mit Waffen hierher kam."

„Sicher." Sie wussten beide, wie unsinnig diese Geste war. Als könnten Waffen beschützen. Ihre Hand tastete nach dem kleinen Spiegel und sie holte ihn hervor. Sie ließ nur eine Kerze brennen. Genug Licht, um noch etwas in dem trüben Handspiegel zu erkennen, aber zu wenig, um den Saal zu beleuchten. Die Finsternis wirkte beruhigend auf sie. Die Macht und die Bedeutung der Überleitung lasteten schwer auf ihrem Geist.

„Würdet Ihr noch einen Blick in den Spiegel wagen?" Er zögerte lange, kämpfte sichtlich mit sich. Er wusste um die Gefahr der Spiegel, aber er hatte vergessen, worin sie bestand. Ganyas Absichten lagen unverborgen für sein kundiges Auge und enthielten kein Verlangen, ihm zu schaden oder gar zu vernichten.

Sie wagte selbst einen kurzen Blick. Der Spiegel offenbarte ihr, was sie war. Sie vermochte das Auge der Menschen zu täuschen, nicht aber das eines Vampirs. Sie kämpfte nicht gegen die Hässlichkeit, die einem Vampir so eigen war und nur im Spiegel sichtbar wurde. Nicht gegen den Verfall und das Weichen des Lebens, der Person, die sie einst ausgefüllt hatte. Es schmerzte tief, irgendwo in ihrem Inneren, wo noch immer der Mensch saß, zutiefst verängstigt und bedrängt. Langsam sah sie auf, starrte den alten Vampir an. Er zögerte immer noch.

Sie drehte den Spiegel zu ihm um und er starrte hinein, obwohl seine Augen auszuweichen versuchten. Er zwang seinen Blick zu der matten Oberfläche. Er sah nicht lange hinein, bevor sein Blick sich senkte und die letzte Kerze erlosch. „Ich hatte auch das vergessen, Lady Ganya."

„Es braucht keine Vergebung und es hat auch nie eine gebraucht."

Ganya folgte ihm, als er ging. Sie brauchte die Taschenlampe nicht mehr. Sie hatte genau die Augen des alten Vampirs beobachtet und wie sie es vermutet hatte, hatte sie darin den Taschenspiegel, aber keine Spiegelung erblickt. Nur die Kerze hinter ihm. Sie hätte es nicht ertragen, in das Nichts starren zu müssen.

Die Nacht war schon weit fortgeschritten. Selbst in den Katakomben konnte sie das Nahen des Morgens ausmachen. Sie zuckte zusammen, als sie die schnarrende Stimme ihres Führers vernahm und sie aus ihren Überlegungen riss.

„Ich muss Euch vor Eurem Begleiter warnen, Lady Ganya. Ich hätte ihn getötet, aber es entsprach nicht Euren Wünschen."

„Wo war er, bevor ich eintraf? Farnandi war für einige Nächte verschwunden."

Er schwieg lange. „Genau das beunruhigt auch mich. Ich kann es nicht sagen. Ich habe ihn während der betreffenden Nächte nicht aufspüren können. Er kann nicht in der Stadt gewesen sein, hat sie aber auch nie verlassen. Und er ist nie wiedergekommen. Fast als hätte er für einige Zeit nicht existiert."

Ganya gefiel nicht über Farnandi ohne dessen Wissen zu sprechen, aber sie verspürte ein noch größeres Unbehagen, wenn sie an sein Verschwinden dachte.

„Einige Zöglinge sind am Tag erwacht und verbrannt." Ihr Begleiter schwieg dazu. „Ich hatte gehofft, hier eine Antwort zu finden."

„Es gibt hier unten keine Antworten. Schon seit einigen Jahrhunderten nicht mehr."

„Würde Forkens Macht mit dem Alter nachlassen?"

„Er wird altern und sterben. Im Gegensatz zu Euch jedoch hat er seinen Tod keinesfalls akzeptiert und wird dem Ende nicht würdiger gegenübertreten als ein Mensch." Es war ihm gleichgültig.

„Wie lange seid Ihr selbst wach?"

„Ich habe nichts mit den Zöglingen zu tun." Sie glaubte ihm sofort, aber die Neugierde blieb bestehen.

„Es gibt einen Zeitpunkt, der nie überschritten wird. Wir nähern uns diesem Punkt immer weiter an, erreichen ihn aber nie. Der Tag bleibt uns auf ewig verschlossen." Er hatte den Tag vergessen. Sie merkte es an seiner eigenen Verwunderung darüber. Er hatte schon längst nicht mehr über die Bewusstlosigkeit nachgedacht, die ihn immer wieder heimsuchte.

Sie schwiegen, bis sie wieder den Ort erreichten, an dem sie sich zuerst begegnet waren. Ganya schaltete ihre Taschenlampe wieder ein und der Lichtstrahl erfasste Farnandis Gestalt. Er konnte seine Erleichterung sie endlich zu sehen und seine Nervosität angesichts des nahenden Morgens kaum verhehlen. Misstrauisch versuchte er hinter ihr den Vampir auszumachen, aber Ganya wusste, dass er schon längst nicht mehr hinter ihr stand. Sie konnte ihn nirgendwo fühlen, auch wenn die ganzen Katakomben erfüllt waren von dem kaum wahrnehmbaren Geruch des alten Vampirs.

Sie wollte sich sofort auf den Rückweg machen, aber Farnandi hielt sie zurück. „Wer ist er?"

Sie konnte seine Sorge regelrecht schmecken, seine Nachdenklichkeit. Etwas beunruhigte ihn und es war keine unmittelbare Gefahr. Er hatte vor etwas anderem Angst - eine Furcht, die sie nicht begreifen konnte. Allein Möglichkeit, dass ein so alter Vampir existierte, schien auszureichen Farnandi mit kaltem Grauen zu erfüllen.

„Er hat keinen Namen mehr." Sie vermied Farnandi anzusehen. „Er hat im Grunde genommen nichts mehr." Sie wusste selbst nicht, warum sich Bedauern in ihre Stimme schlich.

Farnandi ließ sie los und sofort strebte sie von ihm fort. Sie wollte Farnandi nicht verletzen, aber seine Furcht verschreckte sie und zum ersten Mal glaubte sie eine Fremdartigkeit zwischen sich wahrzunehmen, für die zuvor in ihrer Vertrautheit kein Platz gewesen war.

Sie schwiegen beide, bis sie aus dem Brunnen hinauskletterten. Beide spürten, wie bedrohlich nah die Dämmerung bereits war, aber keiner wollte den Tag hier verbringen – trotz der schützenden Finsternis.

„Ganya, ich muss Euch bitten weder Forken noch Eurer Lady von diesem Ort zu erzählen." Etwas Seltsames lag in seiner Stimme, weckte ihre Aufmerksamkeit. „Weder veranlasst meine Verbürgung diese Bitte, noch glaube ich, ein Recht auf Eure Verschwiegenheit zu besitzen. Aber die Meister sind bekannt dafür, schlechte Nachrichten ungnädig zu empfangen. Und sie werden Euch genauso wenig glauben, wie mir."

Er sagte nicht die Wahrheit und deswegen verstummte er. „Ich möchte Euch nicht in unnötiger Gefahr wissen. Es verstößt nicht gegen die Loyalität gegenüber Eurer Lady, wenn Ihr verschweigt, was Ihr hier vorgefunden habt."

Er glaubte, was er sagte, hielt aber seinen wahren Grund zurück. Sie wusste nicht genau, ob sie auf seine Sorge ärgerlich oder verblüfft reagieren sollte. Er war unbeholfen in seinem Denken und Fühlen, ummischt von einem Schatten, der ihr nicht gefiel. Einem Geheimnis, das er nicht zu verraten bereit war. Und wieder diese leise Furcht vor dem Wissen, dass es einen älteren Vampir gab.

Ihre Lady wünschte sie nicht zu sehen und Ganya war nicht mehr so naiv zu glauben, ihre Loyalität bestände darin, alles zu berichten. Sie hatte schon vor langer Zeit gelernt, wie wichtig Schweigen sein konnte. Aber hinter Farnandis Angst stand nicht nur die Besorgnis, ihre Lady könnte in ihrem Ärger den Boten töten. Er hatte Angst, den Meistern das Wissen zugänglich zu machen. Sie sah das Papier vor sich, unter den Zeilen verblassten die Linien der Überleitung und sie wirkten genauso falsch, wie die in den Katakomben. Fremd und bedrohlich.

„Ich habe bereits ein Versprechen abgegeben, das ich halten werde, Farnandi." Sie schwiegen, bis es Zeit war, sich zu trennen. Beiden blieb höchstens noch eine halbe Stunde, bevor ihr Geist sich abschaltete. Aber Ganya kannte die Stadt immer noch bestens, war unumstrittene Herrscherin der Kanalisation.

„Danke. Ich weiß Eure Verschwiegenheit zu schätzen und es betrübt mich, Euch morgen nicht begleiten zu können, wohin Ihr auch geht. Ich habe einige Nachforschungen zu erledigen und es wäre mir lieber, Ihr wärt nicht dabei."

Sie schätzte seine Offenheit und die ausgesuchte Höflichkeit, mit der er ihr immer noch begegnete. Wäre es nicht so spät gewesen, hätte er sie zur Kanalisation begleitet, immer noch den Regeln des guten Benehmens und Wertschätzung folgend, die durch ihr Dasein ad absurdum geführt wurden. Sie schaffte nicht ihm seine unerschütterliche Ritterlichkeit zu verübeln, war vielleicht sie gar der Grund, Lady Segra Farandnis früheren Meister zu verschweigen. Er hatte sich für sie für etwas verbürgt, was er weder garantieren konnte, noch wollte. Er würde sie nicht davon abhalten, ihr sogar dabei helfen, ihre Nachforschungen anzustellen. Ungeachtet der Gefahr in Forkens Ungnade zu fallen.

„Ich hoffe auf Euren Erfolg." Er neigte zum Abschied den Kopf und Ganya spürte, wie er mit sich kämpfte. Sie hatte keine Zeit mehr zu hoffen, er würde sich ihr und seine Unruhe endlich erklären. Sie wandte sich um und rannte die Straße hinunter. Auch Farnandi wandte sich um. Ganya brauchte keinen Blick zurückzuwerfen, um zu wissen, dass die Finsternis ihn bereits verschlungen hatte.

Sie müsste einfach nur stehen bleiben und auf den Morgen warten. Die Dunkelheit um sie herum deprimierte sie, flüsterte ihr die Sinnlosigkeit ihrer Existenz zu. Sie wollte nicht an den leeren Spiegel denken, an ihr eigenes Gesicht. Sie kämpfte gegen die Schwäche, die die unreinen Vampire erfüllte. Kerkergehilfe ihres Gefängnisses zwischen den Welten.

Ich bin kein guter Vampir.

Der Gedanke erfüllte sie weder mit Trauer noch mit Genugtuung. Es gab keine Veranlassung in den verlassenen Vierteln weit in die Kanalisation vorzudringen und so verharrte sie bald und lauschte ihrem unstetigen Atem.

Er hat sie einst um das betrogen, was sie sich erwünschten. Ganya erfüllte dafür nur Dankbarkeit. Dafür, dass Farnandi mit seiner schwermütigen Melancholie seine Wohnung durchdringen konnte. Selbst für den unkontrollierten Zorn ihrer Lady oder Forken.

Er kann nicht sterben. Er ist schon vor langer Zeit gestorben.

Der Mensch in ihr wand sich bei der Vorstellung, erfüllte von Pein. Erst die Bewusstlosigkeit drängte das unmerkliche Zittern aus ihren Muskeln, indem sie erschlafften.

Sie schämte sich ihrer Schwäche, als sie die Augen aufschlug. Sie stand auf und lauschte der Umgebung. Sie wäre gern zu Farnandis Wohnung gegangen, hätte gern Tee getrunken und der Musik gelauscht. Sie vermisste das Gefühl, irgendwo zu Hause zu sein.

Stattdessen schlenderte sie ziellos durch die Straßen, setzte sich in eines der Cafés und versuchte ihre Gedanken zu ordnen.

Ohne die Erinnerung eines sterbenden Vampirs wäre sie zu dem Glauben geneigt, einer Illusion erlegen zu sein. Jemand war da gewesen, hatte zugesehen, gewartet. Sie hatte gehofft, die Katakomben würden ihr Aufschluss geben. Aber ihr Bewohner hatte bereits geruht und seine Heimat schon seit Jahrhunderten nicht mehr verlassen. Alles würde Sinn ergeben, wenn …

Sie verbot sich, weiter zu denken. Einiges wollte sie nicht wissen. Sie trank den grünen Tee und beobachtete die Passanten. Unter ihnen würde sie genauso wenig Frieden finden.

Wir sind sterblich.

Es mutete unlogisch an, dass ausgerechnet dieses Wissen sie zurück ins Gleichgewicht brachte. Forken würde sterben, ihre Lady würde sterben, sie würde sterben und auch Farnandi. Und sie war zufrieden damit.

Es blieb nichts mehr für sie und ihren ruhelosen Geist zu tun. Sie hatte die Antworten gefunden, die sie gesucht hatte. Auch wenn sie es sich nicht gestattete, sie sich selbst einzugestehen. Nur das Haus der Zöglinge blieb ihr unverständlich. Und eine Ahnung.

Sie konnte sich nicht recht dazu aufraffen, ihren Beobachterposten aufzugeben. Noch vier Nächte, dann würde die Lady sie mitnehmen. Sie wusste nicht genau, ob sie es begrüßen würde, dieser Stadt den Rücken zu kehren. Ob es ihr gleichgültig war. Wahrscheinlich würde ihre Lady nie von ihrem Verrat erfahren. Hochmut. Sie bettete den Kopf in ihrem Arm und weigerte sich, etwas anderes als ihren eigenen Herzschlag und Atem wahrzunehmen. Als echte Vampire würden sie irgendwann sogar ihren Hochmut verlieren, der sie nun so angreifbar machte. Warum nur gab sich Forken so blind?

Sie raffte sich schließlich auf und ließ sich von der Untergrundbahn durch die nächtliche Stadt tragen. Sie hatte es nicht für nötig erachtet es mitzunehmen, als sie aufgebrochen war. Sie hatte nicht einmal genau gewusst, ob sie es je brauchen würde. Aber sie war nun froh darüber, es noch zu haben. Sie ließ die Ampulle mit Blut in ihrer Manteltasche verschwinden. Das kalte Erdreich hatte es verborgen, hatte es erhalten.

Das Blut eines Vampirs wich stark von dem eines Menschen ab. Sie fragte sich, ob das Blut des unglücklichen Zöglings noch das eines Vampirs gewesen sein mochte, als er starb. Der Gedanke an Forkens Toben erfüllte sie mit grimmiger Genugtuung. Wusste sie doch, dass diese Probe seinem Zögling und damit auch ihm verborgen geblieben war, als sie die Leiche untersucht hatte.

Der Vampir in ihr summte freudig, als sie die Jagd begann, sie wahllos ihr Opfer aussuchte. Früher mochte sie abgewogen haben, heute nicht mehr. Im Grunde benötigte sie eine Blutprobe, aber wozu einen Geist mühelos einfangen und ihn dann wieder ziehen lassen? Die animalische Gier nach dem Lebenssaft erwachte aus ihrem

Schlummer und sie gab ihr nach. Ihre Sinne erweiterten sich, ihr träger Verstand wurde klarer, während die Macht der Vampire das Elixier gierig aufsog.

Sie fühlte immer noch Unbehagen, als sie in das Viertel eindrang, konnte seine auf ihr lastende Aufmerksamkeit spüren. Aber die Angst in ihr hatte sich gelegt. Hier war nichts, was sie wirklich fürchten musste. Nicht mehr. Sie traf ihn, sobald sie in dem Gang hinter dem Brunnen stand. Er hatte sie erwartet, aber nicht gewagt sein seit Jahrhunderten gehütetes Revier zu verlassen. Der Schemen in der Dunkelheit jagte ihr einen Schauder über den Rücken, doch sie ignorierte die Reaktion ihres Körpers. Die Zeit schien in den Tunneln stillzustehen, wie die Wahrnehmung des letzten Vampirs.

„Ich muss Euch um etwas bitten." Er hatte es bereits gewusst und war neugierig.

„Ihr seid heute allein gekommen?" Sie konnte seinem Geist kein Gefühl zuordnen, aber müsste sie raten, würde sie sagen: ein Hauch von Missbilligung lag in der Luft. Sie verbarg ihr inneres Lächeln so gut es ging. Manche Dinge änderten sich nie und seine Vorstellung, dass es sich nicht schickte, wenn eine Lady allein unterwegs war, gehörte dazu.

„Es besteht die Notwendigkeit, mein Handeln zu verbergen. Momentan gibt es keinen Vampir, dem ich trauen könnte." Er wartete ab. Sie holte die Spritze hervor. „Ich brauche eine Probe Eures Blutes."

„Warum?" Sie konnte sein Misstrauen schmecken.

„Um zu wissen, was es bedeutet, ein Vampir zu sein." Nach einigem Zögern nickte er ihr zu. „Warum seid Ihr damals ein Vampir geworden?" Ihn konnte die Frage nicht stören, dennoch blieb er lange still.

Sie versuchte herauszufinden, wo sie am besten das Blut abnehmen konnte. Seine Haut war trocken und hauchdünn. Sie hatte das Gefühl, etwas schon längst Vermodertes in den Händen zu halten und ihre eigenen Fingerspitzen kribbelten unangenehm. War das normal für sein Alter oder eine weitere Eigenart der echten Vampire? Sie konnte sich nicht erinnern, jemals eitel gewesen zu sein. Dennoch stieß sie der Gedanke, ihr eigener Körper könnte sie so verraten, ab.

„Ich wollte den Göttern näher sein." Zuerst glaubte sie, sich verhört zu haben. Die Antwort war so leer, entbehrte jegliche Begeisterung oder Überzeugung, dass sie glaubte, er habe gelogen. Aber er meinte es ernst. Genau diese Information hatte sein Gedächtnis preisgegeben. Nicht aber, was sie einst bedeutet hatte.

110

Ihm war nichts mehr geblieben, wofür sich seine Existenz lohnen oder womit sie sich rechtfertigen könnte.

„Seid Ihr ihnen näher gekommen?" Sie sah zu, wie das ungewöhnlich dunkle Blut in die Spritze rann und spürte Angst, mit der Flüssigkeit in Berührung zu kommen. „Sie missbilligten meine Gier nach Macht. Solange ich keine Vergebung erhalten habe, werde ich mich ihnen nicht nähern können."

Ganya wickelte die Spritze ein und ließ sie in die Tasche ihres Mantels verschwinden.

Sie überlegte, was sie noch sagen könnte. Es war ein unsinniger Gedanke, Trost spenden zu wollen, denn sie wüsste nicht für welchen Schmerz. „Ich folgte den Vampiren aus Bewunderung für ihre Erhabenheit." Er hatte sie nicht gefragt, aber es erschien ihr richtig ihm preiszugeben, was auch er ihr offenbart hatte.

„Ich bin Euch für Eure Gier zutiefst dankbar. Es ist egoistisch, Dankbarkeit zu zeigen. Sowie es unsinnig ist, Vergebung zu erwarten."

Es hätte ungesagt bleiben sollen. Verschlossen in ihrem Inneren, wo ihre Einmischung keine Schwierigkeiten herausforderte.

Jede Ahnung eines Menschen, sogar des Vampirs, war aus seinem Wesen gewichen und zurückgeblieben war nur noch diese unheimliche, leere Hülle. Die Unsterblichkeit. Warum bildete sie sich ein, etwas, was ihn noch bewegen mochte, verstehen zu können?

„Warum wolltet Ihr kein echter Vampir werden, Lady Ganya?"

War es unerwähnt geblieben? „Weil ich Angst vor dem habe, was aus Euch geworden ist." Sie sah keinen Grund ihn zu belügen. Er glaubte ihr, ohne in ihrem Kopf nachzuforschen und sie war dankbar dafür. Er hatte gemeint, er würde Farnandi nicht töten. Aber wer wusste, was seinen kurzzeitigen Unmut noch wecken konnte? Und auch wenn es absurd war Farnandi zu schützen, ob nun vor ihrer Lady oder dem alten Vampir, wünschte sie sich, er möge ihr noch einmal begegnen, ihr erklären … Falls sie sich nicht täuschte. Ganya hatte gelernt, sich auf ihre Intuition zu verlassen. Auch wenn sie grausam war.

„Ihr könntet ein letztes Mal den Tag begrüßen. Ich weiß nicht, ob man die Dämmerung herannahen sieht. Die Strahlen auf der Haut spürt, wenn der Schmerz in unserem Bewusstsein explodiert. Aber ich nehme an, da ist nichts mehr, was ein Vampir spüren könnte. Kein Bewusstsein, das zuzuordnen und zu betrachten versteht. Ihr könnt nicht sterben. Nur noch aufhören zu existieren."

Sie verabschiedete sich nicht, als sie wieder aus dem Brunnen kletterte. Ohne Zweifel war das ihre letzte Begegnung gewesen. Sie spürte kein Bedauern darüber.

Auch wenn sie damit einen weiteren Teil ihrer Familie zurückließ, ihre Ahnen. Er wusste von ihrer Begabung, denn sie hatte einst in ihm geschlummert. Hätte auch sie gehofft, ein Familienmitglied könne die Schuld sühnen? Sicher nicht, denn nach ihrer Überzeugung war das Band des Blutes über so viele Generationen hinweg verwaschen. Unbedeutend.

Sie hatte nicht vorgehabt, hierher zu kommen. Die Spuren würden mittlerweile verweht sein. Und wirklich schwieg ihre innere Stimme diesmal. Sie erinnerte sich klar an die aufsteigenden Bilder, auch wenn sie immer noch nicht begriff. Was hatte ihre Kindheit mit diesem Haus zu schaffen?

Vielleicht narrte ihre Gabe sie. Das Haus der Zöglinge war das letzte Geheimnis, das keinen Sinn ergab. Forkens Unruhe sie könne etwas entdecken. Nicht den toten Zögling betreffend.

Sie streifte durch das Haus, ihre Fingerspitzen wanderten die Wände entlang. Nichts.

Farnandi hatte Angst gehabt, ihr die Wahrheit zu sagen. Er wollte ihr verschweigen, was sich hier im Verborgenen gehalten hatte. Nicht, weil er die Entdeckung fürchtete, sondern um sie zu schützen. Noch mehr als seine Sorge irritierte sie die Annahme, etwas im Haus der Zöglinge könne ihr schaden.

Dieses Rätsel galt es vor ihr persönlich zu verbergen, weniger vor Lady Segra. Und sie musste zugeben, dass dieser Aspekt ihre Neugierde nur noch anstachelte. Sollte Farnandi sein unsinniges Verlangen sie zu beschützen, aufgeben, würde er ihr vielleicht den Dienst erweisen, sie aufzuklären.

Sie zwang sich, nichts zu empfinden. Auch wenn sie trotz seiner Versuche ihr zu helfen gegen ihn arbeitete. Sie zwang sich die Erinnerungen des halb toten Zöglings nochmals durchzuspielen und atmete dann tief durch. Ihre Hand tätschelte die drei Ampullen. Vielleicht täuschte sie sich. Sie hatte es sich noch nie so sehr gewünscht. Ohne noch einmal zurückzublicken, trat sie in das Gassengewirr. Sie glaubte in der Ferne, die leise Musik zu vernehmen, die Farnandis Wohnung durchzog. Ihr Unvermögen sich als Vampir ihrer eigenen Gefühle zu erwehren.

Bis nichts mehr bleibt als diese leere Hülle.

Sie konnte sich ja nicht einmal zwischen Abscheu und Trauer entscheiden.

Das Labor war immer noch unverändert. Zufrieden inspizierte sie die benötigten Geräte. Mittlerweile veraltet, aber brauchbar. Nicht so gut wie ihre Eigenen, aber als Improvisation nicht schlecht. Gäbe es das Schicksal, hätte es sicher Vergnügen an dieser Ironie gefunden. Forken würde sich noch im Grabe umdrehen, weil sein Bemühen, sie von der Lösung fernzuhalten, sie bei ihren Nachforschungen in vieler Hinsicht unterstützt hatte.

Sie zwang sich, die Spekulationen einzustellen und mit den Tests zu beginnen. Ganya war nicht zum ersten Mal dankbar für das scheinbar unglaubliche Gedächtnis eines Vampirs, während sie in ihrem Geist die unzähligen Bücher und medizinischen Artikel durchging.

Sie legte die drei Ampullen mit dem Blut auf den Tisch. Womit nur noch eine einzige Probe übrig blieb. Ihr eigenes Blut. Vorsichtshalber beschriftete sie alle Proben, auch wenn sie wusste, wie unverwechselbar sie waren.

Das ist noch kein Beweis, begehrte etwas in ihr auf. *Und was ist es dann?*, fragte sie sich zynisch. Sie schaltete ihr Denken aus. Es war erschreckend einfach auch noch die Hoffnung aufzugeben.

Die ganze Prozedur verlief routiniert. Wie in einigen der Zöglinge auch war in ihr ein unstillbares Verlangen gewesen, mehr zu wissen. Als könnten sie sich mit all dem, was sie an Gedanken in sich aufsogen, in der Welt und gegen die Macht ihrer Meister besser behaupten. Als würde sie die Beschäftigung vor dem schleichenden Wahnsinn schützen, der so einige erfüllte, sobald sie den allmählichen Prozess bemerkten, aber nicht aufzuhalten vermochten.

Wir altern und wir sterben.

Wieder beruhigte der Gedanke sie, beflügelte sie fast und half dabei, die innere Melancholie zu zerstreuen.

Sie fand ihre Ahnung bestätigt, fand aber keinen Platz mehr in ihrer fahlen Gefühlswelt für das Entsetzen und die Empörung, die damit einhergehen sollten. Sie hatte auch nicht das Bedürfnis, zu ihrer Lady zu eilen. Auch wenn sie in Gefahr sein könnte. Jeder Vampir in dieser Stadt schwebte momentan in Gefahr. Zumindest verstand sie jetzt, warum Farnandi Geheimnisse vor ihr hütete. Und sie konnte zumindest erahnen, warum Forken ihm vertraute und bereit war, ihn vor der Neugierde anderer zu schützen. Er wusste sehr wohl um seine Vergänglichkeit und wahrscheinlich war das Ende näher, als ihm recht war. Hatte er seinen Meister sterben sehen? Wusste er, dass er nicht zufällig der älteste Vampir war? Vermutlich hatte er es dem Rat und allen anderen verschwiegen, in der Hoffnung einen Weg zu finden dem Tod dieses Dasein auf ewig abzuringen. Nur keine Schwäche zuzugeben, die seine Zöglinge auf den Gedanken bringen könnte, ihn zu stürzen.

Blieb nur noch eine Frage zu beantworten. Sie streifte sich ein weiteres Paar Schutzhandschuhe über und tastete nach den Silberpatronen in ihrer Tasche. Vorsichtig kramte sie eine hervor und beeilte sich, sie auf den Tisch abzulegen. Ihre instinktive Abneigung gegen den Stoff war fast so groß wie ihr Unbehagen angesichts des Blutes eines echten Vampirs. Gegen ihren Willen fasziniert, beobachtete sie die Reaktion des Blutes auf das Silber. Und eine weitere Vermutung wurde bestätigt. Um sicher zu gehen, brauchte sie bessere Geräte.

Sie packte die Reste zusammen, achtete darauf, auch die Silberpatrone wieder mitzunehmen, die sie sorgfältig verpackte. Sie rief sich das Labor vor ihrem Betreten ins Gedächtnis und sorgte mit einigen wenigen Handbewegungen dafür, alles wieder so herzurichten, wie sie es vorgefunden hatte. Es erwies sich als praktisch, nicht nur Kerzen per Handbewegung zu löschen oder anzuzünden, sondern auch Staub bewegen zu können. Ohne ihr Gespür würde kein Vampir ihre kurze Anwesenheit je bemerken.

Als sie in die Nacht hinaustrat, begrüßte sie den Wind auf ihrer Haut. Sie glaubte sich seit Jahren, vielleicht auch Jahrzehnten, nicht mehr so lebendig gefühlt zu haben. Mehr als einmal bedauerte sie die Umstände, die ihre Lady gezwungen hatten, sie so früh zu ihrem Zögling zu erheben. Vielleicht hätte ihre Jugend ihr die Welt in einer Weise eröffnet, die sie nun nie erfahren würde. Doch es blieb müßig über Vergangenes nachzudenken und deprimierend, die Zukunft im Blick zu behalten. Im Moment lebte sie noch und war dessen zufrieden. Fast.

Der technologische Fortschritt der letzten Jahrzehnte eilte ihrem kleines Labor weit voraus. Allerdings hatten die meisten Institutionen, die über die neuen Geräte verfügten, nachts nicht nur geschlossen, es erwies sich auch als ausgesprochen kompliziert, die Sicherheitseinrichtungen zu umgehen. Der Mensch war bestrebt seine Schwäche durch eine Vielzahl von Erfindungen auszugleichen. Wäre der Verstand eines Vampirs nicht genauso vielfältig und präziser, würde es den Menschen vielleicht sogar nützen. Obwohl sie zugeben musste, dass Vampire nur selten kreativ tätig sein konnten. Das Genie ging ihnen verloren und so bedienten sie sich bei den Erfindungen der Menschen.

Außerdem ergaben sich aus ihren Reihen kaum Produktionsmöglichkeiten. Die Vampire entpuppten sich als Parasiten des Systems. Sie stahlen das Blut der Menschen um zu überleben. Ihr ganzes Dasein reduzierte sich auf den nie endenden Machtkampf untereinander. Und dem Bemühen über die menschliche Komponente, die ihnen durch die Abwandlung der Überleitung geblieben war, nicht den Verstand zu verlieren.

Ganya kümmerte ihr Parasitendasein nicht. Sie tauchte ein in das geschäftige Treiben der Krankenhausnotaufnahme, nahm Schmerz, Verzweiflung und die beschämte Freude, ein Unglück überstanden zu haben, auf. Eine Schwestern drängte sich an ihr vorbei, zu stumpfsinnig in ihrer Müdigkeit, um die Gefahr wahrzunehmen. Den Mann, den sie nach dem Weg fragte, sah nicht einmal auf. Auch er war erfasst von einer Lethargie, die aus Überarbeitung und Konfrontation mit Leiden resultierte. Ihr entging nicht, wie suspekt ihr Verhalten auf Vampire wirken musste, ihre Nähe zu den Menschen und ihren Institutionen. Als hätte sie sie nicht zurückgelassen.

Der Lärm und Geruch nach Desinfektionsmitteln drangen zu schrill und laut durch ihre Sinne in ihr Bewusstsein. Die grellen Lichter der Gänge ließen sie zögern, bevorzugte sie doch dämmriges Licht oder Schatten. Sie hasste das Krankenhaus, aber wenigstens konnte sie sicher sein, keinem Vampir zu begegnen.

Sie musste lange suchen, bis sie einen Menschen fand, der für ihre Zwecke geeignet war. Der Rest war ihr vertraut. Sie beruhigte den misstrauischen Geist und überzeugte ihn von der absoluten Wichtigkeit der Untersuchung, verbunden mit der eindeutigen Warnung, die Proben nicht zu berühren oder jemanden davon zu erzählen. Sie verankerte eine tiefe Angst in seinem Unterbewusstsein. Niemand außer ihr sollte jemals von diesen Untersuchungen erfahren. Ihr gefiel nicht, dass sie ihn während der Untersuchung nicht selbst überwachen konnte. Auch wenn sein Geist keine Möglichkeit haben sollte sich von ihrem Befehl zu lösen. Sie verpflanzte ihre Anweisungen so fest in dem Gehirn, dass er eventuell auch später noch nach Ampullen greifen würde, um sie zu untersuchen und nachts auf jemanden zu warten, der die Ergebnisse abholen sollte. Einen Moment kämpfte sie darum, die Erinnerung zu löschen und gleichzeitig sicherzustellen, die Ampullen zu erhalten. Ihn durfte der Umstand, dass er weder Herkunft noch Zweck der Ampullen kannte, nicht misstrauisch stimmen, während die Richtig- und Wichtigkeit der Untersuchung unumstößlich verankert blieb.

Zögernd entließ sie den Geist wieder. Eine Regung zeugte vom letzten Aufbegehren seines Unterbewusstseins gegen den von außen aufgezwungenen Befehl. Sie zerstreute die letzten Zweifel und sah ihm dann nachdenklich nach. Die Lady hatte sie gelehrt, sich nicht auf eine menschliche Hilfskraft zu verlassen. Er würde seine Aufgabe mit größter Sorgfalt und Vorsicht ausführen, die Proben wie seinen Augapfel hüten. Mehr konnte sie kaum verlangen.

Sie zögerte, die verhasste Notaufnahme wieder zu verlassen, beobachtete teilnahmslos, wie Verkehrsopfer oder Trunkenbolde eingeliefert wurden. Chaos und Hektik diktierten das Leben und sie kam sich unbeteiligt vor, sorgfältig eingehüllt in Ruhe und Gelassenheit.

Vielleicht müssen sie so eilen, um die Zeit einzuholen, die ihnen davon läuft. Sie belog sich selbst und war sich dessen bewusst.

Schließlich löste sie sich von dem grellen, hektischen Ort und schlenderte ziellos durch die Finsternis vertrauter Straßen und Gassen. Als Kind hatte sie das Warten nicht ertragen können, Geduld war ihr fremd gewesen.

Noch drei Nächte.

Feiner Nieselregen setzte ein und sie zog sich unter Vordächer zurück. In winzigen Sturzbächen suchte das Wasser seinen Weg über die Straßen, erfüllte die Stille der Gassen mit leisen Gluckern und Plätschern. Diese Stadt und Farnandi waren die letzten Fäden, die ihr von ihrem früheren, menschlichen Ich noch geblieben waren. Die sie erinnerten und bewahrten. Und wieder wusste sie nicht, ob sie Trauer oder Entsetzen empfinden sollte.

Ich wünschte, ich hätte ihren Hochmut. Sie beneidete einen Blinden um sein Unvermögen zu sehen. Die Gabe sollte sie mit Stolz erfüllen. Alles, was sie in sich finden konnte, war Bitterkeit.

Als sie am nächsten Abend die Augen aufschlug, lauerte kein Gedanke auf sie. Sie hatte sich gezwungen, nichts zu denken oder zu empfinden und wurde nun mit leeren Schweigen belohnt.

Sie saß in einem Restaurant und beobachtete die Menschen um sich. Die Proben würden noch nichts ergeben haben und es war nutzlos und riskant dennoch zur Notaufnahme zu gehen und sich nach Fortschritten zu erkundigen. Wer wusste, ob Farnandi neben der Bibliothek nicht auch diesen Ort so zu nutzen verstand wie sie selbst? Obwohl sowohl Ashan als auch Forken zu brüsk und ungehobelt in ihrem Eindringen ins zarte Bewusstsein der Menschen waren. Ihr Vorgehen hatte nichts gemein mit dem schleichenden Umgarnen, das die Lady ihr gelehrt hatte, um unbemerkt zu bleiben.

Mit der Gewalt eines Sturmes wüteten sie in dem Geist und ließen eine deutliche Spur der Verwüstung zurück. Eine solche Kennzeichnung wäre ihr aufgefallen. Was nicht bedeutete, dass sie die Möglichkeit ausschließen konnte. Farnandi musste irgendwo in der Stadt ebenfalls ein Labor unterhalten. Für aufwendige Untersuchungen jedoch mochte er wie sie die Einrichtungen der Menschen nutzen.

Das Restaurant überraschte seine Gäste mit einer kleinen Gruppe von Musikanten, die mit einer sanften, romantischen Melodie aufspielten. Die sanften Töne kratzen an ihr gleich schmerzhafter Dornen. Einerseits erinnerte es sie an Farnandis Wohnung und seinem Bestreben, sein Fühlen mit jedem Element des Möglichen zu erhalten und widerzuspiegeln. Und andererseits war Romantik nicht wie Melancholie ein Gefühl, an dem Vampire festhalten konnten. Ein Romantiker würde das Dasein als Zögling nicht überleben.

Die warme Atmosphäre, die das Restaurant innerhalb weniger Minuten durchdrang, ließ sie fliehen. Sie besorgte sich Papier und Stift, setzte sich an einen Tische eines Straßencafés und begann zu schreiben. Sie hatte das Gefühl, die anderen warnen zu müssen, sollte sich ihre Vermutung bestätigen. Ihre Lady hatte sie mit Zweifel überhäuft, als sie sich ihr das letzte Mal anvertraut hatte. Aber nichtsdestotrotz würde sie ihre Warnung ernst nehmen, wenn ihr etwas zustieß.

Sie hielt im Schreiben inne, plötzlich unsicher geworden. Sie hatte die Gefahr, in der sie sich selbst befand - befinden könnte -, verdrängt. Andererseits, ihr konnte jederzeit etwas zustoßen. Nicht zuletzt könnte ihr eigener Schwermut sie überwältigen und ihr jede Bewegung verwehren, ungeachtet eines nahenden Sonnenaufganges. Bissig stellte sie sich vor, wie sie stumpfsinnig in das Leere starrte und den Rat befolgte, den sie kurz zuvor jemanden erteilt hatte. Vielleicht wäre er ein Freund geworden, hätten sie jemals Gelegenheit erhalten, sich und nicht nur die Illusion eines Schattendaseins kennenzulernen. Nun, schwarzer Humor war ihr schon immer ein vertrauter und guter Gefährte gewesen. Auch jetzt rüttelte er sie wach.

Sie faltete die Blätter zusammen und schob sie in ihre Tasche. Sie verbot sich, ihr eigenes Versagen in Betracht zu ziehen und vertraute sich wieder den nächtlichen Straßen an.

Er hatte auf sie gewartet - den ganzen Abend schon. Seine höfliche Haltung hatte sich keineswegs geändert, auch wenn er sie scharf musterte, während er ihr den Mantel abnahm.

„Ihr seht müde aus."

Die Feststellung überraschte sie. Müdigkeit, im Sinne von zu wenig Schlaf, war den Vampiren fremd. Aber es existierte ein Zustand der Erschöpfung, welcher der Müdigkeit oder der Erinnerung an Müdigkeit soweit glich, dass ihr der Begriff angemessen erschien. Farnandi schien eine ähnliche Auffassung zu vertreten und vertraute darauf, dass sie begriff.

„Ich würde nie behaupten, ich fühlte mich alt", bemerkte sie ironisch. Er verbarg das kaum merkliche Lächeln, das kurz über sein Gesicht huschte.

„Kaum einhundert Jahre ist wohl kein Zeitraum, den Ihr als lang bezeichnen würdet und Ihr wärt bei Weiten nicht so vermessen, Euch als altwürdig zu bezeichnen." Auch seine Stimme war geprägt von einem Hauch gutmütigen Spotts.

Ganya trat in das Wohnzimmer und ließ zu, dass Geborgenheit sie überspülte. Sie hatte sie vermisst. Und ungeahnte Enttäuschung erfasste sie, als sie die fehlende Musik registrierte. Trotz sanften Lichts entzündeter Kerzen, fühlte sie sich um ein Element betrogen.

Unauffällig drängte er sie in einen Sessel und sie ließ sich fallen, entspannte nach und nach alle Muskeln und ließ zu, dass die behagliche Wärme ihren Körper durchdrang. Auch ihr Geist kam zur Ruhe und das Phänomen ließ sie darüber grübeln, ob sie nicht ihren Körper zu sehr vernachlässigte. Ob nicht darin der Ursprung ihres Unbehagens lag, das sie in letzter Zeit immer häufiger überfiel.

„Ich habe auf Euer Kommen gehofft, gewartet und es dennoch gefürchtet, meine Liebe." Sie mochte seine Stimme. Sie hatte nichts Kratziges und Bösartiges an sich wie die Forkens und rutschte niemals in die schrillen Töne der Belustigung ihrer Lady ab. Er sprach stets leise und bedachtsam, erfüllte dennoch den Raum mit seinen Worten und obwohl er nicht monoton die Worte einfach nur aneinanderreihte, misstraute sie, man könne sich einfach nur in ihrem Klang verlieren, sollte man der Melodie ohne Sinn lauschen. Sie schloss die Augen, zufrieden damit, einfach nur stillzusitzen und zu warten, was er zu sagen hatte. Ihre Sinne hätten alarmiert sein müssen, als er meinte, er hätte ihr Kommen gefürchtet. Aber sie spürte keine Regung von Vorsicht in sich. Unwillig schlug sie die Augen wieder auf.

Er reichte ihr eine Tasse Tee und setzte sich dann ihr gegenüber in den anderen Sessel. Beide beobachteten sich aufmerksam über die Ränder ihrer Tassen hinweg.

„Ich habe Euch versprochen, Euch meine Vermutung, sollte ich sie bestätigt finden, anzuvertrauen."

Sie nickte, um ihn zum Fortfahren zu ermutigen. Er wich ihrem Blick aus, starrte über sie hinweg oder lenkte seine Augen auf die Tasse vor sich, runzelte kurz die Stirn. Sie ließ ihm Zeit und drang nicht in sein Bewusstsein ein, um Antworten zu finden. Sie hätte Neugierde verspüren müssen, aber es schien ihr übertrieben aufwändig, das Gefühl tatsächlich wahrzunehmen.

Schließlich hob er den Blick wieder und sie zuckte zusammen, als sie die Kälte in seinen Augen gewahrte. Diese Augen passten nicht zu seinem Wesen. Diese kalte Verachtung gegenüber der Welt, die alles, was einst schön und sanft gewesen sein mochte, zerfetzte oder erstarren ließ. Einem Impuls folgend, streckte sie die Hand aus. Irritiert starrte er auf die Hand hinunter und reichte ihr dann zögernd seine eigene. Ihr fester Griff umschlang das zierliche Handgelenk, sie lockerte ihn aber fast wieder augenblicklich. Nachdenklich strich sie über die glatte Haut, so bleich und gespenstisch, dass sie einen Moment lang zweifelte, einen von Blut durchflossenen Körper vor sich zu haben.

Er ließ es zu. Sie konnte einen Hauch von Besorgnis spüren, aber er ließ die Berührung zu und zog seine Hand erst wieder zurück, als Ganya das Handgelenk freigab. Vielleicht sollte sie es ihm erklären. Sollte erklären, wie unnatürlich und zerbrechlich sich die Haut des Vampirs in den Katakomben angefühlt hatte. Aber sie fand keine Kraft dazu und Farnandi verlangte keine Rechtfertigung. Ihre Fingerspitzen kribbelten kaum merklich, aber sie verspürte nicht das Brennen, das auf eine Gefahr deuten würde. Keine Kraft mehr. Wieder schloss sie die Augen.

Sie schwiegen eine Weile. Oder vielleicht schwieg sie und Farnandi wagte nicht, sie dabei zu unterbrechen. Er räusperte sich erst, als der Tee in ihrer Hand schon merklich abgekühlt war. Sie bedauerte jetzt, ihn nicht sofort getrunken zu haben. Sie schlug die Augen auf und betrachtete Farnandi abwartend.

„Ich will Euch etwas zeigen, auch wenn ..." Er zögerte kaum merklich. „... auch wenn es Euch vielleicht die Entschlossenheit rauben wird, noch länger eine Gestalt der Nacht zu sein."

Sie erhob sich sofort und Farnandi nahm ihr die Tasse ab und brachte sie in die Küche. Er half ihr in den Mantel, schlüpfte selbst in seinen und schloss die Tür hinter sich. Die Dunkelheit des

Wohnzimmerfensters erfüllte Ganya mit einem Stich Traurigkeit. Sie folgte Farnandi durch die dunklen Gassen, ohne zu fragen, wohin sie gingen. Er würde sie niemals absichtlich verletzen. Sie war sich seiner weit sicherer als ihrer Lady.

Sie schob ihre Hände in die Manteltaschen und hoffte, etwas Wärme zu finden. Stattdessen stießen ihre Finger gegen den Revolver und den angefangenen Brief. Ärgerlich versuchte sie, ihre Schwäche zu vertreiben. Aber selbst dazu fehlte ihr die Kraft. Zum ersten Mal fragte sie sich, ob es doch eine Krankheit gab, die die ahnungslosen Vampire befallen konnte. Wenn, dann konnte sie jetzt zumindest die Symptome beschreiben. Ihr reger Verstand ärgerte sich über diese Ganya und während sie dem Kampf in ihrem Inneren lauschte, verzog sie unbewusst einen ihrer Mundwinkel nach unten. Sarkastisch betrachtete sie sich selbst und konnte neben Spott und Hohn nur wenig finden.

„Forken mag alt sein, aber in der Wahl seiner Zöglinge versagte er scheinbar immer. Während die Lady sich darauf versteht, Begabte um sich zu scharren, umgibt sich Forken mit blinden Tölpeln, die ohne Verstand durch die Welt stolpern und ihn mit Verbitterung erfüllen."

Ganya war dankbar für die sanfte Stimme, die ihre Gedanken unterbrach. Ohne zu zögern überließ sie sich ihrem Klang und schenkte dem, was Farnandi berichtete, kaum Beachtung. Er warf ihr einen unsicheren Seitenblick zu, aber ihre Züge waren wieder so verschlossen, wie sie sich gewöhnlich der Welt präsentierten.

„Die Lady dagegen erwies sich als wahre Königin unter den Vampiren. Ihre Gabe hat ihr weit mehr Respekt eingebracht, als Forken im Alter erreichen konnte. Er gierte danach, ebenfalls einen Zögling zu schaffen, der sich nicht nur durch seine Besessenheit vom Leben hervortat, sondern der in Begabung und Wahrnehmung einem Prunkstück der Lady gereichen sollte."

Wieder ein unauffälliger Seitenblick. Ganya ahnte, was er ihr sagen wollte und konnte zu ihrer eigenen Überraschung keinen Unmut darüber empfinden. Sie hatte geahnt, dass Forken etwas zu verbergen hatte, was sie persönlich betraf.

„Forken ist überzeugt, die Gabe sei vererblich, nicht wahr? Er kann sich gar nicht vorstellen, wie entscheidend die Überleitung für das Ergebnis ist. Obwohl ich bezweifle, dass Forken einen Menschen, der sich zu einer besonderen Überleitung eignet, erkennen würde. Selbst wenn er zu seinen Füßen kniete."

Sie konnte die gelinde Besorgnis ihres Begleiters spüren. „Es gilt als ausgesprochen unhöflich, Blutsverwandte zu Zöglingen zu berufen." Wenigstens konnte es unmöglich ihre Schwester sein. Niemanden von denen, die sie kannte. Sie hatte das sichere, wenn auch vollkommen unsinnige Gefühl, sie hätte gewusst, wäre einer von ihnen zum Vampir geworden.

„Und, hatte Forken Erfolg? Entsprach das Ergebnis seinen Erwartungen?" Sie war gleichgültig, aber gleichzeitig regte sich in ihr kalter Zorn. *Macht es dir doch etwas aus? Warum? Hast du gehofft als Einzige diese Macht zu besitzen? Um deine Familie zu schützen oder um etwas Besseres zu sein?* Sie unterband den Gedanken. Farnandi zögerte lange.

„Vielleicht eröffnet sich für Meistervampire das Bedürfnis, obskure Experimente zu führen, die sie vor anderen bewahren müssen." Schlagartig erwachte sowohl ihre Neugierde als auch Vorsicht und schüttelte die Lethargie ab.

„So wollte Forken mich von diesem Zögling nicht nur wegen der Verwandtschaft fernhalten? Was hat er getan? In einer Überleitung versagt?"

„Ich glaube, Ihr solltet es selbst betrachten, meine Liebe. Ich habe bei Weitem nicht Eure Möglichkeiten, Nuancen wahrzunehmen, die von Bedeutung sein könnten." Sie konnte sowohl seine Bedrückung als auch Hoffnungslosigkeit spüren.

„Ihr habt ein Treffen vereinbart?" Sie konnte ihre Verwunderung kaum verhehlen. „Forken weiß nichts davon, oder?"

„Nein und ich glaube auch, es ist besser so für uns beide." Sie hatte Farnandis Bürgschaft, sie werde sich nicht weiter einmischen, ganz aus den Augen verloren.

„Er wird es von seinem Zögling erfahren."

„Vielleicht", gab er zu. „Aber es ist genauso gut möglich, dass selbst Forken es vermeiden will, an diesen besonderen Zögling erinnert zu werden. Ich kann mich nicht erinnern, ihn je irgendwo gesehen oder wahrgenommen zu haben. Obwohl es mich gewissermaßen erstaunt, dass er ihm sein Leben gelassen hat. Andererseits ist er auch im gewissen Sinne faszinierend und Forkens Arroganz war schon immer größer als sein Verstand."

Ein männlicher Nachkomme, ein Nachkomme, dessen Gabe Farnandi, wenn schon mit keiner Angst, dann doch mit einem gewissen Respekt, erfüllte. „Woher wusstet Ihr, dass es ein Verwandter von mir sein würde?"

„Die Ausstrahlung erschien mir ähnlich. Etwas in der Luft, ich kann es nicht beschreiben. Und nachdem ich ihn gefunden habe, sind meine letzten Zweifel geschwunden. Er sieht Euch gewissermaßen erschreckend ähnlich."

„Ihr habt ihn einfach gefunden?"

„Er hatte nicht vor, sich zu verbergen. Forken springt mit ihm nicht wie mit einem gewöhnlichen Zögling um."

Könnte es der Sohn ihrer Schwester sein? „Wie lange ist er schon Vampir?"

„Ungefähr zehn Jahre." Nein, dann konnte es kein Kind ihrer Schwester mehr sein. Falls sie noch leben sollten, was sie stark bezweifelte, dann waren sie definitiv zu alt.

„Wie …" Farnandi hob die Hand und sie verstummte fast augenblicklich.

„Ihr habt Gelegenheit all diese Fragen an ihn selbst zu richten. Falls Ihr dann noch Fragen habt." Farnandis Versuch ihr auszuweichen, weckte Furcht in ihr. Es gab nichts Beängstigendes an einem Zögling derselben Begabung.

Mühsam bezwang sie ihre Ungeduld und folgte Farnandi weiter, tastete ihre Umgebung nach einem fremden Bewusstsein ab. Er bog in eine Sackgasse ab und sie folgte ohne ein Zögern. Ihr tastender Geist stieß gegen ein Bewusstsein und sie zuckte gegen ihren Willen zusammen. Farnandi bemerkte ihre Reaktion. Sie wappnete sich und konnte dennoch ihr Entsetzen kaum verhehlen, als er endlich aus dem Schatten trat.

Die Bewegungen waren so geschmeidig wie die eines Vampirs, der sich seiner Macht vollkommen bewusst war, und dessen Hochmut ihn über alles Normale erhob. Obwohl er sich vollkommen aufrecht hielt, konnte er den kleinen Wuchs nicht verbergen und auch die eiskalten Augen täuschten nicht über das junge, noch nicht vollständig ausgewachsene Gesicht hinweg.

„Ein Kind? Forken hat ein Kind übergeleitet?"

Sie wusste von dem unerbittlichen Kampf ihrer Lady, ein relativ junges Mädchen überleiten zu dürfen. Das Risiko war damals unumgänglich gewesen. Aber es war etwas anderes, wenn die Entwicklung des Gehirns weitgehend abgeschlossen war und die Persönlichkeit sich bei früh entwickelten Individuen bereits gefestigt hatte. Ein Kind überzuleiten glich einem Frevel.

Sie schätzte, dass der Junge zehn Jahre alt gewesen sein mochte. Wie verbittert er sich an seine Existenz geklammert haben musste, um die Überleitung zu überleben. Das Ergebnis war erschreckend. Unbehaglich wurde sie sich der genauen Musterung bewusst. Auch sie konnte ihren Blick nicht abwenden, entdeckte zu ihrer Überraschung immer mehr Ähnlichkeiten in dem jungen Gesicht. Für einen Jungen war er recht zartgliedrig und das Gesicht fast etwas zu weich, um den harten Ausdruck von Mund und Augen gerecht zu werden. Sie wagte nicht, dem Blick offen zu begegnen und wollte vermeiden, mit seinem Bewusstsein in Kontakt zu kommen. Er spürte ihr Unbehagen und lächelte kaum merklich, zeigte eine Reihe weißer Zähne. Abermals zuckte sie unter der reinen Bösartigkeit des Vampirs zurück.

Sie musste Forken den Triumph lassen, einen fähigen Zögling geschaffen zu haben. Er war kräftig, weit stärker als sie selbst und für die Zeit, die er erst als Vampir existierte, überraschend geschickt im Umgang mit seiner Kraft. Aber die Überleitung hatte auch ihren Preis gefordert. Selbst für Vampire war abgrundtiefe Bösartigkeit fremd. Der Genuss an Grausamkeit ließ sie schaudern. Obwohl sie sich bemühte, den Blickkontakt zu meiden, trafen sich ihre Augen manchmal für einige Bruchteile einer Sekunde. Und jedes Mal konnte sie den Wahnsinn in dem kalten Blick ausmachen, der nichts mit der Ignoranz der Vampire zu tun hatte.

„Sie sehen meinem Vater erstaunlich ähnlich." Sie hoffte unwillkürlich, dadurch sei keine emotionale Bindung gegeben. Es überraschte sie selbst, wie selbstverständlich sie davon ausgegangen war, seine Mutter wäre mit ihr verwandt gewesen. Wie viele Generationen lagen wohl zwischen ihnen? Sie fühlte sich unfähig, auf seine Worte zu reagieren. Farnandi beobachtete sie immer noch aufmerksam, als könnte er sie irgendwie vor dem beschützen, was Forken erschaffen hatte.

„Erstaunlich, einen blutsverwandten Vampir zu haben." Etwas in der Betonung gefiel ihr nicht. Vielleicht auch nur das spöttische Lächeln, das über sein Gesicht huschte.

„Die Familie bedeutet einem Vampir nichts mehr."

Er legte den Kopf schief. „Und dennoch scheint es Ihnen unangenehm, hier so vertraut mit mir zu plaudern."

Sie versuchte vergebens, seine Ausstrahlung und Worte mit dem Kind in Verbindung zu bringen, welches vor ihr stand und sie nun erwartungsvoll - lauernd musterte. Zorn sammelte sich in ihrem Inneren, eine unberechenbare Wut, die sich unkontrolliert gegen den Meistervampir stürzen wollte. „Ihr habt erstaunliche Fähigkeiten." Sie stellte mit einer gewissen Genugtuung fest, wie ruhig und gelassen ihre Stimme klang.

„Meine Macht wird noch wachsen."

Das war nicht einfach nur eine Feststellung. Ihre Haare richteten sich auf, reagierten auf die Drohung. Also doch einem Vampir ähnlicher, als sie zunächst angenommen hatte. Sie atmete langsam aus und schloss die Augen, konzentrierte sich, um ihre Gedanken zu sammeln. Sie konnte seinen Ärger spüren, dass sie ihn ignorierte.

Aber er wagte nicht, etwas gegen sie zu unternehmen. Noch nicht. *Nicht, dass es am Wunsch mangelte.*

Sie wappnete sich und verschloss ihren Geist tief in ihrem eigenen Kopf, bevor sie sich in das fremde Bewusstsein stürzte. Er krümmte sich, versuchte sie abzuschütteln, versuchte seine Abwehr gegen ihr Eindringen zu organisieren und sie zu vernichten. Blutige Bilder durchsetzten sein Bewusstsein, Gewalt und Schmerz. Sie war froh um ihre Distanz und sah sich aufmerksam um, ignorierte sein Wüten und Bemühen, ihren Geist zu attackieren, zu zerstören. Sein Geist war getrübt und so zerrüttet, wie seine Ausstrahlung erahnen ließ. Er hatte über die Überleitung wahrhaftig den Verstand verloren. Alles, was er noch konnte und wollte, war töten. Diejenigen bestrafen, die nicht wie er zwischen Leben und Tod wankten. Sie zog sich langsam wieder in sich selbst zurück, dachte eine Weile über das, was sie gesehen hatte, nach. Dann schlug sie die Augen wieder auf. Sein Hass war deutlich. Sie glaubte ihn zu riechen, zu schmecken und abermals jagte er ihr einen Schauder über den Rücken.

„Du hast alle getötet, denen du habhaft werden konntest." Immer noch war ihre Stimme vollkommen ruhig. „Laut deinen Erinnerungen existiert deine und meine Familie nicht mehr."

„Was kümmert es Sie? Bedeutet Ihnen Ihre Familie etwa etwas? Diese Menschen?" Wieder diese typische Verachtung mit einem Hauch schrillen Wahnsinns.

„Es erweißt sich als eine Verschwendung der Gabe, mehr nicht. Anscheinend wird sie wirklich zuweilen über Generationen hinweg weiter gegeben."

Plötzlich flackerte Furcht in ihm auf. „Sie haben die Gabe? Die gleiche Gabe wie ich?"

Die Furcht war nicht die eines Vampirs. Diese Furcht war die eines Kindes.

„Im gewissen Sinne ja. Wir nutzen sie auf unterschiedliche Arten, aber es ist dieselbe Begabung."

„Und jetzt wollen Sie mich vernichten, weil Sie neidisch darauf sind, wie schnell ich lerne."

Sie konnte nichts gegen ihre herablassende Belustigung unternehmen. War sie als Zögling auch einst so naiv gewesen? Ihre Miene und Stimme blieben vollkommen ernst.

„Nein, ich beneide dich nicht um deine Möglichkeiten."

Er schien ihr gar nicht zuzuhören. „Aber Meister Forken wird nicht zulassen, dass Sie mir etwas tun. Er liebt mich, müssen Sie wissen. Ich bin sein Lieblingszögling."

„Sicher, vom Hofe verbannt. Der geheime Liebling." Sie versuchte gar nicht den Spott aus ihrer Stimme zu verbannen, vielleicht in einem Anflug von Grausamkeit. Eine Rache für den Tod ihrer Familie. Sie hatte immer gehofft, der Geist ihrer Schwester bliebe irgendwie auf ewig bewahrt und sei es in ihren Nachkommen.

„Er wird Sie bestrafen, wenn Sie mir etwas tun."

So abschreckend seine Grausamkeit war, so erbärmlich war seine Angst. Sie erwog, ob er etwas mit dem Tod der Zöglinge zu tun hatte. Es würde zu seinem Charakter passen und wäre ihr in jedem Fall lieber als Farnandis Verrat. Sie zwang sich, die Möglichkeit objektiv zu betrachten und dann zu verwerfen. Weder seine Erinnerungen, noch die Proben, noch die Erinnerung des sterbenden Zöglings würden dazu passen. Und dennoch sollte man Forken dafür bestrafen, was er nicht nur diesem Kind sondern auch den anderen Zöglingen angetan hatte, indem er dieses Monster erschuf.

„Forken hat nicht die Macht und mit Sicherheit auch kein weiteres Interesse daran, dich zu schützen. Er wird es übersehen und verschweigen. Deine Existenz mag bedeutender sein als die der anderen Zöglinge Forkens, aber was verleitet dich zu der Annahme, es wäre mehr als ein flüchtiges Interesse?" Einen Augenblick lang glaubte sie, er würde weinen und die Reaktion machte sie noch wütender.

Sie bedeutete Farnandi, dass sie zu gehen wünschte und er beugte sich ihrem Wunsch. Aber sie achteten beide auf ihren Rücken, als sie die Sackgasse verließen, und den wahnsinnigen Zögling zurückließen. Ganya konnte nicht einmal ausmachen, ob er ihnen nachsah. So wirr waren die Empfindungen von Hass und Zorn.

„Irgendwann wird er nicht nur Menschen töten." Ihre Stimme war immer noch erstaunlich ruhig. Farnandi schlug seinen Mantelkragen hoch und erwiderte darauf nichts.

„Irgendwann wird er eine Gefahr werden und Forken wird gezwungen sein ihn zu töten."

„Wenn er es dann noch kann. Seine Kräfte sind unangemessen groß und ich nehme an, sie wachsen rasant weiter. Forken ist ein kurzsichtiger Narr und ich wünschte, Eure Lady würde davon erfahren."

Ganya dachte darüber nach. Sie wusste, ihre Lady würde den Zögling ohne ein Zögern töten. Schon allein, um Forken zu demütigen. Sein Tod würde sie kalt lassen, auch wenn er der letzte Verwandte sein sollte, der ihr noch geblieben war.

„Sie wird davon erfahren. Und vielleicht wird es sie gnädiger stimmen."

Farnandi wusste, dass sie darauf anspielte, dass sie in Ungnade gefallen war. „War es das, was Euch im Haus der Zöglinge störte?"

Sie dachte an ihre verschwommene Erinnerung, eine Kinderschar. „Ja, genau das hat mich an diesem Ort beunruhigt." Aber noch während sie antwortete, dachte sie an ein anderes Bild. Die verschwommene Gestalt eines Vampirs. Sie wollte nicht darüber nachdenken, nicht bevor die Untersuchungen Ergebnisse brachten.

Erfreut über die Wärme in der kleinen Wohnung, ließ sie sich in einen Sessel fallen. Sie nahm das Glas Wein dankend an und lauschte der leisen Musik, die er eingestellt hatte. Nahm die leise Sehnsucht in dem Raum vollkommen auf und war zufrieden darüber, an nichts denken zu müssen. Sie wünschte, sie könnte ewig hier sitzen, der Musik lauschen und Farnandis Gesicht beobachten, das halb in Schatten getaucht so unrealistisch wirkte, als wäre er eine verzerrte Spiegelung der Wirklichkeit. Nur die bewegungslosen, kalten Augen störten sie. Aber nur am Rande. Sonst war alles so, wie sie es mit dem Begriff ‚zu Hause' wohl einst verbunden hatte. Ihr blieb nur eine Stunde, bevor sie wieder aufbrechen musste.

Nur mühsam raffte sie sich auf, aber die Nacht entschuldigte sich mit einem sternenklaren Himmel. Sie wollte nicht denken, nur dem Fühlen nachspüren in dieser Nacht. Noch war es nur eine nagende Vermutung. Noch blieb Platz für Zweifel. Noch hatte sie das Recht, ihren inneren Frieden zu genießen.

Zwei Nächte und sie würde Farnandi vielleicht nie wieder sehen. Oder erst dann, wenn ihre Empfindungen ihnen nichts mehr bedeuteten. Als sie die Augen aufschlug, hasste sie ihren Verstand für die schnelle und präzise Ermittlung unangenehmer Wahrheiten. Ihre Lady würde sie von dieser Stadt fernhalten. Sie war an ihre Lady gebunden und Farnandi an Forken.

Die Wohnung, die Vertrautheit... Sie würden ihr fehlen. Zunächst. Vielleicht überhaupt eine Empfindung, die intensiv genug war, sie in ihrem Handeln zu beeinflussen. *Wenigstens werden wir sterben.*

Forken suchte sie. Überrascht beschloss Ganya, ihr Abendmahl zu verschieben und den Meistervampir sofort aufzusuchen. Sie wüsste keinen Grund, warum Forken sie noch einmal rufen sollte.

Als sie das Anwesen betrat, konnte sie die Spannung in der Luft fühlen und die Nervosität der Vampire. Sie wichen ihren Blicken aus und mieden ihre Nähe. Keiner hielt sie auf, aber es gab auch keinen

Führer. Die Abweichung vom Protokoll, und sei es nur in einem unbedeutenden, formalen Aspekt, verwunderte sie. Ganya nahm sich einige Augenblicke Zeit, das Anwesen nach ihrer Lady abzusuchen und stellte fest, dass sie sich nicht im Haus befand. Sie hatte keine unmittelbare Veranlassung in Forkens Wunsch eine Gefahr zu sehen. Aber die Abwesenheit ihrer Lady war ein beunruhigendes Zeichen. Ihre Abwesenheit könnte als Druckmittel der Meistervampir als Druckmittel nutzen, auch wenn sie nicht begriff, was Forken noch von ihr wollte.

Das Portal öffnete sich wie von Geisterhand und sie registrierte mit einem gewissen Unbehagen, dass Forken alle Vampire aus dem Vorsaal und den Saal selbst verbannt hatte. Anscheinend wollte er sicherstellen, ungestört zu bleiben. Und ausschließen, dass ein Meistervampir wie Lady Segra aus dem Bewusstsein eines Zöglings lesen könnte. Ein weiteres beunruhigendes Vorzeichen.

Ihr war noch nie zuvor aufgefallen, wie alt Forken geworden war. Seine Gestalt war gebeugt und seine Bewegungen wirkten eckig und steif. Seine Haut hatte eine noch ungesündere Färbung angenommen als die, die einen Vampir kennzeichnete. Sie nahm an, er wusste von seinem nahenden Ende. *Und du hast Angst vor dem Sterben, Forken. Dass all deine Macht dir nicht helfen könnte, deinen größten Feind zu besiegen.*

„Wo ist er?"

Sie zuckte bei der kratzigen Stimme zusammen. Selbst seine Stimmbänder schienen zu alt für zuverlässige Dienste geworden zu sein. Sie runzelte die Stirn, um ihre Verwirrung zu verdeutlichen. „Ich bedaure nicht zu wissen, wovon Ihr sprecht, Meister Forken. Aber ich bin mir sicher, Ihr werdet mich aufklären." Sie betrachtete ihn geradezu unverschämt offen und ließ die kurze Sondierung ihres Geistes zu, auch wenn sie vor Wut die Fäuste ballte.

„Ich weiß genau, dass du ihn gefunden hast, Ganya. Und vermutlich wirst du deiner Lady davon erzählen und Segra wird ihn töten. Weil diesmal ich den mächtigeren Zögling geschaffen habe."

Flüchtig zog sie in Erwägung, Forken könne seinen Verstand verloren haben. Aber sein Blick schien noch genauso klar wie zuvor. Er fixierte sie abwartend, aber sie blieb stumm.

„Hat es dir die Sprache verschlagen, Ganya? Ärgert dich der Gedanke, nicht mehr der bewundernswerteste Vampirzögling zu sein?"

„Ihr habt ein Monster geschaffen, Meister Forken und ich bin mir sicher, dass Ihr Euch dessen bewusst seid." Ihre Stimme blieb vollkommen ruhig. Forken konnte ihr nichts anhaben.

„Das glaubst du. Er wird irgendwann der größte Meister von allen werden, davon bin ich überzeugt."

Sie dachte flüchtig an den alten Vampir und sein Vergehen. War der Wahnsinn eventuell das unumgängliche Schicksal der Vampire? „Ihr habt gegen das Gesetz des Rates verstoßen." Sie schaffte es, die Anklage nicht wie einen Vorwurf, sondern eine kaum merkliche Frage klingen zu lassen.

„Nicht mehr als deine Lady, als sie dich schuf. Sie bestimmte damals, der Zweck heilige die Mittel und ich habe mich an ihren Grundsatz gehalten." Er wischte ihren Einwand mit einer Handbewegung fort. „Es ist bedeutungslos. Glaube nicht, meine Urteilskraft sei getrübt. Wo ist mein Liebling?"

Ob Farnandi beschlossen hatte selbst etwas zu unternehmen? Es wäre denkbar, aber er hätte sie zuvor um Erlaubnis gefragt. Farnandi empfand das Töten eines Familienmitglieds ohne Einverständnis als zutiefst unhöflich.

„Ich habe keine Ahnung, wo er sich aufhalten könnte und weshalb Ihr, als sein Meister, keinen Kontakt herstellen könnt. Es würde mir allerdings zu denken geben. Schließlich habt Ihr wahrlich einen ungewöhnlichen Vampir geschaffen." Er ignorierte den tadelnden Unterton und die unausgesprochene Kritik, dass er die Kontrolle über sein Geschöpf verloren hatte.

„Wie du ihn hasst, Ganya." Er kicherte leise, aber es lag keine Belustigung darin. Selbst diese Geste ließ sie an Alter denken und sie zuckte zusammen, als ihr zum ersten Mal der Gedanke kam, Forkens Gehirn könne vom Verfallsprozess nicht verschont geblieben sein. War sein Geist verwirrt? Verlor er die Kontrolle über seine Macht, wie einige alte Menschen die Kontrolle über ihren Körper verloren? Sie sah schnell zu Boden, damit er ihre Augen nicht mehr beobachten konnte. Die Geste verriet sie. Nur wusste Forken die Bewegung nicht richtig zu deuten.

„Ja, Lady Segra mag die Gabe in der Familie erkannt haben, nicht aber das wahre Talent der Familie. Er ist ein würdiger Nachfolger und so loyal, wie man es sich wünschen kann."

Ganya schirmte ihren Geist sorgfältig ab. Forken schien den gewalttätigen Wahnsinn, gegenüber jedem existierenden Bewusstsein, ignorieren zu wollen. Im Geist seines Hoffnungsträgers exestierte nur noch Schmerz, Angst und Zerstörung. Seine Wut würde ihn auf ewig weiter treiben und das wahrlich große Talent seinen Wahnsinn nur noch steigern. Aber was musste das Forken kümmern, der dann nur noch als Futter für Würmer diente?

„Du brauchst dich nicht zu verstecken, Ganya. Ich weiß, dass du für sein Verschwinden verantwortlich sein musst."

Sie straffte gegen ihren Willen die Schultern. „Wenn Ihr Euren Zögling nicht zu finden vermögt, Meister Forken, ist das wohl kaum ein Vorwurf, den Ihr an mich richten solltet."

„Weißt du, was die Strafe für den Mord an einem Vampir ist?"

Sie zitterte vor Wut und wieder deutete Forken das Zeichen falsch.

„Deine Lady wird dich nicht schützen. Kein Vampir würde dich länger schützen." Er war so nah, dass sein Mundgeruch ihr entgegenschlug. Ihr war noch nie aufgefallen, wie abstoßend Forken war, wie hässlich die Gesichtszüge. „Man hätte dich bereits nach dem Tod Meister Ashans zur Verantwortung ziehen sollen, doch die anderen waren blind und Lady Segra eine Schlange mit süßen Worten für ihren Zögling."

Forken hasste die Lady und weil er ihr nicht ebenbürtig war, projizierte er seinen Hass auf ihren Zögling.

Er will dich vernichten. Der Gedanke machte ihr keine Angst.

„Meister Forken, ich weiß nicht, wo Euer Zögling ist. Ich hoffe nur, ihm nie wieder begegnen zu müssen und begrüße daher einerseits sein Verschwinden. Andererseits beunruhigt es mich zutiefst, da wir ein solches Verhalten in unsicheren Zeiten nicht zulassen dürfen. Wenn Ihr meine Hilfe braucht, um ihn zu suchen, werde ich sie Euch hiermit anbieten. Aber ich werde nicht mehr lange bleiben, wie Ihr mit Sicherheit wisst. Morgen Nacht werde ich diese Stadt vermutlich zum letzten Mal betreten. Die Verwandtschaft mag unverkennbar sein, Meister Forken, aber die Zeit, in der es für mich noch von Bedeutung gewesen wäre, ist längst verstrichen. Mehrere Generationen liegen zwischen uns. Es gibt keinen Verbindungspunkt. Und wie wir wohl beide wissen, ist die Gabe nun in meiner Familie verloren." Ihm entging die Änderung ihres Tonfalls. „Eine wahre Verschwendung und ich verabscheue Verschwendung, aber mehr kann ich nicht empfinden."

Irritiert versuchte er, ihren Geist zu durchleuchten und erhaschte den unmissverständlichen Eindruck von Ehrlichkeit. „Unbeherrscht. Aber er wird mit der Zeit Geduld lernen." Die Verlegenheit amüsierte sie beinah. Also war auch er nicht vollkommen blind für die Anwandlungen seines Lieblings. Wenigstens glaubte er ihr.

„Vielleicht löst sich alles als ein Missverständnis auf. Ihr werdet diese Stadt voraussichtlich nie mehr betreten?"

Die Begierde in seiner Stimme wäre für einen Menschen ein diplomatischer Keulenhieb. Sie nickte nur knapp. Seine boshafte

Freude erzeugte einen fahlen Beigeschmack im Raum. Er drehte sich halb um und bedeutete mit einer lässigen Geste, sie könne gehen. Wortlos drehte sie sich um und setzte sich in Bewegung. Die unangenehme Stimme ließ ihre Hand an der Türklinke erstarren. „Markus ist mir verpflichtet, nur mir. Denk daran, Ganya."

Ihr erster Gedanke war, dass er Farnandi hieß. Markus war weder sein richtiger Name, noch hatte er ihn sich, wie sie, erwählt, als er ein Vampir wurde. Vielleicht eine Laune Ashans ihn so zu nennen. Die Unterstellung in seinen Worten jedoch verdrängt schnell die unbedeutende Kleinigkeit eines Namens. Sie verharrte einige Sekunden und zauderte, ob sie sich umdrehen und dem Blick der alten Augen begegnen sollte.

„Ich bin mir dessen jederzeit bewusst, Meister Forken. Und auch Farnandi kennt darin keinen Zweifel." Sie konnte die stumme Drohung fühlen, die Warnung mühelos erkennen. Sie hätte mit Misstrauen wegen der Bürgschaft, die unter Vampiren unüblich war, rechnen müssen. Sie hatte nur nicht erwartet, die Warnung könnte auf eine Wahrheit treffen.

Farnandi würde auf ihren Wunsch hin versuchen, sich von Forken zu lösen. Diese Macht über den intelligenten und exzentrischen Vampir irritierte sie zutiefst. Und die Versuchung, diese Macht auszunutzen, war erschreckend.

„Ich weiß gegen Eure Überzeugung sehr genau, wo mein Platz ist, Meister Forken." Sie sprach nur leise und meinte es vollkommen ernst. Gestattete sich diese Schwäche. Dann flüchtete sie aus dem Saal. Verfolgt von Forkens Verachtung. Ihr war seine Verachtung egal. Ohne sie wahrzunehmen, eilte sie durch die prunkvollen, protzigen Gänge. Die Dunkelheit erschien ihr als verständnisvoller Freund, der ihre Verwirrung und Schwäche vor den anderen zu verbergen vermochte. Sie flüchtete sich in die Abgründe der Finsternis und fand darin mehr Geborgenheit, als im Zwielicht ihrer Vertrauten. Sie sah hinauf zu den Sternen und erinnerte sich vage, sie als Kind bestaunt und bewundert zu haben. *Es wäre nur für einige wenige Jahre. Danach wird mir diese Stadt und Farnandi so gleichgültig sein, wie die meisten Zöglinge Forkens.*

Sie dachte an den wahnsinnigen Blick des Jungen. An das Gesicht eines Kindes, das mit dem Geist dahinter vollkommen in Widerspruch stand. Ein Monster verbarg. Sie ekelte sich vor Forken und seinem Liebling, aber es minderte ihre Furcht nicht.

Noch zwei Nächte.

Sie zwang sich, die Ergebnisse zu überprüfen, die ihr Gehilfe zu präsentieren hatte. Wieder empfing sie der Lärm der Notaufnahme, aber er konnte sie nicht mehr schrecken. Momentan bevorzugte sie die Nähe der Menschen, als Forken oder seinem Zögling noch einmal unter die Augen treten zu müssen.

Sein Verstand wehrte sich unerwartet heftig gegen ihr Eindringen und auch wenn er gegen die Gewalt ihres Willens keine Chance gehabt hatte, beunruhigten sie die Möglichkeiten, was mit den Proben hätte geschehen können.

Behutsam nahm sie ihm die Ampullen ab und erwog, ihn zu töten, um ihr Geheimnis sicher zu verwahren. Sie konnte nicht erklären, warum sie zögerte und ihn schließlich fortschickte. Vielleicht, weil die Ausrottung ihrer Familie sie entgegen ihrer Behauptung deprimierte. Und selbst wenn dieser Mensch irgendwann nach jahrelangen Ringen seinem Gedächtnis die Wahrheit entlocken könnte, wer würde seinem Bericht schon glauben? Konnten die Menschen die Vampire nicht jede Nacht beobachten und weigerten sich, die Realität zur Kenntnis zu nehmen?

Sie sah der verwirrten Gestalt nach. Der kleine Mann schüttelte mehrmals den Kopf, als könne er so die böse Erinnerung abschütteln. Nachts mochten ihn von nun an unerklärliche Albträume quälen.

Wie leichtfertig wir mit dem Bestehen und Leben anderer umgehen, nur weil wir es können. Sie kannte keine Gewissensbisse mehr. Dazu war sie schon zu lange Vampir. Auch in dieser Existenzform hatten sie ein Recht darauf, ihr Sein zu erkämpfen, zu verteidigen und so zu gestalten, wie es der Rahmen ihrer Möglichkeiten zuließ. Und dennoch … Vielleicht würde sich irgendwann die unnötige Grausamkeit der Vampire rächen. Vielleicht auch nicht.

Um ihren Verstand anderweitig zu beschäftigen, zwang sie ihren Blick auf die Ergebnisse. Setzte die Ereignisse zusammen. Sie hatte es geahnt. Nein, im Grunde hatte sie es gewusst. Und? Änderten Beweise etwas? Sie bedauerte nur, ihn töten zu müssen.

Vielleicht hält sich Schmerz und Verbitterung ja länger, dachte sie zynisch und verwarf den Gedanken nicht. Sie hielt sich dazu an, ihn zu betrachten, zu wenden, zu analysieren. Schon als Mensch hatte sie keinerlei Begabung gehabt, unangenehme Wahrheiten zu ignorieren.

Sie wusste, sie würde ihn nicht zu Hause antreffen. Sie wusste nicht, wo er sich aufhielt und was er gerade tat. Aber er war nicht zu Hause.

Sie verließ die Notaufnahme. Es fiel ihr schwer, die richtige Entscheidung zu treffen. Aber das rationale Denken ließ keinen Platz für Alternativen oder Wankelmut. Der Zweifel, ob Forken sie wirklich gehen lassen würde, nagte an ihr. Was, wenn sein Liebling nicht mehr auftauchte? Was, wenn er sich von seinem Meister losgesagt hatte, um das zu tun, was er sich gewünscht hatte, seit er das erste Mal menschliches Blut trank? Was, wenn er sich gegen die Vampire wendete? Und was, wenn Forken seiner Behauptung sie hätte einen Vampir ermordet, mehr Nachdruck verlieh? Nicht, dass irgendein Mitglied des Rates den Gesetzen wirklich folgte, sie nicht so weit beugte und umging wie nur möglich. Aber einen solchen Frevel würden sie bei einem Zögling, insbesondere bei ihr, nicht dulden.

Sie zögerte, bereit das Geschriebene wieder auszulöschen. Aber sie ließ es bestehen. Wer wusste, was die Lady mit ihrem Wissen anrichten würde? Sie selbst war nur ein Ersatz für die abgestumpften Sinne ihrer Lady. Entscheidungen musste die Lady selbst fällen.

Sie konnte nicht ausschließen, dass Farnandi alle Vampire töten würde, weil sie ihm im Weg standen. Als Mensch war er einst zu sanftmütig gewesen, das in Erwägung zu ziehen. Aber der Vampir war nicht nur geprägt durch Verbitterung; er hatte auch zu viel Ignoranz erfahren, um davon unberührt zu bleiben. War zu lange Vampir gewesen, um noch ein schlechtes Gewissen zu kennen.

Jedes Wort, das sie schrieb, war ein Verrat ihres einvernehmlichen Vertrauens. Der Preis der Sicherheit gegenüber Forken und ein Geschenk für jemanden, der vielleicht ein Freund geworden wäre. Sie dachte nur flüchtig an den alten Vampir in den Katakomben. Letztendlich hätte all das keine Bedeutung. Wäre das Schicksal, sein Schicksal, nicht schon endgültig festgelegt.

Ein Bogen nach dem anderen beschriftete sie sorgfältig, schrieb nieder, was ihr aufgefallen war. Von den Ereignissen und ihren Hintergründen, von der Sterblichkeit der Vampire, von Forkens Zerfall, seinem verdorbenen Zögling und Farnandis fahler Sehnsucht, die seine Wohnung erfüllte. Sie dachte an die Nacht, als er das Blatt Papier verbrannte. Dachte daran, wie die Flamme gierig den Zettel verschlungen hatte und nur Asche zurückblieb. Sie kämpfte gegen den Impuls, den Brief an ihre Lady genauso dem Feuer zu übergeben. Stattdessen schob sie ihn in einen Umschlag und versiegelte ihn sorgfältig. Dann strebte sie weiter und zwang sich dazu, etwas zu essen und zu trinken. Sie wünschte, sie könnte Farnandi noch einmal treffen, bevor sie sich morgen verabschieden mussten. Sollte sie die Nacht überleben. Sollte Farnandi die Nacht überleben. Wenn Forken nicht misstrauisch wurde. Er hatte nicht einmal wissen wollen, wie sie den Zögling gefunden hatte. Ob er bereits wusste, dass Farnandi …?

Er brauchte ihn noch, aber dennoch gab es Wege das Hintergehen zu bestrafen. Obwohl Forken mit Sicherheit mit seiner endgültigen Strafe zu lange warten würde. Seine Gier nach der Unsterblichkeit hatte bereits einigen Zöglingen das Leben gekostet. Sie würde auch ihn zerstören.

Die Nacht hatte sie betrogen, neigte sie sich doch bereits dem Ende entgegen. Forken hatte sie nicht wieder zu sich gerufen. Dachte er wirklich, sie würde sich in Sicherheit wägen? Sein Liebling würde nicht wieder auftauchen. Er war von Angst und Zorn zerfressen, aber nicht dumm. Er würde warten. Vielleicht gerade lang genug, damit Forken seinen Verrat noch erleben konnte. Damit er zusehen musste, wie auch sein letzter Versuch, einen würdigen Zögling zu schaffen, gescheitert war.

Ganya wusste nicht genau, wie er geschafft hatte, sich von seinem Meister loszusagen. Aber offensichtlich hatte Forken die Kontrolle verloren. Womit nichts mehr zwischen ihr und seinem Hass gegenüber dem letzten Mitglied seiner Familie stand.

Sie fragte sich, ob er wohl erahnen mochte, wie außergewöhnlich ihr Blut war. Sie beide hatten das Talent, die Macht der Vampire innerhalb kürzester Zeit zu erlangen. Nur hatte ihre Lady auf eine vollständige Modifikation verzichtet und ihr ermöglicht, das Wesen des Vampirs einzuschränken. Die Empfindsamkeit der Menschen auch nach einem Jahrhundert noch zu begreifen. Während ihre wahre Macht gehemmt und unentfesselt in ihr lauerte, kämpfte der Mensch um seine Existenz. Er dagegen hatte eine Gabe verloren und gegen eine andere getauscht, gegen unumschränkte Macht.

Sie wandte sich mit ihrem Anliegen nicht direkt an die Lady, hatte diese sie doch weder sehen wollen, noch verspürte Ganya das Verlangen ihr gegenüberzutreten. Sie gab den Brief an den begleitenden Zögling und bat ihn, ihn an die Lady weiterzugeben, sollte sie unerklärlich verschwinden.

Sie erwog den Befehl wie bei dem Menschen mit Gewalt in seinem Kopf zu versiegeln. Seine zarte Schutzbarriere könnte sie nicht aufhalten. Sie verzichtete schließlich darauf und redete sich ein, sie wolle nicht, dass ihre Lady ihr Eingreifen bemerkte und den Brief zum falschen Zeitpunkt zu sehen bekam. In Wahrheit war sie leid, mit Gewalt ihren Willen zu vermitteln und denkende Wesen zu Marionetten zu degradieren. Wahrscheinlich, weil sie sich nur zu bewusst darüber war, selbst eine solche Marionette zu sein. In den Händen eines sadistischen Puppenspielers.

Er schien zu ahnen, welcher Demütigung er entronnen war und Dankbarkeit mochte ihn nun zu dem veranlassen, was mit Gewalt nicht gelungen wäre. Sie konnte den Wunsch ihr zu helfen und das leise Bedauern, sie eventuell nie wieder zu sehen, in dem offen liegenden Bewusstsein lesen. Mit keiner Geste deutete sie an zu wissen, was er fühlte, als sie ihm in die Augen sah. Bedauern für einen anderen, älteren Zögling. Sie musste der Lady zugestehen, wahrlich merkwürdige Zöglinge geschaffen zu haben.

Sie war es leid, sich einen neuen Platz zum Schlafen zu suchen und ihr war gleichgültig, ob Forken wusste, wo sie war. Sie war müde gegen den Ansturm ihrer Gefühle zu kämpfen, wusste sie doch nicht einmal, ob sie ihn genießen oder fürchten sollte. Als ihr Geist sich abschaltete und ihr Körper in sich zusammen sackte, hatte sie noch keine Antwort auf ihre Frage gefunden.

Ihr Bewusstsein erwachte nur träge. Ihr Geist war wie in Watte gehüllt, ihre Wahrnehmung irrte unbeherrscht umher. Sie blinzelte gegen die ungewohnte Helligkeit und versuchte etwas zu sehen, zu hören. Die Welt und ihre Wahrnehmung erschien ihr unwirklich und ihr Denken war so zähflüssig, wie … Licht. Die Erkenntnis dämmerte nur langsam und schoss dann wie ein Schock durch ihr Bewusstsein. Sie keuchte auf, versuchte sich zu bewegen. Ihr Körper weigerte sich den Befehlen zu gehorchen.

Ein Schatten kniete neben ihr nieder, aber ihr Blick war zu verschwommen, um ihm klare Konturen zu geben. Sie hielt vollkommen still, als seine Hand über ihre Stirn fuhr. Sie fürchtete sich nicht, wusste genau, dass er ihr nie ein Leid zufügen würde.

„Keine Angst, es wird bald vorbeigehen."

Sie erinnerte sich nur vage an die letzten Eindrücke des verbrannten Zöglings, erinnerte sich an den Schatten mit der Aura eines Vampirs. Auch jetzt umgab sie ihn noch und sie ahnte, dass sie auf ewig an ihm verhaften bleiben würde. Sie versuchte etwas zu sagen, versuchte den Mund zu öffnen und Laute zu produzieren. Aber ihre Muskeln protestierten gegen die Anstrengung und weigerten sich strikt zu gehorchen. Ihm lief die Zeit davon. Er sollte verschwinden, er musste gehen. Nie hatte sie damit gerechnet, ohne zu fragen von ihm … Verwirrt konnte sich ihr Geist nicht einig werden, ob sie darüber Wut empfinden sollte oder nicht. Sie war so müde …

Der Brief. Sie musste ihm von dem Brief erzählen oder die Lady würde ihn töten. Wieder versuchte sie etwas zu sagen, aber die Welt verschwamm immer weiter, wich vor ihr zurück.

Eine einzelne Träne rann über ihr Gesicht. Eine Träne der Hilflosigkeit, weil ihr Körper sie verriet und weil Farnandi sie verraten hatte. Angst floss durch ihre Blutgefäße und sie schauderte, wenn sie an sein Blut dachte. Wieder legte er die Hand auf ihre Stirn. Sie konnte die Berührung spüren, aber nicht klar erfassen.

„Ihr werdet leben, Lady Ganya. Alles wird gut."

Ihr kamen die Worte nicht einmal lächerlich vor, obwohl sie genau das waren. Lächerlich. Aber Ganya war wie ein Kind, das sich immer nach der Illusion von Sicherheit gesehnt hatte. Danach, glauben zu können. Sie glaubte ihm.

Ihr Wahrnehmungsfeld verengte sich immer weiter und bald konnte sie nicht einmal seine Hand spüren, die nach ihrem Puls fühlte. Flüchtig fragte sie sich, ob ihre Schwäche sie beunruhigen sollte.

„Ich muss Euch jetzt allein lassen, aber habt keine Angst. Sie werden Euch nicht finden. Niemand wird uns je finden."

Die Worte verschwammen zu Stille.

Als sie das Bewusstsein das nächste Mal wieder erlangte, war sie allein. Ihr Erwachen war kaum mehr als ein schwaches Dahindämmern, ihr Verstand gab nur widerwillig nötige Informationen preis.

Sie hielt vollkommen still, beobachtete das Licht, das durch die Ritzen drang. Farnandi musste sie hierher gebracht haben, damit sie das Licht sehen und spüren konnte. Ihre Haut kribbelte noch, verbrannte aber nicht. Vollkommen still. Sie genoss die Wärme auf ihrer Haut.

Dann krallte die Angst sich wieder in ihr Wesen und drohte sie zu ersticken. Sie versuchte die Kontrolle über ihre Glieder zu gewinnen und wirklich konnte sie ihre Augen bewegen und schließlich sogar ihre Hand heben. Sie betrachtete ihre Finger misstrauisch, aber sie behielten Form und Farbe bei.

Die Luft war stickig und zu ihrer Überraschung störte es sie. Seit einhundert Jahren hatte das keine Bedeutung mehr für sie gehabt. Hunger und Durst plagten sie und ihr Körper schmerzte aufgrund unzähliger blauer Flecken. Die Empfindungen schockten sie in ihrer Intensität und sie versuchte, sie wie gewohnt auszusperren. Ihren

Geist konnte sie distanzieren, aber sie blieb in dem Körper und seinen Empfindungen verhaftet. Erschöpft schloss sie die Augen und dämmerte wieder ein, bevor sie es überhaupt richtig bemerkte.

Träge glitt sie in einen bewussten Zustand. Sie kontrollierte ihre Sinne und Umgebung. Obwohl sie sich immer noch schwach fühlte, konnte sie sich wieder rühren. Das Licht war merklich schwächer geworden und kündigte den Nachmittag an. Sie schauderte, denn das schwindende Licht war Vorbote der Herrscher der Nacht.

Sie musste Farnandi warnen. Und ihm ihren Verrat gestehen? Würde er begreifen, oder wusste er es gar schon?

Sie rang mit dem Wust von Gedanken. Mühsam richtete sie sich auf und lehnte sich gegen die Wand. Sie fröstelte leicht, obwohl der Abend warm war. Sie fühlte sich zerschlagen und lebendig und genoss das Gefühl mehr, als sie es je für möglich gehalten hatte.

Egal was passierte, eine letzte Aufgabe empfand sie noch als ihre Pflicht. Und wenn die Vampire sie in der Stadt fanden und ihre Lady sie tötete. Wenigstens musste der alte Vampir in den Katakomben es nicht mehr erleben.

Die kurze Leiter erschien ihr quälend lang und der Gullydeckel ungewöhnlich schwer. Sie brauchte drei Anläufe, bevor sie es schließlich schaffte, ihn zur Seite zu schieben und hinaus auf die Straße zu klettern. Sie konnte den Lärm der Hauptstraße hören. Sie sah sich in der kleinen Gasse um, betrachtete jede Einzelheit und wunderte sich, wie das Sonnenlicht die Welt zu verändern vermochte. Die Kraft kehrte mit jeder Sekunde in ihren Körper zurück. Gleich einem Neugeborenen versuchte alles zu erfassen, zu riechen, zu schmecken und zu fühlen.

Ihr war gleichgültig, wie sie aussah. Ihre Kleider waren in Unordnung geraten, ihre Haare standen ihr ab, ihre Haut wies Abschürfungen auf und sie starrte vor Dreck. Ihr war nach Lachen zumute, aber sie wagte es nicht. Als wäre ein Geräusch unangebracht, um ihrer Freude Ausdruck zu verleihen. Sie weigerte sich, an Farnandi zu denken, an die Vampire und ihre Lady, an ihren letzten Verwandten und den Wahnsinn in seinen Augen. Allein den Tag noch einmal erleben.

Sie hielt sich aus Gewohnheit im Schatten und beobachtete fasziniert die Menschen. Wie viel sie doch vergessen hatte und wie viel sich verändert hatte. Die Erinnerungen an ihre Kindheit schienen ihr unheimlich klar, während die einhundert Jahre eines Vampirs wie ein böser Traum im Nebel zu verschwimmen drohten. Die Passanten betrachteten sie mitleidig oder erbost. Die meisten beachteten das

Mädchen gar nicht, das durch die Straßen lief und immerzu den Kopf wandte, um so viel wie nur irgend möglich zu sehen. Ihr waren ihre Blicke gleich. Sie hatte Hunger und dennoch lief sie an den Ständen vorbei. Etwas trieb sie weiter.

Ihre Schritte wurden schneller, je näher die Nacht kam. Sie lief, als sie schließlich zur Brücke kam und keuchend blieb sie über dem Fluss stehen und starrte hinab in das Wasser. Der Farbton erschien ihr sanft gegenüber den Farben der Nacht. Ihre Muskeln und ihre Haut schmerzten, aber bis jetzt hatten sich noch keine Verbrennungen gezeigt. Vielleicht würde sie einen Sonnenbrand bekommen, denn ihre Haut war seit einhundert Jahren keinem Sonnenlicht mehr ausgesetzt gewesen. Sie hielt ihr Gesicht fast trotzig in das Licht und freute sich über die schmerzhafte Helligkeit, die sie zwang die Augen zusammenzukneifen. Es war eine unsinnige Freude, die in ihr anwuchs und sie zu sprengen drohte. Sie gestattete sich ein Lächeln und beobachtete, wie die Sonne tiefer sank. Beobachtete, wie die Farbe wechselte und zu einer schmerzhaft intensiven Pracht verschwamm. Wie konnten die Vampire nur ohne Farbe leben?

Das Wasser nahm die Schattierungen auf, reflektierten das Schauspiel. Ihr war als müsse ise vor der Schönheit kapitulieren. Ihr war, als könnte sie die ganze Welt umarmen. Als wäre sie wieder das Kind, das nur Neugierde und Unschuld kannte. Aber die Schatten der Promenade wurden länger und die Angst kehrte zurück. Lady Segra würde sie suchen. Wenn nicht am Anfang der Nacht, so doch spätestens gegen Mitternacht. Sie würde die Schmach, auf einen Zögling zu warten nicht hinnehmen und Ganya hatte allen Grund, ihren Zorn zu fürchten.

Der Gedanke an die Dunkelheit deprimierte sie und ohne sich dessen bewusst zu werden, schlang sie ihren Mantel enger um ihre Schultern. Sie sah sich um. Die Promenade war noch gut besucht und sie wusste aus Erfahrung, dass auch noch nach Anbruch der Dunkelheit unzählige Paare entlang des Ufers flanieren würden. Aber die Menschenmassen boten keinen Schutz. Verwirrt wandte sie sich ab und begann orientierungslos durch die Straßen und Gassen zu streunen. Einerseits angezogen von den lauten Menschen und andererseits gewarnt durch ihre Blicke. Ihr Wissen um die Vampire machte sie befangen.

Mit Schrecken wurde ihr gewahr, die Möglichkeit den Geist eines Menschen zu kontrollieren, verloren zu haben. Ohne es recht zu bemerken, nahm sie sich einen Apfel von einem Stand und ignorierte den ausgelösten Tumult, bis sie begriff, nicht nur

Mittelpunkt der Aufregung, sondern auch verletzlich und sichtbar zu sein. In letzter Sekunde verfiel sie in einen halbherzigen Trab, der sich schließlich zu einem Sprint entwickelte, um dem aufgebrachten Händler zu entkommen. Sie ignorierte das Brennen in ihrer Kehle und den Schmerz in ihrer Seite, während sie einfach weiter rannte. Zutiefst erschrocken über ihre ungewohnte Verwundbarkeit.

Als sie schließlich schwer atmend stehen blieb, herrschte bereits Dunkelheit und sie hatte ihre Verfolger längst hinter sich gelassen. Missmutig setzte sie sich auf den Rand eines Brunnen und knabberte an dem erbeuteten Apfel. Sie wurde sich ihres Hungers wieder bewusst und um ihren protestierenden Magen entgegen zu kommen, verschlang sie ihre Beute bis zum letzten Bissen. Sehnsuchtsvoll starrte sie auf ihre leeren Finger und seufzte dann, wandte ihre Aufmerksamkeit wieder den Menschen um sie herum zu.

Die Straßenlaternen erflammten und sie schreckte auf. Erlag sie einer Einbildung oder konnte sie einen Vampir in der Nähe spüren? Beunruhigt erhob sie sich und sah sich aufmerksam um. Die Vampire könnten sich mühelos vor ihr verbergen. Angst breitete sich in ihr aus und die Unruhe trieb sie fort von dem Brunnen und dem hell erleuchteten Platz.

Die Vampire würden sich gerade erst aus ihrem Schlaf erhoben haben und gingen jetzt eventuell auf Jagd. Sie dachte mit Unbehagen an die vielen Zöglinge Forkens, denen ihr Gesicht vertraut war. Sie wünschte sich, Farnandi hätte sie nicht allein gelassen. Andererseits war sie ihm dankbar dafür.

Unwillkürlich schweifte ihr unruhiger Blick ständig über die Menschenmenge, schreckte vor jedem Schatten zurück. Sie glaubte überall wispernde Stimmen und bewegte Gestalten zu erahnen - böse, gierige Blicke, die danach trachteten ihr wieder zu nehmen, was Farnandi ihr gerade erst geschenkt hatte.

Ob ihre Lady wohl begriff, was aus ihr geworden war? Würde sie sie verschonen, oder vernichten? Ihre Lady würde nicht zulassen, dass ein Mensch am Leben blieb, der von der Existenz der Vampire wusste. Und sie war der Nacht zu müde, um noch einmal die Überleitung zu akzeptieren. Nur mühsam kämpfte sie die Panik nieder, zwang sich über ihre Situation nachzudenken und verbarg sich schließlich in der Kanalisation.

Ihre Lady hatte nicht die Macht, einen beliebigen einzelnen Menschen auszumachen. Wahllos irgendeinen, aber kein gesondertes Individuum, von dem sie nicht genau wusste, wo es sich aufhielt. Auch Forken hatte Farnandi in den Nächten nicht finden können und das, obwohl dessen Umwandlung noch nicht vollständig gewesen war.

Farnandi hatte das Licht, nach dem er sich so gesehnt hatte, zu diesem Zeitpunkt noch meiden müssen. Rätselhaft blieb ihr, wie Farnandi die starke allergische Reaktion, wie bei seinen Versuchen mit den Zöglingen, bei sich selbst hatte vermeiden können. Aber sie wusste, zu welchem Preis.

Sein Zustand hatte zugelassen, seine Wohnung bei Tag aufzusuchen und selbst als Vampir zu empfinden, was sie verloren hatten. Es war sein Traum zurückzuerlangen, was Meister Ashan ihm gestohlen hatte. Die Möglichkeit erneut zu schaffen, was ihm einst am meisten bedeutet hatte.

Obschon Ganya sich einredete sicher zu sein, konnte sie nicht vermeiden, bei jedem Geräusch zusammenzuzucken und in ständig präsenter Furcht zu verharren. Sie versuchte etwas zu schlafen, aber ihr Geist war rastlos und zum ersten Mal erlebte sie wieder, wie es war, sich schlaflos hin und her zu wälzen, obwohl Müdigkeit an ihr nagte.

Zerschlagen machte sie sich wieder auf den Weg. Sie kehrte nicht dorthin zurück, wo Farnandi sie zurückgelassen hatte. Sie hatte Angst, ihn zu treffen. Und sie hatte noch mehr Angst, er könne einen weiteren, spurlos verschwundenen Zögling nicht getötet, sondern in einem verzweifelten Experiment zum Menschen gemacht haben. Seine Macht wäre gebrochen, aber in dem lädierten Verstand war kein Funken Menschlichkeit mehr.

Geplagt von Furcht wanderte sie ziellos durch die Kanalisation und versuchte sich zu orientieren. Ihre Augen versagten in der Dunkelheit, aber sie tastete stolpernd weiter und hoffte, ihr Gedächtnis habe sie nicht im Stich gelassen. Ihre nunmehr unzuverlässigen Sinne vermittelten ihr die undurchdringliche Finsternis mit bedrohlichen Schrecken.

Eine Welle der Erleichterung erfasste sie, als sie endlich fand, was sie gesucht hatte. Mit zitternden Händen zündete sie eine Kerze an. Ihr Magen knurrte ungehalten, aber sie ignorierte ihn.

Das Licht beruhigte sie sofort und sie setzte sich, um ihre Gedanken zu ordnen. Sie zwang sich langsam und tief durchzuatmen und zählte die Sekunden. Schließlich hob sie die Kerze etwas weiter an und sah sich aufmerksam um.

In der Kanalisation existierten unzählige Verstecke, die Menschen wie Vampire vor anderen verborgen hatten. Unter ihnen auch Forscher, die kleine Labors der Zeit ausgeliefert zurückließen, als sie verstarben. Sie hatte einige davon wieder ausfindig gemacht.

Den einzigen Tisch überzog eine dicke Staubschicht, aber Ungeziefer und Nager schienen diesen Unterschlupf unberührt wieder verlassen zu haben. Nur ein Vampir könnte möglicherweise in letzter Zeit hier gewesen sein. Nur ein Vampir konnte seine Anwesenheit so meisterlich verbergen. Aber Ganya glaubte nicht daran. Die Kanalisation und ihre Verstecke waren Forken und seinen Zöglingen fremd.

Das Mikroskop war verdreckt, aber es schien noch funktionstüchtig. Ungeachtet der Spuren, die sie hinterließ, reinigte sie es flüchtig. Ihre tastende Hand förderte die Proben und eine Spritze aus ihrer Manteltasche hervor.

Sie zuckte zusammen, als die Nadel durch ihre Haut stach und beobachtete fasziniert, wie das Blut hinaus rann. Sie ließ sich Zeit, die Probe unter dem Mikroskop genau zu betrachten und fluchte, weil ihr diesmal die Untersuchungsgeräte des Krankenhauses verschlossen blieben. So musste sie darauf vertrauen, die Unterschiede selbst richtig ausgemacht zu haben.

Mit einem Seufzer lehnte sie sich zurück und rieb sich die Augen. Wie spät es wohl mittlerweile war? Ihre Augen brannten von der Anstrengung, trotz des wenigen Lichts genug zu erkennen. Sie packte die Sachen wieder ein, verzichtete aber darauf, ihr Wirken verbergen zu wollen. Sie könnte nicht einmal einen Menschen darüber hinwegtäuschen.

Dann kontrollierte sie die Patronen im Revolver und registrierte, dass ihre Haut nicht mehr auf das Silber reagierte. Sie schob alles in ihre Manteltaschen, auch die Streichhölzer.

Der sanfte Schein der Kerze war tröstlich und Ganya beschloss, sie mitzunehmen. Sie wanderte nicht mehr lange mit dem kleinen Licht durch die Dunkelheit, bevor die Müdigkeit sie übermannte.

Und wenn sie mich finden, kann ich eh nichts unternehmen.

Sie suchte sich eine trockene Nische, rollte sich zusammen und starrte so lange auf die Flamme, bis ihr die Augen zufielen und ihr Atem gleichmäßig wurde. Ganya bemerkte nicht mehr, wie sie endgültig einschlief.

Sie hatte geträumt. Anstatt die Augen aufzuschlagen, genoss sie das Dahindämmern am Morgen und versuchte sich an ihren Traum zu erinnern. Er war düster gewesen, erfüllt von Schrecken und Schatten. Dennoch wünschte sie, die Bilder wären ihr geblieben. Als sie schließlich widerwillig die Augen aufschlug, starrte sie zuerst auf die erloschene Flamme. Hatte ein Luftzug sie ausgeblasen?

Sie richtete sich behutsam auf und verzog das Gesicht, als ihr Magen und Körper gegen die Bewegung protestierten.

Sie wurde sich erst langsam ihrer Umgebung und deren Veränderung bewusst. Jemand hatte Wasser und Brötchen neben die Kerze gestellt, daneben lag ein Zettel. Die Nachricht ignorierend verschlang sie zunächst gierig Brötchen und Wasser und war dann zufrieden damit, einige Sekunden lang ins Nichts zu starren.

Schließlich raffte sie sich auf, den Zettel zu lesen.

Ich bitte um Vergebung für mein Verschwinden. Ich bin erfreut über Eure schnelle Genesung und hoffe Euch heute auf dem Platz Papoloni zu treffen

Meister Forken und Lady Segra ahnen, was geschehen ist, auch wenn ich ihnen niemals genügend Geist und Vorstellungskraft zugetraut hätte, der Lösung auch nur nahe zu kommen. Ich fürchte, Ihr werdet Abschied von Eurer Heimat nehmen müssen.

Ist das Licht nicht etwas Wunderbares? Erfüllt Euch das Leben mit derselben unbeschreiblichen Freude, die den Wunsch weckt, die Welt zu umarmen?

Natürlich wusste ihre Lady, was geschehen war. Schließlich hatte sie es ihr selbst geschrieben. Jetzt hätte sie sich für ihre Dummheit am liebsten ohrfeigen wollen. Sie hatte nicht in Erwägung gezogen, Farnandi könne auch sie zu einem Menschen machen. Nicht ohne sie zu fragen. Sie spürte, wie sich Unmut in ihr regte. Sie hätte gern selbst darüber bestimmt.

Jetzt würden beide Meistervampire nach ihnen suchen, unermüdlich und unerbittlich. Sie riss ein Streichholz an und übergab den kleinen Zettel der Flamme. Farnandi hatte zwar nicht unterschrieben, aber der Zettel konnte nur von ihm stammen. Sie erkannte seine altmodische Handschrift. Sie sah zu, wie sich das Papier in Asche auflöste, das gierige kleine Feuer all seine Worte verschlang. Als könnten sie sich verbergen.

Unwillkürlich tastete sie erneut nach der Pistole und ihre suchenden Finger stießen gegen den Taschenspiegel. Sie klappte ihn auf und betrachtete nachdenklich ihre eigenen Züge. Sie sah sich direkt in die verwaschenen Augen. Sie hatte sich als Mensch nie als schön empfunden und daran hatten einhundert Jahre auch nichts geändert. Und dennoch war sie erleichtert, sich ins Gesicht sehen zu können und keinen Ekel zu empfinden über das, was ihr entgegenblickte. Sorgfältig versuchte sie, sich die Züge einzuprägen, schmal und kantig. Zu dünn. Ihre Augen stachen unangenehm hervor und ihre lange Nase forderte Spott heraus. Ihr Haar war strähnig und vollkommen glatt. Sie strich es sich hinter ihre Ohren, damit es ihr nicht in die Augen fallen konnte.

Nein, Schönheit kannte ihr Gesicht nicht. Aber sie konnte sich in die Augen sehen. Vielleicht das letzte Mal. Heftiger als gewollt klappte sie den kleinen, bereits trüb gewordenen Spiegel wieder zu und verwahrte ihn erneut in ihrem Mantel.

Wie Farnandi sie wohl gefunden hatte? Sie grübelte darüber, während sie die Sonnenbrille, Sonnencreme und die Armbanduhr, die er ihr dagelassen hatte, an sich nahm. Der Tag war noch jung. Plötzlich trieb es sie hinaus aus der Sicherheit der Kanalisation. Nichts wollte sie lieber, als die Dämmerung zu erleben. In wenigen Minuten würden die Vampire ruhen.

Sie eilte durch die Kanalisation und kletterte dann einfach irgendwo hinaus. Nur ein alter Mann beobachtete sie dabei, schnaubte kurz verächtlich und drehte sich weg. Ganya beachtete ihn nicht. Die Dunkelheit hatte sich noch nicht zurückgezogen. Die Straßen lagen verlassen und keinen störte ihr zielloses Umherstreunen. Nichts spielte wirklich eine Rolle, während die Zeit langsam dahin schlich und das Licht der Dunkelheit den Kampf ansagte. Kaum merklich breitete sich überall ein fahles Grau aus, durchdrang den Morgen. Sie fröstelte in der kalten Luft. Ein feiner Nieselregen setzte ein. Ganya weigerte sich, dem kalten Wasser auszuweichen und ließ zu, dass es über ihr Gesicht und in ihren Mantel lief. Sie blieb nicht stehen, als sich die ersten Händler auf die Straße wagten und die Arbeiter in ihre Fabriken schlurften, die Zeitungsjungen missmutig durch den Regen schlenderten und einige wenige nächtliche Gestalten sich eilig auf den Heimweg begaben.

Die Welt wollte sich wohl trostlos präsentieren, aber wie Farnandi auch empfand sie eine trunkene Freude und war blind gegen die Widrigkeiten. Es war ihr unerklärlich, wie sie ohne all das hatte leben können. Ohne wirklich etwas dabei zu empfinden. Ohne jemals wieder die Dämmerung zu erleben.

Frierend ließ sie sich schließlich auf einer Bank nieder und sah zu, wie der Sonnenaufgang den Himmel blutrot färbte. Der Nieselregen hörte auf und die wenigen Vögel der Stadt setzten dazu an, den Tag mit einem schmetternden Konzert zu begrüßen. Sie hatte vergessen, wie laut diese kleinen Tiere sein konnten und wie frech. Sie scheuten vor der Gestalt auf der Bank, umgab sie doch immer noch ein Rest der Aura eines Vampirs. Sie rieb sich die Haut mehrmals mit Sonnencreme ein und dennoch brannte sie im direkten Licht. Auch ihre Augen schmerzten bald von der Helligkeit und widerwillig schützte sie sie mit der Sonnebrille, die Farnandi ihr aufmerksamerweise hinterlassen hatte.

Trotz der Vielfalt der Eindrücke und ihrer schier unbändigen Freude, schlich sich eine wehmütige Trauer ein. Das alles war nunmehr, da es ihr zugänglich war, vergänglich. Die wenige Zeit die ihr blieb, zerrann immer schneller zwischen ihren Fingern. Sie versuchte sich an das Jetzt zu klammern, das Morgen zu verdrängen. Es war ihr noch nie, auch nicht heute, vergönnt.

Ihre Freude verblasste merklich und irgendwann erhob sie sich steif. Sie hasste sich für das, was sie tun würde und dennoch wusste sie genau, dass sie die Entscheidung immer wieder treffen würde. Ihr Verstand ließ da keinen Freiraum oder eine Wahl. Sie wünschte nur, sie wäre damals in einer anderen Zeit geboren worden. Vielleicht auch nur in einer anderen Stadt.

Müßige Gedanken und Wünsche, wies sie sich selbst zurecht. Es war Zeit, sich auf den Weg zu machen und Farnandi zu treffen. Es gab Dinge, die sie dringend besprechen mussten und Dinge, die sie ihm nur zu gern noch erklärt, diskutiert oder anvertraut hätte. Hätten sie nur mehr Zeit. Zeit. Wie eifersüchtig die Vampire ihre Zeit zu hüten verstanden. Wäre er nur etwas geduldiger gewesen.

Auch das war müßig. Farnandi hatte nicht länger warten können, bevor er nicht aus den Augen verloren hätte, wofür er kämpfen wollte.

Sie ließ sich Zeit, den Papaloni Platz aufzusuchen. Ein Paar unbeaufsichtigte Handschuhe begleiteten sie bald, eine kleine Flasche Benzin. Niemand würde den Verlust bemerken.

Sie rief sich die Weite des Papaloni Platzes in Erinnerung. Die Marmorplatten, die das Licht der Sonne reflektierten und so leuchtend weiß waren, dass ihr Anblick im Sommer schmerzte. Es war einer der Prunkplätze der Geschichte, Überbleibsel einer Person, die einst geglaubt hatte, genügend Macht und Reichtum vereinigt zu haben, um damit die Welt beherrschen zu können. Sie lächelte zynisch, als sie sich fragte, ob auch er einen Pakt mit dem Teufel geschlossen hatte, um unsterblich zu sein. Ob er die Vampire gekannt hatte, Könige und Herrscher der Unterwelt.

Sie trat an den Rand des Platzes, lehnte sich lässig an ein Geländer und ließ ihren Blick über die Menge wandern. Es war fast Mittag und die Sonne schien sich in ihre Haut zu brennen. Ganya genoss den Schmerz. Sie musste gegen die Helligkeit des weißen

Platzes blinzeln. Sie atmete tief ein, bis sie spürte, wie Ruhe in sie einkehrte. Lässig schob die Sonnenbrille zurück auf ihre Nase, um ihre empfindlichen Augen zu schützen.

Wie sie es vermisst hatte. Prüfend sog sie die Luft ein. Sie hatte das Leben und den Tag geradezu schmerzhaft vermisst, obgleich Vampire nur die fahle Sehnsucht der Unsterblichen kannten. Die Sehnsucht hatte sie verfolgt, seit sie in diesen Dämmerzustand zwischen Leben und Tod getreten war. Und dennoch. Ihr Blick schweifte wieder über die Menge und sie genoss das Leben in ihrem Körper zu spüren, genoss jede Empfindung, die sie durchströmte und ihr ihre Existenz bestätigte. Sie gehörte nicht mehr hierher. Nicht in diese Zeit und nicht zu diesen Menschen. Vielleicht hatte sie nie wirklich dazugehört. Hätte sie sich damals anders entschieden, hätte sie gewusst, was es bedeutete?

Sie schloss die Augen und räkelte sich in der Wärme der Sonne und ihrem Inneren. Ihre ganze Familie war tot. Zumindest alle, die sie jemals als ihre Familie verstanden hatte. Alle, die sie einst gekannt hatten, waren mit der Zeit vom Angesicht der Erde verschwunden und hatten sie allein zurückgelassen. Genau der richtige Ort und die richtige Zeit abzuschließen.

Ihre Hand glitt in die Tasche und tastete nach der Pistole. Sechs Schuss mussten für ihren Zweck vollkommen genügen. Widerwillig löste sie sich von dem Geländer, schlug den Kragen ihres Mantels nach oben und schob ihre Sonnebrille erneut zurück. Vielleicht war sie noch zu sehr Vampir, um Angst zu verspüren. Sie bedauerte bloß. Alles zur falschen Zeit. Wie gern sie Farnandi als den Menschen begegnet wäre, der er einst war.

Sie ließ sich Zeit, über den Platz zu schlendern. Er war da, dessen konnte sie sich sicher sein. War sie sich sicher. Ihre Sinne waren so stumpf wie bei den Sterblichen üblich. Trotzdem, vielleicht würde sie den Blick überall wahrnehmen.

Sie fand bezeichnend, dass sie sich fast auf der Mitte des Platzes trafen, im gleißenden Licht. Ein kaum merkliches Lächeln huschte über sein Gesicht, als er sie sah. Ganya spürte seine überschwängliche Freude am Leben wie ein Stich ins Herz. Sie blieben einen halben Meter voreinander stehen und erneut bewunderte sie die selbstverständliche Vertrautheit zwischen ihnen. Beide schwiegen und das Schweigen zog sich in die Länge.

„Habt Ihr es Euch nicht auch gewünscht? Noch einmal die Sonne zu sehen?"

Ganya schluckte und senkte kurz den Blick, kämpfte gegen die Gefühle in ihrem Inneren an.

„Ich war mir nie sicher, ob Ihr bereits zu sehr Vampir wart." Er trat einen Schritt näher, verharrte allerdings, als ihr Kopf warnend nach oben schnellte. Sie war dankbar für die Sonnebrille, die ihre Augen verbarg. Farnandi selbst hatte darauf verzichtet. Möglicherweise waren seine Augen nicht so empfindlich oder er ignorierte den Schmerz.

Sie hatte die Hilflosigkeit vergessen, jemanden gegenüberstand und verwirrt nach Worten zu ringen, die erklären könnten. „Habt Ihr Euch nie gefragt, was meine Loyalität bedeutet?"

Die Freude schwand. Sie wusste nicht genau, wie sie wahrnahm, was Farnandi empfand. Sie wusste es einfach. Wie vertraut ihr seine traurige Schwermütigkeit bereits geworden war.

„Ich kannte die Lady, noch bevor sie mich erwählte. Sie ließ mir die Wahl." Sie stockte kurz und senkte gegen ihren Willen die Stimme. „Etwas, was Euch nie vergönnt war. Ashan fragte nie einen seiner Zöglinge um Erlaubnis. Ich jedoch traf meine Entscheidung und nicht die meiner Lady. Meine. Ihr konntet das nicht wissen. Es wusste keiner."

„Und was bedeutet das? Ganya, ich weiß, dass Ihr das Leben vermisst habt!" Die Heftigkeit der Verzweiflung in seiner Stimme tat ihr weh.

„Vielleicht. Aber es oblag nicht Euch, darüber zu entscheiden ohne zu fragen."

„Ich würde Euch nie verletzen."

„Nein. Aber andere. Andere mussten für Euren Traum sterben und wenn Ihr leben wollt, müsst Ihr dafür sorgen, dass kein Vampir übrig bleibt, der Euren Tod wünscht."

„Macht Ihr mir wirklich einen Vorwurf daraus, dass ich zurückfordere, was mir einst genommen wurde?" Er empfand keine Wut darüber, nur Trauer.

Unwillkürlich wurden ihre Gesichtszüge weicher, auch wenn sie sich innerlich wand. „Ich wünsche mir nur, Ihr würdet verstehen, dass nicht nur Ihr um das Leben kämpft, sondern auch der Vampir um seine Existenz." Sie bemerkte an dem Flackern in seinen Augen, dass er verstand, was sie versuchte anzudeuten. Aber er wich nicht vor ihr zurück und wahrscheinlich schmerzte sein bedingungsloses Vertrauen noch mehr.

„Ihr werdet Euren eigenen Traum zerschlagen."

„Nein. Ich habe erlebt, wie mein Traum wahr wurde. Das hat mir gereicht. Und ich danke dir dafür." Zum ersten Mal erlaubte sie sich, die letzte Illusion von Distanz aufzugeben. Ihm entging die nunmehr vertraute Anrede nicht.

„Aber warum?" Seine Stimme war kaum mehr als ein Flüstern und das Gefühl dahinter so überwältigend, dass sie wünschte, sie könne sich davor schützen. Sie hätte es ihm gern erklärt.

„Wir haben nicht das Recht, über sie zu entscheiden. Ihnen auch noch das zu nehmen, wofür sie einst so viel aufgaben. Farnandi, ich war nie genug Vampir, um dir folgen zu können."

Er blinzelte nicht einmal, als sie abdrückte. Der verblüffte Blick brannte sich in ihr Gedächtnis. Unfähig den Schmerz zu begreifen, der durch ihr Inneres tobte, schloss sie die Augen. Sie konnte dem Vorwurf dieser Augen nicht entgehen. Vorsichtig kniete sie nieder und sah zu, wie das Leben aus ihm wich und der Blick glasig wurde. Seine Hand umklammerte immer noch einen Papierfetzen.

Vorsichtig streifte sie sich die Handschuhe über und drückte seine Augenlieder nieder. Der Vorwurf verstummte, würde sie nur noch in ihren Träumen verfolgen. Sie bildete sich ein, die verachtende Verbitterung sei aus seinen Zügen gewichen und hätte Platz gemacht für mehr als die kalte Gleichgültigkeit der Vampire. Sie entwand den Zettel sanft seinem starren Griff.

Um sie herum war Panik ausgebrochen. Noch immer erfüllt von Ruhe, ignorierte sie Lärm und Hektik. Ein Blick genügte, um ihre Ahnung zu bestätigen. Wie gern sie ihn als Menschen gekannt hätte. Sein einziges Werk, das sie jemals gefunden hatte. Sie brauchte die Zeilen nicht mehr zu lesen. Sie waren deutlich in ihr Gedächtnis eingebrannt.

Sie nahm die Streichhölzer aus ihrer Manteltasche, riss sie an und sah zu, wie die Flamme gierig das Papier und einziges Zeugnis Farnandis verschlang. Sie hatte einst nicht verstehen können, warum er es dem Feuer übergeben hatte.

Blieb nur noch Begonnenes zu beenden. Sie folgte der irrationalen Regung, noch einmal die außergewöhnlichen Gesichtszüge zu betrachten. Nicht um zu vergessen. Wie sein Werk war sein Gesicht unauslöschlich in ihrem Gedächtnis verankert. Sie beschwor noch einmal das Gefühl von Geborgenheit und Frieden in seiner Nähe, die Vertrautheit und das ungewöhnliche Einverständnis zwischen ihnen.

„Mag der Tod dir endlich Ruhe verschaffen, mein Freund." Sie begoss die Leiche mit Benzin und zündete sie dann an. Dann warf sie die Blutproben hinterher. Sie musste einige Meter zurückweichen, als die Flamme emporschlug und ihre Hitze, Respekt der Angst forderte. Vielleicht stieg er ja als Rauch zu seiner geliebten Sonne auf. Sie glaubte nicht wirklich daran. Farnandi war nicht mehr und sie hatte dafür gesorgt.

Der nervige lang gezogene Ton einer Sirene durchdrang die noch verbliebenen einzelnen Schreie der Flüchtenden und drang bis zu ihrem Bewusstsein vor. Langsam wandte sie sich ab, ließ die Pistole fallen. Ganya fühlte sich müde. Wahrscheinlich machte Schmerz einen Vampir müde, unendlich müde. Oder war es ein Mensch gewesen?

Sie ließ zu, verhaftet zu werden. Diese Menschen bedeuteten nichts. Es war der Ruf der Lady, dem zu folgen sie einst geschworen hatte. Das Einzige, was über das Jahrhundert geblieben war.

Sie wünschte sich, Farnandi hätte bleiben können. Aber in seinem Streben hatte er seinen eigenen Tod beschworen. Was kümmerte sie die Existenz der Vampire? Hätte er die Krankheit in seinem Inneren nicht gezüchtet, um sich aus der Gefangenschaft seines Zustandes freizukämpfen, hätte er den Virus nicht erschaffen, der Mensch wie Vampir gleichermaßen dahinraffen würde, hätten sie den Platz zusammen verlassen.

Forken zu töten hätte die Zöglinge in einen Kampf untereinander verwickelt, in dessen Chaos sie hätten fliehen können. Müßige Wünsche. Zeit. Hätte Farnandi mehr Zeit gehabt, hätte er vielleicht einen anderen Weg finden können, die Überleitung rückgängig zu machen. Hätte den Virus vielleicht eher isolieren und die Krankheit in sich besiegen können. Die Zeit war wie ein unerbittlicher Feind und dennoch im Schmerz gleichermaßen der einzige zuverlässige Freund. Sie hatte ihm zuletzt nicht sein Versagen als Grund nennen können. Besser im Glauben von Verrat zu sterben, als im Angesicht des eigenen Versagens.

Sie starrte durch die Gitterstäbe hinauf zum Mond. Die Wärter hatten ihre letzte Runde gedreht. Gierig sog sie die kalte Nachtluft ein und bewunderte die Vielzahl der Empfindungen, die sie erfüllten. Ihr Kopf schmerzte vom stummen Weinen, aber sie genoss sogar das.

Langsam wandte sie den Kopf und deutete eine Verbeugung an, um ihre Lady zu begrüßen.

„Du warst einst mein hoffungsvollster Zögling, Ganya. Und nun umgibt dich der Gestank der Sterblichen."

„Auch Ihr werdet sterben, Mylady." Sie verspürte keine Angst mehr, es ihr zu sagen. „Euer Körper wird altern und irgendwann zerfallen. Wir alle sind vergänglich." Die Verärgerung war höchstens eine Ahnung und dennoch stellten sich sofort ihre Härchen auf.

„Wie auch Forken."

„Auch er wird sterben und wie auch Ihr, wusste er es im Grunde schon. Seine Furcht ließ ihn Ashans Zögling glauben. Ashan begehrte stumm gegen den Rat auf, was ihn töricht erscheinen lässt. Aber er war kein Narr. Er gab sein Wissen an seinen Vertrauten weiter. Doch Farnandi hatte nie vor, Forken die versprochene Unsterblichkeit zu liefern. Er wollte zurück, was Ashan ihm einst gestohlen hat. Forken war nichts weiter als eine Tarnung, um einen Weg zu finden, seinen Wunsch zu verwirklichen."

Lady Segra schwieg und dachte an Farnandi. Sie erinnerte sich nur mühsam an den hoch gewachsenen jungen Mann, der ungefähr so alt wie Ganya als Vampir sein mochte. Mit den kantigen, aristokratisch anmutenden Zügen. Sie hatte ihn nicht als Ashans Zögling erkannt. Die Ereignisse wurden klarer, wenn auch nicht, woher der Wunsch kam, wieder etwas so Degeneriertes und Schwaches wie ein Mensch zu werden.

Das Schweigen zog sich in die Länge, während sie über die Ausmaße des Geschehens nachdachte. In ihrer Absurdität mutete die Erklärung unrealistisch an.

„Ich vermute, ich verspüre sogar so etwas wie Bedauern, dich töten zu müssen. Dein Schreiben erschien mir gar zu fantastisch und ich misstraute deinem Gefühl erneut. Du sitzt mir nun als lebender Beweis gegenüber, dass dem nicht so ist. Ich habe mich erneut in dir getäuscht."

Ganya musste lächeln, als sie an ihre erste Begegnung dachte. Zwischen dem Jetzt und diesem Kind lag fast ein Jahrhundert. Sie würde der Lady nie verraten, wie bedeutungslos ihre Loyalität bei Farnandis Tod gewesen war. Ihre Lady war viel zu gleichgültig. Was konnte sie ihr schon geben, außer Verachtung und Furcht? Farnandi hatte einfach nicht genügend Zeit gehabt, das Virus zu isolieren, der sie wieder zu einem Menschen gemacht hatte. Nach den Ergebnissen aus dem Labor hatte er sich selbst mit einer Krankheit infiziert, die seinen Tod bereits besiegelt hatte. Seit Jahrhunderten unheilbar. Sie hatte eine Ansteckung verhindern müssen. Für sich selbst, die Vampire und die Menschen. Sein Tod war nur noch eine Formalie des Ausbruchs gewesen – weniger Tage. Dennoch fühlte sie sich leer ohne ihn.

„Mein Schicksal liegt erneut in Euren Händen, Mylady. Lasst Euch von Weisheit leiten." Sie starrte ohne ein Blinzeln in die starren Augen des Meistervampirs.

„So weise wie einst."

Ganya nickte langsam. Nur Mondlicht blieb in ihrer Zelle zurück.